글로 짓는 인생 밥상

다섯 가지 맛으로 표현한
나의 삶, 우리 이야기

글로 짓는 인생 밥상

다섯 가지 맛으로 표현한 나의 삶, 우리 이야기

2025년 10월 17일 초판 1쇄 발행

글	김양선 · 노승욱 외 19인
기획	한림대학교 도헌학술원 R&D 기획단

펴낸이	원미경
펴낸곳	도서출판 산책

디자인	김미나

등록	1993년 5월 1일 춘천80호
주소	강원도 춘천시 우두강둑길 185
전화	(033)254_8912
이메일	book8912@naver.com

ISBN 978-89-7864-180-7   정가 18,000원

글로 짓는 인생 밥상

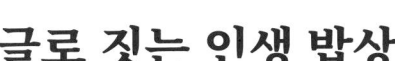

다섯 가지 맛으로 표현한
나의 삶, 우리 이야기

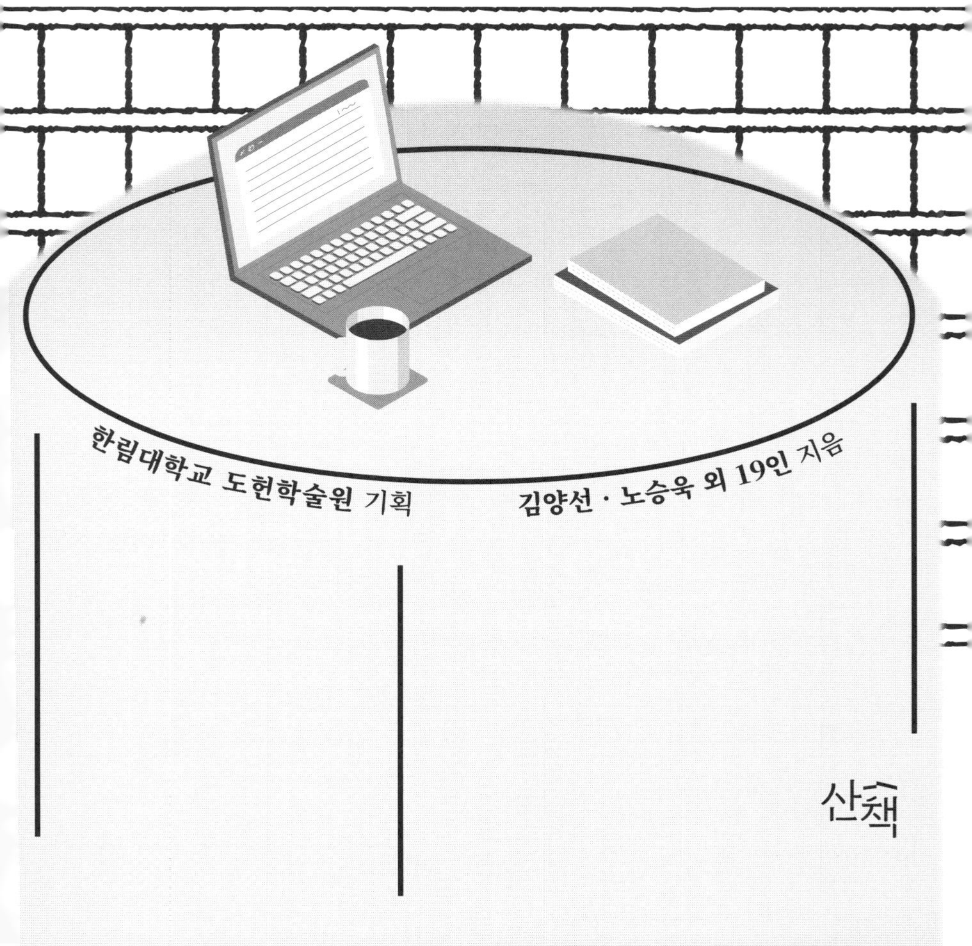

한림대학교 도헌학술원 기획   김양선 · 노승욱 외 19인 지음

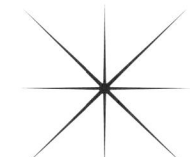

기획의 글

　　저녁 어스름이 내릴 무렵, 한림대학교의 강의실은 오히려 환해졌습니다. 도헌학술원이 기획하고 운영한 〈Culture & Writer's School〉을 찾은 춘천 시민과 한림대학교 학생, 그리고 강연진의 열정이 한데 모여 빛의 에너지로 퍼져 나갔기 때문입니다. 절삭공구산업의 정밀한 세계를 선도해 온 YG-1 기업의 후원 속에서, 우리는 글쓰기를 향한 또 하나의 정밀한 모험을 시작했습니다. '문화와 작가 학교'는 글을 쓰고자 하는 욕망을 품은 이들의 창작소가 되었습니다.

　　강좌를 기획하며 붙잡은 화두는 '인생 오미人生 五味'였습니다. 단맛은 기쁨과 성취의 황홀을, 쓴맛은 고난과 시련의 그늘을, 신맛은 새로움과 각성의 반짝임을, 짠맛은 노력과 헌신의 눈물을, 매운맛은 열정과 분투의 불꽃을 상징합니다. 인생의 길목마다 마주한 장면들은 이 다섯 가지 맛으로 빚어져 한 편의 에세이로 탄생했습니다. 그렇게 모인 스물한 편의 에세이는 한 권의 책으로 어우러져 세상에 선보이게 되었습니다.

　　이 책은 두 개의 장으로 구성되어 있습니다. 송호근 한림대학교 도헌학술원장님의 특별 기고 글에 이어지는 첫 번째 장은 전문가 필진의 글입니다. 교수, 철학자, 시인, 사회적 기업 대표, 국제 구호기관 사무총장 등으로 구성된 필진은 글쓰기의 본질과 방법, 효과 등에 대해 인문사회적 시각에서 조명했습니다. 두 번째 장은 강좌에 참여한 수강생들이 쓴 자전적 에세이입니다. 인생의 굽이마다 건져 올린 열세 편의 이야기들은 어느새 하나의 합창이 되었습니다.

한림대학교 도헌학술원은 시민 참여형 강좌를 열면서 대학의 사회적 책무와 소임을 다하고자 했습니다. 〈Culture & Writer's School〉은 대학과 지역 사회를 잇는 문화와 창작의 가교였습니다. 시민과 학생을 에세이스트로 등단시키고자 하는 야심찬 기획은 '시민 참여 인문학'의 새로운 장을 춘천에서 열게 했습니다.

　　이 책이 독자들에게 다채롭고 깊이 있는 '글맛'을 선사하기를 바랍니다. 또한 이 책을 읽는 모든 분들이 글로 짓는 인생 밥상을 차리는 경험을 하게 되기를 소망합니다. 이 책의 결실이 있기까지 격려를 아끼지 않으셨던 송호근 한림대학교 도헌학술원장님과 YG-1 기업의 후원에 마음 깊이 감사의 인사를 드립니다. 공동 저자로 참여해 주신 모든 필진분들과 강좌 운영에 애써 주신 한림대학교 김양선 교수님께도 고마운 마음을 전합니다. 에세이집의 출판을 흔쾌히 맡아 주신 도서출판 산책 원미경 대표님께도 이 자리를 빌려서 감사를 드립니다.

2025년 가을
한림대학교 도헌학술원 교수 노승욱

운영 후기

2025년 봄의 기운이 막 움트기 시작한 3월 27일 저녁. 도헌 학술원에서 기획한 〈Culture & Writer's School〉의 첫 강좌가 문을 열었습니다. '인생 오미人生 五味'라는 강좌 주제에 맞추어 참가자들을 맞이하는 테이블에 오미자 음료를 놓아두었습니다. 이내 오미자의 빨간색을 닮은 열정이, 시고도 달콤한 내음이 강의실에 꽉 찼습니다. 저마다 하루 일과를 마무리하고 쉬어야 할 시간이지만 대학생부터 직장인, 은퇴자에 이르기까지 다양한 연령대의 춘천 시민들이 일상과 일, 가족과 개인에 대한 경험을 나누고, 전문가의 강연을 통해 인문학적 교양을 쌓고자 하는 프로그램의 취지에 호응하며 차례차례 자리를 채워 주었습니다.

3월 27일부터 6월 5일까지 격주 목요일 저녁마다 총 6강의 강좌가 진행되었습니다. 매회 40명에 가까운 수강생이 방문했고, 그중 20여 명은 모든 강의를 수강하는 열의를 보여 주었습니다. 강사진은 중간에 쉬는 시간도 아껴 가며 행복한 나로 살아가는 방법을 처방하고, 글쓰기의 효능감과 스토리텔링의 중요성, 가족과 커리어에서 겪은 다사다난한 경험들을 나누어 주었고, 수강생들은 열심히 메모를 해 가며, 예정된 시간을 훌쩍 넘기며 질문을 쏟아 내는 것으로 화답했습니다. 6월 5일 여름이 시작될 무렵 마지막 강의가 끝나고 수료식까지 마쳤습니다.

강좌는 끝났지만 수강생들의 진짜 글쓰기는 그때부터 시작되었습니다. 후속 작업으로 강사진과 수강생들의 자전적 에세이를 모아 에세이집을 출간하는 프로젝트를 진행했습니다. 총 열세 명의 수강생이 이 의미 있는 작업에 동참 의사를 밝혔습니다. 집필자들은 7월부터 8월까지 두어 달 동안 한림대학교 글쓰기 교수진의 일대일 첨삭 지도와 피드백을 받으며 원고를 완성해 나갔습니다. 평균 2~3회에 걸친 수정과 보완 작업을 거치며, 참여자들은 각자 자기 인생의 '오미五味'를 진솔하고 성실하게 글로 풀어냈습니다.

　　강좌와 수강생 참여형 글쓰기가 유기적으로 연결되도록 하는 것이 이 프로그램의 취지였던 만큼 집필 희망자가 적으면 어떡하지, 자기 삶을 내보이는 걸 꺼리면 어떡하지, 운영자 입장에서 소심한 걱정을 하기도 했습니다. 하지만 참여자들은 당신들이 겪어온 인생의 여러 맛을 다채롭게, 맛깔나게 글 밥상에 차려 냈습니다. 진솔한 글들을 읽는 첫 독자가 된 저도 진정성 있는 글에 공감하며 위로를 받았다는 점도 고백합니다.

　　봄부터 시작한 여정의 결과물을 세상의 모든 것들이 무르익는 가을에 내보이게 되어 참으로 다행입니다. 이 모든 과정과 결과물은 인생과 글쓰기에 대해 열정적으로 강의해 주신 선생님들과 기꺼이 자기 인생의 한 장을 펼쳐 보여 준 수강생들이 있었기에 가능했습니다. 마지막으로 프로그램 홍보와 쾌적한 강의 환경을 위해 애써 주신 도헌학술원에 깊은 감사를 전합니다.

2025년 10월
한림대학교 일송자유교양대학 교수 김양선

차례

제2부 '인생 오미人生 五味'로 글을 짓다

글쓰기의 始原, 욕망

송호근 한림대학교 도헌학술원장·석좌교수

글쓰기의 始原, 욕망

전화가 울렸다. 모 일간 신문사 문학 담당 기자였다. 문학 기자가 나에게 전화할 일은 없을 터여서 호기심이 일었다. 용건을 듣고 보니 원고 청탁이었는데 그는 진지하게 요지를 설명했다. 6월 3일 대선 이후 한국사회의 쟁점을 다루는 일련의 장편掌篇 소설[1]을 연재하는 기획으로 이름만 들어도 알 만한 쟁쟁한 대가들을 열거했다. 정중하게 거절하는 내 마음 한켠에서 즐거운 비명이 울리는 듯도 했다.

제가 낄 자리는 아닌 듯한데요.

기자들은 쉽게 물러나지 않는다.

소설을 몇 권 내셨잖아요.

---

1   단편 소설보다 짧은 손바닥만 한 소품.

내 목소리가 약간 잦아들었다.

그건 그렇지만…. 그래도 인기작가들 틈에서 어찌 목숨을 부지하라고요.

잦아드는 나의 말투에서 기자는 목적을 달성할 수 있다는 낌새를 알아차렸다.

소설을 몇 권 내셨으면 이미 중견작가지요. 신문 한 면 정도야 가볍게 쓰시겠지요.

기자의 목소리는 명랑했고 자신에 차 있었다. 이쯤 되면 더 거절할 명분은 살짝 물러가고 한번 도전해 볼까 하는 위험한 마음이 부쩍 늘어난다. 위험한 마음이란 다름 아닌 욕망이다. 이미 장편長篇 소설을 몇 권 낸 터에 신문 한 면 정도야 못 채우겠나 하는 오만한 생각과, 기자가 호명한 이 시대의 대가들 틈에 끼고 싶다는 헛된 욕망에 나는 결국 승복했다. 기자가 이겼고, 대가급에 걸맞은 글을 써야한다는 엄청난 부담과 시도 때도 없이 전개될 글 구상이 나의 몫으로 남았다.

나는 인정한다, 저 무모한 수락이 나의 욕망에서 비롯되었음을. 욕망을 다스렸다면 정중한 거절로 전화를 끝냈을 것이었다. 아쉽다는 말과 함께 다음을 기약하자는 기자의 인사말은 잠시 섭섭했겠지만 긴 시간 중압감에 시달릴 일은 없을 터였다. 그러나 수락했다. 기자의 청을 접하는 순간 뭔가 의욕이 꿈틀댔는데 언젠가 마음 한켠

14

에 간직했던 장면 때문이었다. 그 장면에는 마치 동영상처럼 한국 사회가 겪는 애환과 사람과 언어들이 녹화되어 있었다. 그걸 틀면 그대로 소품이 될 수 있다는 막연한 믿음, 그걸 언어의 세계로 형상화하고 싶다는 욕구가 '해 보지요'라는 어리석은 답변으로 몰고 갔던 것이다.

　욕망에 굴복했다. 기자가 언급한 데드라인까지 나의 일상은 저 장면의 형상화에 매몰되리라는 것을 각오해야 한다. 글이란 정작 쓰는 사람을 못살게 군다. 자신이 자초한 일이기는 하지만 일단 욕망의 호출을 받으면 일상은 글쓰기의 규칙에 헌납된 상태로 돌변한다. 비상 사태가 발생했다고나 할까. 글쓰기로 돌아선 신경망 때문에 남의 얘기가 잘 들리지 않고 대화 상대의 표정이 읽히지 않는다. 가끔 헛걸음도 내디뎌 상대방을 곤혹스럽게 만들기도 한다. 흔히 하는 말로 정신줄을 놓고 있는 듯 보이지만 사실은 글 욕망에 화답하느라 모든 신경이 글에 가 있다. 마감 시간이 지정된 신문 칼럼은 집필자를 몰아붙인다. 데드라인을 지키려 허둥대는 칼럼니스트 근처에는 얼씬거리지 않는 것이 좋다. 그에게 말을 걸어 봤자 답은 돌아오지 않는다. 화장실에서도, 식탁에서도, 중요한 회의 석상에서도 오직 칼럼 글을 완성하려고 바둥대는 사람을 여러 번 목격했다. 버스 안에서 우연히 목격한 장면, 매장에서 물건을 고르는 고객들, 식당에서 떠드는 식객들의 잡담에서 번개처럼 떠오르는 적격의 아이디어와 개념을 놓칠 수 없다. 욕망에 화답하느라 정신이 없는 것이다.

　봄날의 화초처럼 글 싹을 땅에서 지상으로 밀어내는 힘은 무엇일까. 어수선한 마음 밭에서 뭔가를 가지런히 가꿔 표상表象을 만들고 그것을 언어로 표현하는 심상心想 에너지는 무엇일까. 필자는 지난 몇 년 동안 포항과 춘천에서 일반 시민들이 참여하는 '시민강좌'를 매년 열었다. 특히 춘천에서는 저녁 시간대에 〈문화와 작가학교Culture and Writer's School〉를 주관했는데 참여하는 사람들은 대학생에서 중년, 고령자까지 나이를 가리지 않았다. 대체로 글쓰기에 목말라했다. 50대 중반 어느 남성이 강연 작가에게 던진 질문은 모든 수강생이 품고 있는 공통 관심사였다.

이제 곧 퇴직자 대열에 끼게 되는데 글쓰기를 시작하고 싶습니다. 그게 가능할까요?

이 질문 앞에 평생 글쓰기를 업으로 살아온 강연자는 숙연해질 수밖에 없다. 동지 한 사람을 얻는다는 부듯함과 글쓰기 늦깎이에게 뭔가를 가르치고 싶다는 욕구가 자신이 걸어 온 힘겨운 작가 인생과 겹쳐 말이 제대로 나오지 않는다. 글쓰기 전업專業이 불가능한 시대로 접어든 오늘날 그 전업 작가는 그래도 격려의 끈을 놓을 순 없다.

시작이 중요하지요. 잘 쓰려고 하지 마시고 일단 쓰는 습관을 길러 보세요.

너무도 당연한 조언이지만 그걸 실행하기가 얼마나 어려운가를 그 늦깎이 중년은 곧 알아차릴 것이다. 마음속에 욕망이 꿈틀거려야 하고 그 욕망을 충족해야 한다. 마음에서 항시 발생하는 아지랑이 같은 생각과 순간 스치는 단상을 언어로 포획하고 싶은 욕망이 넘쳐야 한다. 그 작가는 답변이 조금 밋밋하게 느껴졌는지 약

16

간 덧붙였다.

　　나는 계속 쓸 겁니다. 이 나이에도 쓰고 싶은 욕망이 고입니다. 그리고 스포츠 같은 분야와 달리 글쓰기는 비교적 오래 지속될 수 있습니다. 항상 절정을 향해 갈 수 있거든요.

　　그렇다. 스포츠 선수는 절정의 시기를 일찍 맞는다. 회화는 조금 다르지만, 연주자와 성악가는 나이가 들면 손이 떨리고 목소리가 제대로 나오지 않는다. 드럼 연주자는 힘이 달리면 박자를 못 맞춘다. 이에 비해, 글쓰기는 날로 성숙해진다. 다만 감성感性이 문제다. 감성이 살아 있어야 글을 쓴다. 감성은 글의 엔진이다. 어디로 갈 것인가, 어떤 속도로 갈 것인가는 이성의 힘이며 사유와 논리가 방향과 속도를 지시한다. 아무튼 예술혼魂은 누구나 다 갖고 있는데 그걸 기질에 맞게 선택해 표현해 내는 사람은 많지 않다. 누구나 음악가와 미술가가 될 수 없는 이치다. 저 50대 중반 남성처럼 직장 생활에서 조금 자유로워지면 팍팍한 현실에 억눌렸던 예술혼이 슬며시 고개를 든다. 쓰고 싶다는 욕망 말이다. 누구나 다 그런 것은 아니다. 나와 평소에 친하게 지내온 전직 대기업 CEO는 자유를 만끽하고 있다고 나에게 고했다. 자유! 그의 말이 아직 현직에 남은 필자에게는 엄청나게 크게 들렸다. 모든 시간이 자기 것이고, 모든 사물과 풍경이 자기 것이 됐다고 말이다. 누구의 눈치를 보지 않아도 되는 삶, 오직 자신의 욕망대로 꾸려 가는 삶은 자유 그 자체다. 오직 그의 시선으로 감지하는 사물과 풍경을 언어로 표현하고 싶다면 글쓰기가 된다. 그런데 그의 시선은 다른 곳을 향해 열려 있다. 뛰어난 건강 덕분에 그는 등산과 여행을 즐긴다. 운동도 결국 희열을 주는 것 중 하나이기에 어느 것이 낫다고 가치 평가를 할 수는 없다.

글쓰기라면 마음속에 파도처럼 일렁이는 욕망을 결국 언어로 퍼내야 편안해지는 기질氣質에 맞는 영역이다. 우물에 항상 솟아나는 샘물을 언어라는 두레박으로 퍼내는 기질이 그것이다. 샘물이 그냥 넘치도록 놔둘 수 있는 사람이라면 다른 곳을 알아보는 것이 좋다. 그런데 그 욕망이 문제다. 욕망은 형상을 갖추지 않는 욕구이자 갈증이다. 아지랑이처럼 가물거리는 무엇, 자신의 현실을 냉소하거나 비난하는 내면의 소리, 현실과 떨어져 나와 그것을 들여다보는 시선이다. 사물과 현상의 본질에 닿고 싶은 욕망도 그렇지만 그것과 떨어져 나와 외부에서 말을 거는 심리다. 내면의 소리와 외부 시선을 언어로 걸러내는 작업이 글쓰기이고, 양자가 부딪히고 얽히는 접점의 불꽃을 언어로 포착하는 작업도 글쓰기다. 마치 어부가 쳐 놓은 그물망에 은빛 고기떼가 걸려 올라오듯 말이다. 어부는 평상시에 그물망을 손질한다. 작가가 어떤 빛깔, 어떤 크기의 물고기를 잡을지를 구상하며 그물코를 촘촘하게 조이는 것과 같다.

소설가 박기동은 그물코를 촘촘하게 조이다가 결국엔 느슨하게 풀어 잡은 고기들을 모두 바다로 돌려보내는 작가다. 어둡고 초라했던 어린 시절의 기억은 누구나 있는 법, 그로부터 자유롭고 싶은 사람을 더욱 혹독한 공간으로 몰아 기어이 대면하도록 만든다. 트라우마 속으로 파고들어 옛 시간 속의 소년과 소녀를 언어로 포박하는 것이다. 그 상징 세계는 아프고 찬란하다. 그의 소설집 첫 작품에 매혈하면서 살아가는 소녀 얘기가 나온다. "네 팔을 보고 있노라면 나두 아프단다, 애야".[2] 마음이 편치 않은 남자 매혈 상인은 작가의 분신이다. 소설집 제목으로 쓰인 단편 「아버지의 바다에 은빛 고기떼」에서 작가는 조폭 부두목 정도 되는 아버지를 둔 불량소년으로 체화한다. 아버지가 가끔 들르는 소년의 가정엔 술집 작부 출신으로 짐작되는 어머니가 있다. 결코 정상적 관계가 아닌 부자父子는 바다로 나가는 낚싯배에서 지극히 정상적인 얘기를 나눈다. 그러자 고기떼가 그들을 둘러싼다. "순식간에 바다는 끝에서 끝까지 반짝이는 고기떼들의 천지였다" 작가의 욕망이 은빛 고기떼로 표출되었다. 그것도 결코 가정을 건사할 것 같지 않은 아버지의 바다에서. 언어로 표현된 욕망이 어두운 기억을 점멸시키는 글쓰기다.[3]

조선 시대 세종은 이미 580년 전에 이런 욕망을 글과 결부시켰다. 〈훈민정음〉 '반포문'과 정인지가 쓴 해례본 '서문'이 그러하다.

나라 말씀이 중국과 달라/ 문자로 서로 사맛디 아니할 새/ 어린 백성이 이르고저 할 바 있어도/ 제 뜻을 실어 펴지 못하는 사람이 하니라 ('반포문' 중).

---

2 박기동, 『아버지의 바다에 은빛 고기떼』(문학과지성사, 1979)에 실린 첫 작품, 「창공에 빛난 별 물 위에 어리어」의 끝 문장.

3 작가 박기동은 「작가 후기」에서 이렇게 토로했다. "이미 커서 어른이 되어 버린 사람들, 다시는 아이들의 시대로 돌아갈 수 없는 사람들에 대해서 쓰려 한다. 그런 사람들에 대해서 써야 할 의무를 지고 있다" 그의 의무는 왜 생겼을까?

어리석은 백성이 마음 속의 뜻을 말하거나 표현하고자 할 때에 문자를 몰라 뜻을 펴지 못하는 것을 가엾게 여겨 글자를 만들었다! 여기서 '이르고저 할 바'가 특히 우리의 관심사다. 한문으로 '유소욕언有所欲言'인데 욕언欲言 즉 말하고자 하는 욕심, 문자로 표현하고자 하는 욕심이다. 내면의 소리를 표현하거나 사물과 현상의 본질을 문자로 건져 올리는 능력을 길러 주려고 훈민정음을 반포했다는 것이다. 인민은 이제 문자를 소유하게 됨으로써 아지랑이 같았던 세상의 이치와 가물거리기만 했던 우주의 신비를 포착할 수 있게 되었다. 정인지는 한 걸음 더 나아갔다. 이 글자로써 '바람 소리, 학 울음 소리, 닭 울음 소리, 개 짖는 소리까지도 능히 표기할 만하다'라고 했다. 내면의 소리는 물론 자연의 소리를 표기하는 것이 바로 글쓰기다. 인간과 자연의 본질을 파악하는 작업을 의미한다.

성리학에서는 음音은 인심人心에서 생기고 정情은 마음속에서 우러나는 성聲에 실리는바, 성운聲韻이 조화를 이루는 상태가 세종의 지향점이었다. 문자를 통한 성운의 조화를 위해 세종은 백성들에게 이 능력을 기르는 방법을 일렀다. 백성은 문자로 세상의 이치를 깨친다. 훈민정음의 창제는 역사의 객체이면서 통치 권력의 대상인 인민을 역사의 주체로 변조하는 중대한 계기이자 인민을 통치 권력의 중앙 무대로 진입케 하는 수단이었다.

세상 통치의 관점에서 그러하듯, 문해력과 글쓰기는 자신에 대한 나의 주체적 통치에도 정확히 적용된다. 내면의 소리를 듣지 못하면 나를 알 수 없다. 마음속에 일어나는 욕망의 본질을 파악하지 못하면 주체와 자아의 모습을 알지 못한다. 인간은 욕망의 덩어리다. 불쑥불쑥 튀어나오는 욕망들의 정체를 모르고서야 어찌 세상

을 온전히 살아갈 수 있을까. 시인들이 자신의 얼굴을 자주 들여다
보는 이유이기도 하다. 나는 무엇을 욕망하고 욕망하는 나는 누구인
가? 온 길을 돌아보고 갈 길을 가늠하는 순간이다. 돌아보는 시선에
나의 욕망이, 나의 정체가 어렴풋하게나마 잡힌다.

우물 속에는 달이 밝고 구름이 흐르고
하늘이 펼치고 파아란 바람이 불고 가을이 있습니다
그리고 한 사나이가 있습니다
어쩐지 그 사나이가 미워져 돌아갑니다 (윤동주, 「자화상」)

스물세 해 동안 나를 키운 건 팔할이 바람이다
세상은 가도 가도 부끄럽기만 하더라
어떤 이는 내 눈에서 죄인罪人을 읽고 가고
어떤 이는 내 입에서 천치天癡를 읽고 가나
나는 아무 것도 뉘우치진 않을란다 (서정주, 「자화상」)

문해력을 기른 인민들이 제 이름 석 자를 겨우 쓰는 동안 삶
의 이치를 엿본 시대의 시인들은 언어로 자기 마음의 형상을 그려
냈다. 아른거리는 욕망을 언어로 분해해서 욕망하는 주체主體와 그
것을 들여다보는 자아自我를 가려내는 것이다. 생물학적 주체와 이
상적 자아의 접점에서 시가 잉태된다. 이상적 자아는 현실의 주체
가 '미웠지만,' '돌아가다 생각하니 그 사나이가 그리워집니다'라고
주저앉았다. 시인은 그 사나이를 '추억'으로 일단 개념화함으로써
자아의 여정을 자유롭게 만들고 싶었던 거다. 서정주 시인의 시선

글쓰기의 始原, 욕망

21

도 거의 흡사하다. 스물세 해 동안 바람에 흔들린 부끄러운 나, 형체가 없는 바람에 자신을 내맡겼던 나, 죄인이거나 천치에 불과한 나를 뉘우치면서 시인은 타협한다. '뉘우치진 않을란다' 라고. 그는 누추한 현실의 주체를 그렇게 붙잡아 두고 동경의 세계로 망명하고자 하는 것이다.

현실적 주체를 단속하는 것으로 글쓰기만 한 것이 없다. 글쓰기는 무엇보다 '자기와의 대면'이기 때문이다. 글쓰기가 예술혼의 지령을 따르는 행위라면 그것은 누추한 자신, 온갖 미망에 사로잡힌 현실적 주체를 세속적 오염에서 건져 올려 푸른 햇빛의 영역으로 이주시키는 오솔길이다. 현실적 주체를 단속하는 예는 한국 근대시에서 무수히 발견된다. 단속은 결박, 이탈, 귀환, 상승의 변화무쌍한 이미지로 변주되어 나타난다. 주체의 '구제'이거나 '단념적 변신'이다.

> 나 보기가 역겨워
> 가실 때에는
> 말없이 고이 보내 드리우리다 (중략)
>
> 나 보기가 역겨워
> 가실 때에는
> 죽어도 아니 눈물 흘리우리다 (김소월, 「진달래꽃」)
>
> 날마다 개여울에
> 나와 앉아서
> 하염없이 무엇을 생각합니다

가도 아주 가지는
않노라심은
굳이 잊지 말라는 부탁인지요 (김소월, 「개여울」)

1922년에 발표된 김소월의 시다. 근대의 태동기에 들어서야
비로소 주체와 자아의 분리가 이뤄졌다고 하면 김소월의 이 시야
말로 '주체에서 이탈한 자아'의 효시라고 할 것이다. 정과리는 『한
국 근대시의 묘상 연구』(2023)에서 김소월의 「진달래꽃」을 만해의
「님의 침묵」과 함께 전통적 심연 속에 침잠된 주체의 전복을 시도
한 첫 작품이라고 평가했다. 근대가 밝을 때까지 주체는 복종, 체념
속에 머무르거나 그 상황을 벗어나는 대신 원한과 증오를 표출했다
고 한다면, 근대의 자아는 님을 이해하고 주체를 다독여 무한정 기
다리는 상태로 전환했다. 주체로부터 이탈한 '자아의 탄생'은 곧 자
율성을 내면화한 '개인의 탄생'이다. 내가 뿌린 진달래꽃을 사뿐히
즈려 밟고 가시더라도, 나는 보내지 않았으니 죽어도 눈물 흘리지
않겠다는 자의식은 눈물 흘리는 현실의 주체를 다독인다. 기다림의
세계가 열리는 것이다. 이 기다림은 「개여울」에서 한결 구체화된
다. 가버린 님을 하염없이 기다리는 나(주체)에게 자아가 말을 건다.
'아주 가지는 않는다는 말은 굳이 잊지 말라는 부탁'이라고. 아직 확
신은 못해서 '부탁인지요?'라고 묻고 있지만, 날마다 개여울에 나와
앉아서 묻다 보면 '굳이 잊지 말라는 부탁'이 된다. 자아가 주체를
끌어당겨 기다림의 세계, 동경의 세계로 데리고 가는 것이다. 정과
리는 개인의 탄생을 이렇게 말한다. "바로 단절을 자신의 상황으로
받아들이는 사람이자 동시에 그 단절을 극복하기 위해 자신의 행동

을 개입시키는 사람"이다.[4] 글쓰기는 가망없는 주체를 가망있는 주
체로 변신하도록 하는 인식의 교각橋脚이다. 현실에 포박돼 꼼짝달
싹 못하는 욕망에 희미하게나마 실현가능성을 부여하는 영혼의 유
희가 글쓰기다.

　　영혼은 상상력 속에 터를 잡고 산다. 상상력이 영혼의 집이
다. 현실의 존재를 두고 가볍게 상승한 상상력이 자아를 데리고 어
디든지 날아다닌다. 어린 시절로 데리고 가기도 하고, 옛 애인의 형
상을 불러오기도 한다. 주체를 위안하고 꾸짖고 힐난하고 때로는
같이 눈물짓는 자아의 비행을 언어가 만들어 나간다. 그 언어가 현
실적 주체를 쳐다보면서 내어 준 말들, 개념들, 스토리가 글이다.
'언어는 존재의 집'이라는 하이데거의 명제를 필자는 그렇게 이해
한다. 언어로 포획되지 않은 실체는 아직 존재 이전의 무엇이다. 언
어로 포획될 때 비로소 그 실체는 존재로서 빛을 발한다. 상상력
속에 잉태된 언어가 현존의 모습을 다른 것으로 바꾸거나 소망하
는 것과 흡사한 형태로 변형시킬 때 욕망은 본래의 갈퀴를 감추고
미학의 영역으로 승화한다. 상상력의 미학이 현실에서 구체적인
형태를 갖추는 것이 예술이다. 회화, 음악, 율동, 무용, 문학이 그러
하다.

　　영혼의 언어는 반드시 문자가 아니어도 좋다. 그림은 상상력
을 형상화하는 아주 보편적 방식이었다. 압록강 북쪽에 위치한 고
구려 두 번째 도읍지 집안集安에 고구려 고분 벽화가 있다. 지하 십

4　정과리, 『한국 근대시의 묘상(苗床) 연구』, 문학과지성사, 2023, 39쪽.

여 미터 땅 밑에 왕의 무덤이 있고 무덤을 둘러싼 벽과 천장에 그림이 있는데 거의 천팔백 년 세월을 견뎠다. 벽 상단부에는 방위에 맞춰 청룡, 백호, 주작, 현무가 그려져 있고 천장부에는 해와 달, 선인仙人과 상상 속 동물들이 여전히 선명한 형상과 색채를 띠고 있다. 힘든 현실의 삶을 마감하고 저세상으로 건너간 왕이 풍요롭고 상서로운 세계에 살기를 바라는 소망의 표현이다. 선녀는 붉은 적삼에 긴 치마를 휘날리며 하늘을 날고 동물들은 영원한 삶을 약속하며 초원을 순진하게 뛰노는 그런 질서가 당시 사람들의 욕망이었을 것이다. 문자로는 압축적으로 표현할 수 없는 그들의 염원을 그림이 담아냈다. 벽화에 표현된 형상과 색채, 표정과 동작은 영혼의 형식이었다.

필자가 주관하는 시민강좌에 작가와 예술가들이 자주 초청된다.「나의 삶, 나의 길」이란 주제에 맞춰 자신이 왜 이 길을 걸어왔는지를 어눌하게 고백하는 강연자들의 표정은 진지하다.[5] 그들이 각각 문학, 미술, 음악이란 다른 길을 택한 이유는 비교적 명료하다. 기질에 맞았다. 어느 원로 미술가는 극장 간판에 끌려 간판장이 조수로 일했던 어린 시절 경험을 털어놓았고, 어느 성악가는 피아노와 성악을 동시에 시작했는데 성악콩쿠르에서만 수상해서 피아니스트의 길을 접었다고 했다. 강릉 변두리 농촌 출신 이순원 작가는 시골에서 소년기를 보내고 도시에서 상업학교를 나와 은행에 취직

---

5   필자가 원장으로 재직하는 한림대학교 도헌학술원 주관 행사로 학기마다 6회, 일
     년 12회 정도 열린다. 주제를 가끔 바꾸는데 첫 두 해 주제는「나의 삶, 나의 작품」
     이었다. 저녁 시간에 열리는 매 강연에 시민들이 대략 150여 명 참여한다.

했다가 느닷없이 글쓰기를 시작했다고 고백했다. 왜 그랬는지, 그냥 끌렸다는 것이다. 그냥 끌렸다가 평생을 지속하는 전업 작가로 살았다. 욕망에 화답한 대가는 그야말로 가시밭길이었다. 돌아보니 성공의 길이기도 하지만 고생길이기도 했다.

이 책의 필자들은 글쓰기 욕망에 화답하려는 소박한 꿈을 갖고 있을 뿐이다. 어디선가 샘솟는 욕망, 기원을 알 수 없는 욕망이 글쓰기를 요구한다. 그것은 강박이 아니라 자신을 대면하고자 하는 실존적 욕구다. '나와의 대면'이다. 대체 이렇게 살고 있고 이렇게 살아온 나는 누구인가? 다른 삶은 없었을까, 지금도 다른 삶은 불가능한가를 스스로에게 묻고 있는 것이다. 눌러도 눌러도 고개를 드는 불가항력적인 질문에 답을 내리고 싶은 것은 자연스런 이치다. 그런 나의 상태를 가만히 들여다보면 현실적 주체와 이상적 자아가 맞붙어 치열한 접전을 벌이고 있음을 인지하게 된다. 그것을 언어로 표현해 내는 것이 글쓰기의 첫 단계다. 이상적 자아의 행선지는 정해진 것이 없거나 끝이 보이지 않는다. '신神을 향한 영원한 여행' 혹은 '신의 얼굴을 보려는 무모한 도전'일 터이다. 다만, 내가 누구인지 알고자 하는 욕망이 독자들을 글쓰기라는 드넓은 세계로 데리고 들어간다는 것을 기억해 두자.

후기:
청탁받은 초단편소설은 문화일보 2025년 7월 8일 자에 「하늘엔 영광, 땅엔 평화」라는 제목으로 게재되었다.

제1부

'문화와 작가 학교'를 열다

김양선 한림대학교 일송자유교양대학 교수

나를 쓰는 글, 세상을 읽는 시선
박완서와 자전적 에세이

자전적 에세이 전성 시대

나방의 죽음에 대한, 굴욕에 대한, 후버 댐에 대한, 그리고 글 쓰는 법에 대한 글이 있다. 어느 저자의 책장 위 물건들을 적은 일람표가 있고, 안경을 쓰지 않는 그 저자의 안경 착용 설명서가 있다. (중략) 고백에 대한, 차가운 기억에 대한, 몰 수집에 대한 글이 있다. 진귀한 수집품들에 대한 글이 있다. 가구의 철학을 다룬 글이 있다. 근래에 관측한 일식을 서술한 글이 있다. (중략) 이런 글을 정의하는 것이 얼마나 어려운가 하면, 글 이름이 무려 에세이다. 노력하고, 시도하고, 시험하는 글, 추정하거나 감행하는 만큼, 실패로 끝날 가능성도 높은 글, 재난의 틈에서 무언가를 구해낼 가능성이 있는 글[1]

---

1   브라이언 딜런, 김정아 옮김, 「에세이와 에세이스트에 관하여」, 『에세이즘』, 카라칼, 2023.

위에서 말하는 글의 정의와 갈래는 무엇인가. 우리는 이런 글을 수필로도 에세이[2]로도 부른다. 글 쓰는 이가 자신의 경험을 글로 풀어낸 양식을 '수필'이나 '에세이'라고 한다. 최근에는 다양한 형식의 글을 아울러서 '에세이'라고 지칭하는 추세이다. 수필, 산문, 생활글, 잡문이라 불리는 이 직접성의 양식은 시기마다 교양서, 실용서, 심리치유서, 자기계발서 등 다양한 형태로 수용되면서 당대 대중들의 감정 구조를 반영하고 또 형성하는 역할을 해 왔다. 한국의 출판계에서는 2010년대 들어서 '에세이'가 새롭게 주목받고 있다. 김수현의『나는 나로 살기로 했다』(2016), 백세희의『죽고 싶지만 떡볶이는 먹고 싶어』(2018), 하완의『하마터면 열심히 살 뻔했다』(2018)처럼 단독자로서의 '나'의 이야기에 집중하는 책들이 몇십만 부, 많게는 백만 부 이상 팔리며 베스트셀러가 되었다. 흥미롭게도 이 '나—에세이'의 유행을 주도하는 것은 젊은 2·30대 여성작가—독자이다. 백세희의『죽고 싶지만 떡볶이는 먹고 싶어』는 회사원인 백세희의 우울증 치료기이다. 2018년 출간 이후 종이책 기준 약 50만 부가 넘게 판매되었다. 이후 조울증, 양극성 장애, 주의력결핍장애ADHD, 거식증 등을 앓고, 이를 치유해 가는 과정을 쓴 에세이들이 속속 출간되었다.[3]

---

2   에세이라는 용어는 미셸 드 몽테뉴가 1580년 출판한『에세(Essais)』에서 처음 등장하였다. 몽테뉴는 서문에서 "『에세』의 내용은 나 자신을 그리는 것이다"라고 밝혔다. 에세이는 출발부터 고백적 요소와 자전적 요소를 내포한 것으로 볼 수 있다.

3   이주현,『삐삐언니는 조울의 사막을 건넜어』(한겨레출판, 2020), 리단(이한솔),『정신병의 나라에서 왔습니다』(반비), 정지음,『젊은 ADHD의 슬픔』(민음사), 신지수,『나는 오늘 나에게 ADHD라는 이름을 주었다』(휴머니스트), 박지수,『삼키기 연습』(글항아리), 하미나,『미쳐 있고 괴상하며 오만하고 똑똑한 여자들』(동아시아) 등이 출간되었다.

이 일인칭 글쓰기의 부상, 자신의 이야기를 직접 쓰는 청년 여성의 부상은 카카오 브런치북이나 텀블벅의 출판 펀딩, '일간 이슬아'와 같은 메일링 서비스 등 유명한 작가가 아니더라도 누구나 쉽게 글을 쓰고 출판·홍보할 수 있는 플랫폼이 생긴 것과도 관련이 있다.[4] 소셜 미디어, 블로그, 유튜브, 인스타그램 등 누구나 자신의 이야기를 기록하고 공유할 수 있는 환경이 보편화되면서, 개인의 경험을 서사화하여 자아를 표현하고 타인과 관계 맺으려는 욕구는 사회 전반으로 확산되는 추세다. "이제 에세이는 더이상 글쓰기를 업으로 삼는 작가나 인간사에 대한 통찰을 요구받는 종교인의 전유물이 아니"며 "'나'를 중심으로 세계가 해석되고 시야가 제한되는 특징을 삶의 태도로 기꺼이 수용하려는 추세"와 맞닿아 있다.[5]

자전적 에세이 쓰기의 원칙

단적이요 트여 있어서 글쓴이의 됨됨이가 첫마디부터 드러나는 글이 수필이다. 그 사람의 자연관, 인생관, 그 삶의 습성, 취미, 그 삶의 지식과 이상, 이런 모든 '그 사람의 것'이 직접 재료가 되어 나오기 때문이다. 누구에게 있어서나 수필은 자기의 심적 나체裸體다. 그러니까 수필을 쓰려면 먼저 '자기의 풍부'가 있어야 하고, '자기의 미'가 있어야 할 것이다. (이태준, 「문장강화」)

4   이다혜, 「책 읽기는 싫지만 에세이는 읽고 싶어」, 『자음과모음』 제40호, 자음과모음, 2019 봄, 274쪽.

5   정주아, 「일인칭 글쓰기 시대의 소설」, 『창작과비평』, 창비, 2021 여름, 54~55쪽.

자전적 에세이의 가장 큰 특징은 나 자신을 글의 소재로 삼는다는 점이다. 이태준은 이것을 '자기의 심적 나체'라고 말했다. 삶의 다양한 경험을 나라는 프리즘을 통해 해석하고 표현함으로써, 독자는 글쓴이의 고유한 세계를 엿볼 수 있다. 하지만 나에게서 시작하고 나에 대해 이야기할지라도, 독자를 고려하는 것은 매우 중요하다. 내가 선택한 소재가 과연 독자에게 공감을 불러일으킬 수 있을지, 그리고 적절한 문장과 표현으로 나의 메시지를 효과적으로 전달하고 있는지 끊임없이 성찰해야 한다. 나의 내밀한 이야기가 독자에게 가 닿을 때, 그 글은 비로소 완전한 의미를 획득한다.

자전적 에세이를 쓰기 위해서는 몇 가지 중요한 원칙을 따라야 한다. 첫 번째 원칙은 솔직함과 진정성이다. 거창한 문학적 표현이나 완벽한 문장을 쓰기보다는 자기 안의 이야기를 꾸밈없이 털어놓는 것이 중요하다. 때로는 불편하고 고통스러운 기억일지라도 말이다. 두 번째 원칙은 기억의 재구성이다. 태어나서부터 지금까지 자신의 전 생애를 연대기적으로 쓰는 것은 공감을 이끌어낼 수 없다. 자전적 에세이 쓰기는 단순히 과거를 회상하는 것을 넘어, 기억을 재구성하고 새로운 의미를 부여하는 과정이다. 우리가 경험했던 사건들이 현재의 우리에게 어떤 영향을 미쳤는지, 그리고 그 안에서 어떤 교훈을 얻었는지 탐색해 보자. 세부 묘사의 힘을 통해 기억을 시각, 청각, 촉각, 미각, 후각과 같은 구체적인 감각으로 되살리는 것이 중요하다. 생생한 묘사는 독자가 글쓴이의 경험에 더 깊이 공감하도록 돕고, 글쓴이 자신에게도 당시의 감정을 다시 느끼고 이해하는 데 도움이 된다.

'나'를 설명하는 글쓰기로서 자기 서사는 개인이 자신의 삶을 이야기로 구성하고 해석하는 것을 의미한다. 우리는 과거의 경험, 현재의 상황, 미래에 대한 기대를 바탕으로 자신만의 이야기를 만들어 나가며, 이 이야기를 통해 자신의 정체성을 확립하고 세상을 이해한다. 자기 서사는 단순히 사건의 나열이 아니라, 그 사건들에 의미를 부여하는 해석적 실천이다. 우리는 자기 서사를 통해 자신의 존재를 증명하고, 삶의 의미를 찾으려 한다. 자기 서사를 쓰면서 우리는 자신을 객관적으로 바라보고 성찰할 수 있게 된다.

  자기 서사에서는 호모 나랜스[6]의 이야기 본능이 자신을 향해 발현된다. 호모 나랜스인 우리는 끊임없이 자신의 이야기를 만들고 재해석하며, 이를 통해 '나는 누구인가'에 대한 답을 찾아 나간다. 이 과정에서 우리는 삶의 단편적인 경험들을 하나의 일관된 서사로 엮어 내며 의미를 부여하게 된다. 자기 서사는 파편화되고 고립된 삶에 안정감과 통일성을 부여하고 지속적으로 자기를 배려하고 동시에 사회적 관계성을 구축해 나가는 삶의 기예技藝, art에 가깝다. 우리 시대의 탁월한 이야기꾼 박완서에게서 이런 자기 서사의 면모를 찾을 수 있다.

---

6   호모 나랜스(Homo Narrans)는 '이야기하는 인간'이라는 뜻으로 인간은 태어날 때부터 이야기하고 싶어 하는 본능을 가지고 있으며, 이야기를 통해 자신을 이해하고 타인과 관계를 맺으며 세계를 이해한다는 의미를 담고 있다.

이야기꾼 박완서의 자기 서사 에세이

1970년 여성동아 장편소설공모에 『나목』이 당선되면서 등단한 박완서는 1977년에 두 권의 에세이집을 세상에 내놓았고[7] 말년까지 상당한 수의 에세이집을 남겼다. 「나는 왜 작은 일에도 분노하는가」, 「꼴지를 위한 갈채」와 같은 빼어난 세태비판 에세이, 노년의 일상과 성찰, 아들을 잃은 참척의 슬픔(『한 말씀만 하소서』) 등도 여러 차례 에세이의 주제로 다루어졌다.

하지만 무엇보다 박완서 작품세계의 뿌리는 고향과 어머니라고 할 수 있다. 박완서는 고향인 개성 박적골과 대가족에 대한 기억, 어머니에 대한 기억을 에세이로, 소설로 반복해서 썼다. 등단작인 『나목』, 「엄마의 말뚝」 연작부터 『그 많던 싱아는 누가 다 먹었을까』, 『그 산이 정말 거기 있었을까』[8]까지 유년기부터 성년이 된 한국전쟁기를 힘들게 살아 낸 이 모자/모녀 가족의 이야기는 마치 잊어서는 안 된다는 듯 반복적으로 서사화된다. 유년 시절 고향과 어머니에 대한 이야기는 여러 에세이에서도 자주 다루어졌다. 박완서 작가의 소설을 읽어 본 독자라면 자전적 에세이에서 다루어졌던 에피소드들을 연대기순으로 나열하면 『그 많던 싱아는 누가 다 먹었을까』, 『그 산이 정말 거기 있었을까』와 유사하다는 것을 금세 눈

7   박완서, 『꼴찌에게 보내는 갈채』, 평민사, 1977; 『혼자 부르는 합창』, 진문출판사, 1977.

8   작가는 "내 작품에 영향을 끼친 기억들을 생으로 내보인 것들이 『그 많던 싱아는 누가 다 먹었을까』와 『그 산이 정말 거기 있었을까』 두 편이다"라고 말한다. (『시골집에서』, 『어른노릇 사람노릇』, 작가정신, 1998, 105쪽)

치챌 수 있을 것이다.

　　박완서는 짧은 자서전에 가까운 에세이「내가 걸어온 길」에서 세 살 때 아버지를 여의었지만 조부모님을 비롯한 대가족 사이에서 결핍감 없이 평온하고 충만한 유년기를 보냈다고 말한다. 작가는 자식만은 '대처'에서 길러야겠다는 어머니의 결심으로 인해 서울로 올라오면서 고향−유토피아를 상실한다. 그래도 어머니 덕에 좋은 교육을 받은 오빠는 교사를 하면서 결혼해서 일가를 이루었고, 나는 서울대 국문과에 합격하게 된다. 하지만 6.25는 이 가족의 일상을 완전히 파괴해 버렸다. 오빠는 죽고, 나는 남은 가족을 먹여 살리는 가장이 되었다. 작가는 여러 글에서 자신이 40세란 늦은 나이에 소설을 쓰기 시작한 이유가 '6.25의 악몽을 배설해 내려는 몸부림', '벌레 같은 시간'을 '증언하려는 의지' 때문이었다고 고백한다. 이어서 작가는 1988년 한 해 남편과 사별하고 외아들을 잃는 참척을 겪었을 때의 참담함과 그 뒤의 외로움을 수용하는 과정을 담담하게 들려준다. 전쟁, 그리고 노년으로 접어들 무렵 가족을 잃은 상실감을 어떻게 극복할 수 있었을까. 박완서는 글쓰기를 통해 이 트라우마를 치유하였다.

　　작가는 자신의 유년 시절, 전쟁 체험, 가족과의 관계 등 지극히 사적인 경험을 바탕으로 이야기를 풀어 간다. 이러한 개인적인 서사는 단순히 자전적인 기록에 그치지 않고, 그 시대를 살아 낸 많은 사람들의 공감을 불러일으키는 보편적인 이야기로 확장된다. 고향, 어머니, 음식은 박완서 에세이를 관통하는 키워드이다.

#고향

> 내가 살던 고향은 개성에서 이십 리 가량 남쪽의 박적골이란 시골이다. 개성에서 우리 마을까지 가려면 고개를 네 개나 넘어야 하는 산골이고 네 고개 중 제일 가파른 고개가 농바위고개고 제일 긴 고개는 긴등고개였다. (「내가 잃은 동산」)
>
> 내가 태어난 곳은 개성에서 10킬로미터가량 떨어진 박적골이란 벽촌이다. 이십호도 채 안되는 작은 마을이었고 거의가 자작농이어서 다들 그만그만하게 살았다. (「나의 문학과 고향의 의미」)

고향을 이야기하는 박완서의 글들은 대체로 위와 같은 문장으로 시작한다. 박완서 하면 떠오르는 장소는 작가의 고향인 개성의 '박적골'이다. 전쟁이 끝나고 더이상 갈 수 없는 곳이 된 어린 시절의 낙원인 그곳이 박완서에게는 글쓰기의 원천이자 동력이다.[9]

작가는 박적골의 자연환경과 그곳에 살던 사람들의 자연 친화적인 생활양식을 회상한다. 모든 것을 산과 들과 시냇가에서 얻고 다시 되돌려주던 삶에 대해 이야기하던 작가는 자연스럽게 어머니가 자식들이 신식 교육을 받기 위해 서울로 데려와 처음 터 잡은 산동네 현저동에서의 삶과 비교한다. 서울에서의 삶은 곤궁하고 비참했으며 나는 '시골뜨기'라고 놀림을 받으며 외로운 유년기를 보냈다고 회상한다.

하지만 중심에서 비켜나서 사람들을 관찰하고 판단할 수 있

---

9 「내 어린 날의 설날, 그 흔훈한 삶」, 「내가 잃은 동산」, 「나의 문학과 고향의 의미」는 고향을 소재로 한 에세이들이다.

는 안목 역시 '시골뜨기' 근성[10]에 힘입은 것이었다.

> 무엇보다도 내가 고향에 감사하고 싶은 것은, 훗날 내가 글을 쓰게
> 된 것이 나의 시골뜨기 근성에 힘입은 바가 크기 때문이다. (중략)
> 비켜나 있음의 쓸쓸함과 약간 떨어진 위치에서 사람 사는 모습을
> 바라보며 그 거리를 가장 잘 보이게끔 팽팽하게 조절할 때의 긴장
> 감은 곧 나만이 보고 느낀 걸 표현해 보고 싶은 욕구로 이어졌다.
> 그런 욕구를 충족시키고 나면 인간관계에서 비실비실 비켜나 있
> 음이 촌스러울 뿐 아니라 떳떳치 못한 일일지도 모른다는 자격지
> 심이 조금은 위로 받을 수 있다는 것도 글 쓰는 보람이다.

고향은 물리적인 장소를 넘어, 특정 시대의 경험과 기억이
응축된 상징적인 공간이다. 특히 전쟁이나 이산離散, 이주移住로 고
향을 잃은 사람들에게 고향은 과거의 삶, 사라진 공동체에 대한 향
수를 불러일으키는 강력한 기억의 저장소이다. 박완서는 고향에서
보낸 어린 날의 생생한 기억을 여러 작품 속에 끊임없이 기입함으
로써 자신의 글쓰기가 박적골로 표상되는 유토피아적 원형 공간을
기억의 언어를 통해 끊임없이 재생시키고자 하는 욕망의 표현임을
보여주고 있다. 고향은 작가의 글쓰기의 원천이라 할 수 있다.
　　하지만 분단이 되면서 나의 가족은 고향에 돌아갈 수 없게
되었다. 작가는 어머니가 "나에게 이중적인 고향과 같은 존재"가 되

10　작가는 다른 글에서 "시골뜨기성에의 그리움은 돌아갈 수 없는 고향에 대한 향수
　　같은" 거라고 말한다. (「도시아이들」)

었다고 말한다. "어머니는 나에게 살아 있는 고향이자 마냥 피흘리는 상처였다" 작가는 왜 어머니에 대해 이런 양가적 감정을 가지게 되었을까?

#어머니

「나의 어머니」, 「어머니의 이야기」, 「어머니는 뛰어난 이야기꾼」, 「나와 어머니」는 젊은 나이에 남편을 잃고 억척모성으로 자식들을 키운 어머니에 대한 다양한 에피소드를 펼쳐 보인다.[11]

이야기꾼으로서의 어머니는 훗날 작가가 몽상가에서 작가로 성장하는 데 동기를 부여한다. 「어머니는 뛰어난 이야기꾼」[12]에서는 서울에 올라와 또래들과 어울리지 못하고 단칸 셋방에만 머물러 있던 나에게 어머니가 들려주던 이야기가 소설 쓰기의 원천이 되었다고 회고한다. 작가는 어머니가 '몽상가'였고, '뛰어난 이야기꾼'이었다고 말한다. 어머니는 나를 '이야기꾼'으로 키웠고, "내 이야기가 독자와 만나 그들의 아픔과 쓸쓸함과 외로움을 어루만지고 나아가선 그들의 답답하고 구질구질한 상황을 뛰어넘을 수 있는 힘"이라는 꿈을 꾸게 했다.

「나의 어머니」에서는 어릴 적 고향 마을에서 드물게 글을 읽고 쓸 줄 알아 동네 사람들의 편지 대필을 해 주던 어머니와 그런 어머니에 대한 흠모를 떠올린다. 신식 교육을 주장하는 어머니를 따

---

11 「우리 엄마의 초상」, 「엄마의 마지막 유머」도 어머니에 대한 글이다.

12 「어머니의 이야기」에서도 어린 시절 어머니는 옛날이야기를 들려주는 '풍부한 이야기꾼'으로 기억된다.

라 서울에 올라와서는 촌스러운 어머니를 부끄러워하지만, 이내 일본인 선생 앞에서 당당히 조선말을 쓰던 어머니에 대한 자부심을 기억해 낸다.

「나와 어머니」는 작가의 자전적 소설, 특히 『그 많던 싱아는 누가 다 먹었을까』에서 여러 번 소개되었던 어머니에 대한 일화를 들려준다. 어머니는 삼십 대에 혼자가 되었지만 오빠와 내가 근대 교육을 받게 하기 위해 무작정 상경을 한다. 어머니는 집안 어른들의 반대를 꺾기 위해 나의 머리를 단발로 싹둑 자르는 일을 단행하고, 딸의 교육을 위해 주소지를 가짜로 옮겨 문안 학교에 다니게 할 정도로 지독한 교육열을 발휘한다. 나는 어머니의 억척 엄마로서의 성향을 비판하면서도 나름의 줏대를 가진 어머니의 방식에는 애정을 표한다. "옛날 여성으로는 드물게 기가 셌을 뿐 아니라 지금까지도 곁에서 책이 떠나지 않을 만큼 지식욕도 왕성한 어머니건만 그의 생애는 전적으로 자식을 위한 희생으로 일관했지, 자식을 위한 일 외에는 자기주장을 내세우거나 자식을 위한 일에 몸이나 마음을 사리는 걸 뵌 적이 없다"라는 진술은 어머니의 희생에 대한 경외심을 글로 표현한 것이다.

박완서의 자전적 서사에서 어머니는 한국 현대사의 격동기를 온몸으로 살아 낸 인물이다. 일제강점기, 한국전쟁, 그리고 전후의 가난과 혼란 속에서 자식을 키우고, 아들을 잃고도 참척의 아픔을 오랜 세월 버티는 모습은 단순히 한 개인의 삶을 넘어 민족사의 고통을 대변한다.

한편 작가는 여러 글에서 어머니의 이중성을 날카롭게 비판하였다. 어머니는 자식의 성공을 위해 모든 것을 희생하지만, 정작 자신은 가부장적 질서에 갇혀 있는 이중적인 면모를 보여준다. 서울에 올라와 문밖에 살면서도 문안을 선망하고, 고향에서의 양반의식을 고수하면서 문밖, 현저동 사람들을 '바닥 상것'이라고 멸시하였다. 어머니의 이런 이중성은 오로지 자식에게 신식 교육을 시키기 위한 데서 비롯된 것이지만 작가인 딸은 문안과 문밖 의식, 어머니의 한계나 이율배반적인 태도에 대해 갈등하고 저항하기도 한다. 딸은 어머니의 삶에 공감과 연민, 비판적 거리를 취하면서 자기만의 주체적인 관점을 세운다. 어머니의 삶은 딸의 글쓰기의 기원이며, 딸은 어머니의 법을 내면화하면서도 이를 넘어선다.

#음식

「음식 이야기」는 그녀의 자전적 소설에서 등장했던 음식에 대한 기억들과 연관이 있다. 음식은 단순한 먹거리를 넘어, 가족의 정서와 고향의 풍경, 그리고 잊히지 않는 감정의 흔적을 담고 있다. 비 오는 날의 메밀 칼싹두기는 그중에서도 유난히 따뜻한 기억이다. 별다른 양념 없이 소박하게 끓여 낸 칼싹두기는 "어른 아이 구분 없이 막대접으로 나눠 먹던" 평등한 식사의 상징이었다. 작가는 그 맛을 "외로움 타는 식구들을 한 식구로 어우르고 위로하는 신기한 힘"이라 말한다. 칼싹두기의 온기는 가족이라는 울타리 안에서 느꼈던 위안을 촉각으로 형상화한 것이다. 생일날의 수수팥떡 역시 특별한 의미를 지닌다. "열 살 될 때까지 할머니가 생일날 꼭 먹이고 싶어했던" 떡은 단순한 간식이 아니라 아이의 성장과 축복을 기원하는 마음의 표현이었다. 가을 들녘에서 잡은 털이 난 참게로 만든 게장, 보리새우로 끓인 된장국은 작가에게 "맛의 오지, 궁극의 비경"이었다. 이 음식들은 단순한 맛을 넘어, 고향의 산과 들, 그리고 어린 시절의 순수함을 되살리는 효과를 자아낸다.

특정 음식은 작가에게 과거의 기억을 불러일으키고 향수를 자극하는 촉매제 역할을 한다. 「내 어린 날의 설날, 그 훈훈한 삶」에서 어린 시절 섣달그믐께 엿을 고아 만든 조청과 찹쌀 경단, 강정의 단맛은 "어린 혓바닥이 녹아버릴 것 같은 감미"로, "달고 고소하고 품위도 있"는 맛으로 기억된다. 개성 떡국인 조랭떡과 할아버지를 떠올리는 일반 떡국에 대한 일화도 간단하게 소개된다. 이 유년 시절의 음식은 자연스럽게 작가의 회상을 이끌어 내며, 지나간 시간과 감정들을 현재로 소환하는 매개 역할을 한다.

박완서 작품세계에서 음식과 기억의 매개를 상징적으로 보여주는 것이 '싱아'이다. 작가는 온통 바위뿐인, 나무가 거의 없었던 인왕산에서 유일하게 자라던 아카시아 나무의 꽃잎을 맛본 후 그 비릿하고 들척지근한 맛에 구역감을 느끼고 오히려 더 생생하게 고향에서 맛보았던 싱아를 떠올린다. 아카시아꽃의 맛, 왕사탕의 인공적인 단맛이 서울의 맛이라면 싱아는 고향의 맛이라 할 수 있다. 작가는 싱아에 대해서 다음과 같이 말한다.

> 근래에 나온 내 자전적인 소설 『그 많던 싱아는 누가 다 먹었을까』는 그때 아카시아꽃을 처음 먹어보고 비위가 상하고 나서 상큼한 싱아 맛을 그리워하는 대목에서 제목을 따온 것이다. 책 중에 싱아란 소리는 네 번밖에 안 나오는데 왜 그런 이름을 붙였느냐는 질문을 받은 적이 있다. 또 싱아가 어떻게 생긴 먹거리냐는 질문은 수도 없이 받았다. 싱아가 중요한 건 아니다. 싱아는 내가 시골

의 산야에서 스스로 얻을 수 있었던 풍부한 먹거리 중의 하나였을 뿐 산딸기나 칡뿌리 새금풀로 바꿔놓아도 무방하다. 내가 말하고 싶은 건 내 어린 날의 가장 큰 사건이었던 자연에 순응하는 삶에서 거슬리고 투쟁하는 삶으로 넘어가는 과정에서 받은 문화적 충격이랄까 이질감에 대해서이다. 나는 아직도 그런 이질감으로부터 자유롭지 못하다. 어린 날 뒷동산에 안겨서 맛보던 완전한 평화와 조화는 지금도 귀향의 꿈이 되어 나를 끌어당기고 있다.

'싱아'는 유년 시절 문명의 영향을 받지 않은 자연, 고향의 풍요로움과 순수함을 상징한다. 작가는 '싱아'와 '아카시아꽃'의 대비를 통해 자연에 순응하던 삶에서 벗어나 거슬리고 투쟁하는 삶으로 넘어가는 과정에서 받은 문화적 충격과 이질감을 표현하였다. 작가에게 '싱아'는 유년기의 흔적이자, 자신이 어디에서 왔는가를 기억하게 하는 감각적 기호이다.

음식과 관련된 기억은 공동체의 정체성과 연결된다. 싱아의 맛, 시골밥상, 명절 음식은 특정 시대와 지역 공동체의 문화적 표지이다. 음식은 한 세대가 공유하는 문화적 기억을 환기하는 것이다.

문학의 민주화 시대, 자기의 인생을 쓴다는 것

사람은 누구나 자기 삶의 맛을 기억한다. 단맛, 신맛, 쓴맛, 매운맛, 짠맛. 우리는 이 다섯 가지 맛으로 세상을 배우고, 관계를 체험하며, 자신만의 이야기를 만들어 간다. 박완서의 에세이나 소설에서 우리는 인생의 여러 맛들이 겹겹이 스며들어 우리 독자들을 그 밥상에 초대하고 있음을 알게 된다. 박완서의 문학에는 단맛이 있다. 어린 시절 박적골의 기억은 자연과 함께 하고 대가족의 정을 나누던 단맛에 가깝다. 작가는 그 달콤한 기억을 통해 잃어버린 시간을 되살린다. 낯선 세계와 대면했을 때의 충격과 상실의 체험은 신맛으로 다가온다. 어머니의 손에 이끌려 서울에 입성했을 때의 문화 충격, 식민지 시절의 혼란, 전쟁으로 무너진 일상은 입안을 자극하는 신맛과 닮아 있다. 전쟁의 참상, 가족의 죽음은 삼키기 어려운 쓴맛으로 기록된다. 그렇지만 쓴맛은 단순히 고통만을 의미하지 않는다. 혀끝에 남는 쓰디쓴 맛은 진실을 직시하고 삶을 깊이 이해하기 위해 우리가 넘어야 할 허들이다. 마지막으로 박완서 문학을 관통하는 맛은 짠맛이다. 고통과 그리움, 삶의 아이러니 속에서 빚어진 짠맛은 삶의 복합성에서 우러난 것이다. 인생은 단맛만으로도, 쓴맛만으로도, 혹은 짠맛만으로도 이루어지지 않는다. 박완서의 에세이는 이 모든 맛이 뒤섞인 인생의 깊은 맛을 보여준다.

우리 모두는 자신만의 이야기를 품고 살아간다. 그 이야기들을 세상 밖으로 꺼내 글로 써 내려가는 순간, 우리는 잃었던 혹은 회피했던 자신과 마주하게 된다. 낸시 슬로님 애러니는 자전적 에세이는 단순한 글쓰기를 넘어 개인의 치유와 성장에 기여하는 강력한 도구라고 말한다.[13] 우리의 삶 속에 켜켜이 쌓인 경험과 감정들을 글

---

13 낸시 슬로님 애러니, 『내 삶의 이야기를 쓰는 법: 자전적 에세이 쓰기 A to Z』(돌베개, 2023). 책의 원 제목은 Nancy Slonim Aronie, *Memoir as Medicine*, Tantor Audio, 2022이다.
작가는 자신이 아픈 아들을 돌보며 겪었던 깊은 상실과 고통을 글로 풀어내면서 치유를 경험한 것을 바탕으로, 글쓰기가 단순한 기록을 넘어 치료약이 될 수 있다고 말한다.

로 풀어내는 과정은 그 자체로 회복의 여정이 된다. 나는 누구이며, 어떤 일들이 나를 만들었고, 지금 나는 어디에 있는가를 공유하는 과정에서 마법과 같은 치유가 일어난다. 인간은 누구나 인생이라는 책 한 권을 가진다는 말이 맞는 듯하다.

　　박완서의 에세이부터 '가녀장의 시대'를 당당히 살아가는 이슬아의 에세이까지 우리는 자기의 인생을 쓰는 글쓰기의 작은 역사를 보고 있다. 거대한 서사보다 작고 구체적인 개인의 이야기가 힘을 얻고, 누구나 주인공이 될 수 있는 시대, 글쓰기에 대한 열망을 실현할 수 있는 시대다. 우리는 작가만이 글을 쓰는 시대가 아니라 누구나 자신의 이야기를 펼칠 수 있는 문학의 민주화 시대에 살고 있다. 이제 '나'는 나만의 서사를 만들어 가는 중이다.

노승욱 한림대학교 도현학술원 교수

산책하는 글쓰기

소설가 구보와 일상을 걷다

책상에서 길 위로: 글쓰기의 자리를 바꾸다

글쓰기는 흔히 '책상 앞의 노동'으로 이해된다. 펜과 종이, 혹은 자판 앞에서 고정된 자세로 앉아 생각을 압축하는 행위가 글쓰기의 전부로 여겨지곤 한다. 그러나 이와 같은 생각 속에서는 상상력이 자유를 잃은 채 갇히고 만다. 창의적인 글은 정적인 자리에서만 나오지 않는다. 오히려 참신한 생각은 부드럽게 몸을 움직이는 행위, 즉 산책 가운데 떠오를 때가 많다. 발걸음에 맞춰 호흡이 이어질 때, 무의식의 깊은 바다에서 진한 잉크가 흘러나와 내가 표현하고자 하는 문장이 완성된다. 글쓰기의 자리가 바뀔 때 겪게 되는 신비한 경험이다.

철학자 니체는 위대한 모든 생각은 걸을 때 잉태된다고 했고, 시인이자 비평가인 보들레르는 도시를 걸으며 영감과 통찰을 얻는 산책자를 '플라뇌르flâneur'라고 불렀다. 이들의 공통점은 '길 위에서' 사유의 활력을 얻었다는 점에 있다. 글쓰기를 위한 자리를 책상에서 길 위로 옮길 때, 사고는 경직된 궤도를 벗어나 자유롭게 유영한다. 산책 중에 스쳐가는 풍경, 사람들의 대화, 도시의 소음조차도 글의 영감을 불러내는 촉매제가 된다. 고요한 책상 위가 글을 정제하는 공간이라면, 분주한 길 위는 글을 발굴하는 공간이다. 글쓴이는 두 공간을 오가며 자신의 분신인 글이 탄생하는 장면을 신비하게 목도한다.

포항공대에 재직하던 시절, 필자가 가르치는 글쓰기 수업에는 별칭이 있었다. '산책하는 글쓰기'는 학생들에게 즐겨 불리던 비공식적인 교과명이었다. 글쓰기가 산책을? 이름만 들으면 마치 글쓰기가 의인화된 것처럼 느껴지지만, 산책의 주체는 분명 학생들이었다. 첫 수업 시간에 '글쓰기'라고 하면 무엇이 떠오르는지 학생들에게 써 보게 했다. 책상, 연필, 논술, 첨삭, 자기소개서 등의 명사와 어렵다, 힘들다, 두렵다, 부끄럽다, 지루하다 등의 형용사가 쏟아져 나왔다. 아무리 명강의를 하더라도 학생들의 선입견을 바꾸기는 어려워 보였다. 글쓰기에 대한 고정 관념을 바꾸기 위해서는 프레임 전환이 필요했다. 그래서 칠판 위에 쓴 문장이 "글쓰기는 산책이다"였다.

이번에는 학생들에게 '산책'이란 말에서 떠오르는 것을 말해 보게 했다. 표정부터 밝아진 학생들은 휴식, 힐링, 공원, 오솔길, 나무, 강아지, 연인, 바닷가 등의 단어들을 연상해 냈다. 프레임 전환을 하려면 새로운 정의가 필요했다. 칠판에 다음과 같은 정의 문장을 적었다. "산책하는 글쓰기: 정신적·육체적 산책을 통해 자유로운 상상력과 연상 작용을 촉진하여 타인의 생각과 구별되는 자신만의 창의적인 아이디어를 발견하고 자신의 문제로 표현하는 글짓기 방식"

학생들의 환해진 얼굴에서는 글쓰기의 고정 관념을 즐겁게 극복하고자 하는 기대와 의지가 내비쳐졌다.

그렇게 글쓰기의 자리를 책상에서 길 위로 바꾸고 나니 학생들은 글의 결과보다 과정을 즐기기 시작했다. 학생들의 산책을 돕기 위해 한 학기에 두 번 정도는 야외 수업을 했다. 교정을 거닐면서 학생들과 글의 주제와 방향, 구성 등에 대해 편안하게 대화를 나누었다. 따뜻한 햇살을 받으며 걷는 산책에서는 세로토닌 분비가 활성화되어 안정감과 평온함이 느껴진다. 이러한 정서적 상태에서는 글쓰기를 위한 자유로운 사고와 연상이 촉진된다. 글쓰기를 위한 산책에서 사제간에 격의 없는 대화도 자연스럽게 이루어졌다. 학생들의 글을 평가의 대상이 아닌, 제자의 분신으로 귀하게 여기는 습관도 자연스럽게 생겼다.

산책散策은 휴식과 건강을 위해 천천히 걷는 산보散步와는 어감과 뉘앙스가 사뭇 다르다. 흩을 산散에 대쪽 책策의 결합은 흥미로운 의미를 나타낸다. 대쪽 책策은 댓조각, 서적, 꾀(계책) 등의 뜻을 내포한다. 글자의 구성은 대나무 죽竹에 가시 자朿를 받친 형태이다. 글자의 구성 원리를 통해 나타난 자의字義는 '대나무로 만든 채찍'이라고 할 수 있다. 채찍질은 머리를 써야 한다는 뜻에서 꾀, 계책 등의 의미로 파생되었다고 볼 수 있다. 어원적으로 산책은 흩어져서 혼자 생각(꾀, 계책)을 하는 행위로 이해될 수 있다. 산보가 한가로이 걸음을 옮기는 행위에 초점을 맞춘 표현이라면, 산책은 걸음과 함께 수반되는 사유, 모색 등의 정신적 활동까지 포괄한다고 볼 수 있다.

어원적 의미를 통해서 산책이 육체와 정신의 유기적인 활동임을 짐작할 수 있다. 걸으면서 사유하는 행위뿐만 아니라 독서

나 예술 감상, 버스나 기차 밖의 풍경 바라보기 등도 산책이 될 수 있다. 카페에서의 사색이나 대화 등도 산책의 한 형태가 될 수 있다. 바쁜 일상 속에서 잠시 휴식을 가지면서 사색과 사유의 시공간이 펼쳐진다면 산책은 어디서든, 어떠한 형태로든 이루어질 수 있다. 일상의 긴장감을 덜어 내고 느슨하게 마음의 방심 상태를 유지하다 보면, 어느새 자유로운 연상이 꼬리에 꼬리를 물고 이어지면서, 내가 써야 할 글의 주제와 내용이 불쑥 떠오르는 순간을 체험하게 된다. 어쩌면 산책하는 글쓰기는 저자나 작가를 꿈꾸는 이들에게 백일몽白日夢을 현실로 만들어 주는 가장 쉽고도 친숙한 방법일 수 있다.

글쓰는 산책자, 구보仇甫로의 변신

박태원의 중편소설 「소설가小說家 구보씨仇甫氏의 일일一日」은 산책이 글쓰기가 되는 전범典範이다. 소설의 주인공 구보仇甫는 하루 종일 1930년대 경성의 거리를 걸음으로, 전차로, 시선으로 유영한다. 그는 거리를 걷고, 다방에 들르고, 전차 안에서 사람들을 바라보며 사색을 이어 간다. 그런데 그가 집요하게 붙잡고 있는 주제는 '행복'이다. 산책은 생각의 긴장감을 이완시키면서 자신을 객관적으로 바라보게 하는 효과가 있다. 구보는 탐구의 대상이 된 자신을 향해 "나는 어디에서 행복을 찾을 것인가"라고 질문을 던진다. 그의 뇌리에서 출발한 질문은 전차의 선로와 도시의 골목길로 끊임없이 뻗어 나간다.

구보는 다시 밖으로 나오며, 자기는 어데가 행복을 찾을까 생각한
다. 발 가는 대로, 그는 어느틈엔가 안전지대에 가 서서, 자기의 두
손을 내려다보았다. 한 손의 단장과 또 한 손의 공책과─물론 구보
는 거기에서 행복을 찾을 수는 없다. (박태원, 「小說家 仇甫氏의 一
日」, 『소설가 구보씨의 일일─박태원단편집』, 깊은샘, 1989, 32면.)

　박태원은 이 소설을 『조선중앙일보』에 연재(1934. 8. 1.~9. 19.)
했다. 그는 자신이 창조한 주인공의 산책을 돕기 위해 두 가지 방법
을 제공했다. 하나는 고현학이고, 또 다른 하나는 전차 체험이다. 고
현학考現學, modernology은 현대 사회의 생활 양식이나 문화 현상, 세
태와 풍속 등을 조사, 기록, 연구하는 학문이다. 구보가 거리로 나서
면서 대학 노트를 지니는 이유는 산책의 내용을 소설로 기록하기
위해서이다. 또한 구보가 타는 전차는 고현학의 속도와 범위를 증
가시켜 준다. 전차 덕분에 그의 '일일一日'은 '한 편의 소설'이 될 수
있었다. 보행할 때 겪게 되는 여러 가지 방해로부터 해방된 구보의
시선은 도시의 풍경을 담아내는 창작의 뷰파인더가 된다.
　구보가 경성을 산책하던 시대에 전차를 타는 행위는 '비승飛
昇'이라고 불렸다. 문자적으로 해석하면 날아서 전차에 탄다는 것인
데, 그만큼 전차의 속도가 상대적으로 느렸다. 천천히 달리는 전차
에 오르는 것이 비승, 내리는 것이 비강飛降이었다. 「소설가 구보씨
의 일일」에서 전차를 타는 행위는 주인공의 산책이자, 소설의 중심
모티프이다. 구보가 목적지도 없이 전차에 올라타며 비생산적으로
보이는 행위를 하는 것은 소설 쓰기를 위한 고현학의 실천 과정이
다. 구보의 전차 산책은 무위無爲가 아니라 의식적 탐구의 과정인 것

산책하는 글쓰기 ─ 소설가 구보의 일일을 견디

이다. 그는 산책을 통해 글쓰기의 주제를 발견하고, 그 과정 자체로 한 편의 소설을 형상화한다. 구보는 '산책하는 글쓰기'를 몸소 실천하며 산책자가 곧 작가임을 증명하고 있다.

구보가 보여준 산책의 방식은 삶과 예술을 잇는 행위이다. 전차의 흔들림은 사유의 진폭을 넓히는 장치가 되고, 거리의 소음은 그의 질문을 더욱 날카롭게 만드는 배경음이 된다. 이처럼 산책은 외부 세계를 관조하는 동시에 자기 내면을 탐구하는 이중적 경험을 가능하게 한다. 또한 구보의 산책은 글쓰기의 시간성을 보여준다. 글은 단숨에 완성되는 것이 아니라, 여러 장소들이 오버랩된 순간순간을 통해서 숙성해 간다. 구보가 하루 동안 경성을 산책하며 질문을 이어 갔던 것처럼, 글도 여러 사유의 단계를 거치면서 비로소 형태를 갖추어 간다.

글쓰는 산책자로의 변신은 소설의 주인공 구보만의 이야기가 아니다. 박태원 소설에 등장하는 구보는 글을 쓰는 모든 이들의 모델이다. 그는 글을 잘 쓰는 방법을 직접적으로 가르쳐 주지 않는다. 대신 자신의 삶을 가로지르는 질문과 그 질문에 답하는 과정을 오롯이 보여준다. 구보의 산책은 미완의 답을 향해 끊임없이 걸어가는 여정이다. 산책의 과정 속에서 글쓰기가 어떻게 삶과 맞닿을 수 있는지를 구보는 몸소 보여준다. 그리고 글쓰기가 명쾌한 답을 찾는 기술이 아니라, 질문을 온 마음으로 붙들고 고민하는 과정임을 일깨워 준다.

구보의 '일일一日'은 개인의 산책 기록을 넘어, 글쓰기의 보편적 방법론으로 확장될 수 있다. 산책은 무의식의 층위에서 흩어진 생각을 정리하게 하고, 습관적 일상에 매몰되어 있던 주제를 불현

듯 발견하게 한다. 글쓰기는 특별한 경험이나 거창한 사건을 통해서 시작되는 것이 아니다. 발걸음이 우연히 머문 거리, 무심코 시선이 닿는 풍경, 마음속 잎새가 흔들리는 순간마다 글의 씨앗은 잉태되고 자라난다. 산책은 일상의 흔적을 문학으로 바꾸는 가장 오래되었지만, 늘 새로운 방식인 것이다.

산책의 여정에서 찾은 구보의 진정한 행복

구보는 산책을 통해 동시대를 살아가고 있는 사람들에게 나타나는 '행복'을 발견하고자 했다. 그가 하루의 산책 주제를 행복으로 잡은 것은 그에게 가장 부재하는 감정이 행복이었기 때문이다. 일본 유학까지 다녀온 구보였지만, 그는 남들 보기에 버젓한 직장을 갖고 있지 않다. 안정된 직장이 없다 보니 결혼을 하여 독립된 가정을 꾸리는 것은 생각도 하지 못한다. 구보는 이러한 자신의 모습으로 인해 어머니 또한 행복의 부재를 겪고 있을 것이라고 생각하며 고민한다.

그런데 언뜻 생각해 보면, 당시 일본 유학을 다녀올 정도의 인텔리인 구보가 직장을 구하지 못한다는 것은 이해가 가지 않는다. 어찌 보면 구보는 직장을 못 가진 것이 아니라, 안 가진 것이라고 할 수 있다. 그렇다면 왜 그는 안정된 직장을 스스로 멀리하고 있을까? 그것은 소설가로서의 정체성을 온전히 갖고 있는 그가 훌륭한 소설을 쓰겠다는 생각에 몰두해 있었기 때문이다. 아마도 그는 소설 쓰기를 통해 내적인 만족감과 행복감을 이미 느끼고 있었을지 모른다. 다만, 어머니를 비롯한 주변의 시선에 비춰진 자신의 모습과 스스로 바라보는 자신의 모습 사이에서 느껴지는 부조화로 인해 행복감을 온전히 누리지 못하고 있었을 가능성이 크다.

구보가 경성 거리를 하루종일 산책하며 행복 찾기에 몰두했던 것은 자신의 행복을 분명하게 인식하고자 했던 것일 수 있다. 글 쓰는 작가로서 행복을 느끼는 자신에게 결핍되어 있는 듯 보이는 행복의 실체를 분명히 파악하고자 하는 절실함이 그를 산책으로 이끈 동인이었던 것이다. 구보는 행복을 갈구하는 사람들의 욕망이 무한대로 팽창되는 백화점을 산책의 공간으로 삼는다. 그리고 그곳에서 너덧 살 되어 보이는 아이를 데리고 온 젊은 부부의 "행복을 자랑하고 싶어하는 마음"을 엿본다. 분명한 직업과 독립된 가정 없이 간간이 글을 써서 그저 생활의 방편으로 삼고 있는 구보에게 젊은 부부의 행복은 흉내낼 수 없는 일상이다. 그렇다고 행복의 정의를 다른 사람을 통해서 할 수는 없기에, 구보는 가장 절박한 심정으로 소설 쓰기를 위한 산책에 나설 수밖에 없었던 것이다.

필자는 최근 윤대녕 작가의 강연회에 참석했었다. 그 강연회에서 매우 울림이 가는 말을 작가로부터 들었다. 그것은 자신의 글쓰기는 절박함에서 비롯된다는 말이었다. 그는 원고 청탁이 오면 '내게 가장 절박한 것은 무엇인가'를 생각한다고 했다. 글쓰기의 주제를 내가 당면한 가장 절박한 문제에서 떠올린다는 것이다. 박태원 소설의 주인공 구보도 자신의 가장 절박한 문제의식을 품은 채 산책을 통해 글쓰기를 수행했다. 자신이 당면한 문제에 대한 답을 찾아가는 여정으로서의 글쓰기는 신기하게 다른 사람들에게 깊은 공감을 불러일으킨다. 독자를 포함해 모든 사람은 자신에게 주어진 문제를 푸는 길 위에 서 있는 존재이기 때문이다.

　　구보는 하루의 오랜 산책을 마치고 집으로 향하면서 행복에 대한 생각을 갈무리한다. "참말 좋은 소설을 쓰리라"라는 고백은 이 날의 산책을 통해 그가 분명하게 들은 내면의 소리이자 스스로를 향한 다짐의 말이다.

> 내일, 내일부터, 나 집에 있겠소, 창작하겠소. … 참말 좋은 소설을 쓰리라. … 번番 드는 순사가 모멸을 가져 그를 훑어보았어도, 그는 거의 그것에서 불쾌를 느끼는 일도 없이, 오직 그 생각에 조그만 한 개의 행복을 갖는다. (박태원, 「小說家 仇甫氏의 一日」, 『소설가 구보씨의 일일─박태원단편집』, 깊은샘, 1989, 79~80면.)

　　그는 어머니가 혼인 얘기를 꺼내면 이제는 "어머니의 욕망을 물리치지는 않을지도 모른다"라는 생각을 한다. 동시에 그는 "어쩌면"이라는 유보적 단서를 붙여 놓는다. 자신에게는 "한 개의 생활을, 어머니에게는 편안한 잠"을 주는 어머니의 욕망은 좋은 소설을 쓰겠다는 구보의 욕망과는 배치된다. 그렇지만 구보는 정말 좋은 소설을 쓰겠다는 "오직 그 생각에 조그만 한 개의 행복"이 느껴지는 것을 하루의 산책을 마무리하며 분명하게 인식한다. 어머니와의 갈등이 해소된 것은 아니지만, 좋은 소설을 쓰는 것에서 행복을 느끼는 구보가 전차에 뛰어오르는 산책을 멈추지 않으리라는 것을 이 소설은 암시하고 있다.

산책의 주제를 '인생 오미人生 五味'의 언어로 표현하기

산책을 통해 글의 주제를 발견했다면, 이제 중요한 것은 그것을 '나의 언어'로 표현하는 것이다. 산책은 누구에게나 열려 있지만, 그 경험을 글로 옮길 때는 글쓴이의 개성적 표현이 결정적인 요건이 된다. 산책의 여정이 글로 전환되는 과정에서 글쓴이는 자신만의 관점과 언어를 통해 세계를 재구성한다. 구보의 경우, 경성의 거리와 세태를 묘사하면서도 감정의 기록을 위한 서술에 머물지 않았다. 번잡한 경성의 거리를 산책하며 그는 '행복'이라는 주제를 탐구했고, 그 탐구의 방식은 소설가로서의 자기 고백이었다. 산책자로서 그는 자기 삶의 본질적 정체성을 직시하며 자신의 문제의식에 대한 해답을 발견하고자 했다.

글쓰기에서 중요한 것은 바로 이 지점이다. 산책 속의 발견은 무심히 걷는 발걸음이 건네는 선물과도 같다. 이러한 발견은 글쓴이의 주관과 결합되면서 비로소 차별화된 글이 된다. 글은 세계와 나 사이의 관계를 표현하는 수단이자 장치이다. 산책에서 얻은 의미를 자신의 목소리로 풀어낼 때, 글은 저자의 고유한 작품으로 탄생한다. 산책을 통해 쓰여진 글은 저자의 내면을 비추는 거울이면서, 동시에 타인과 만나는 소통의 창이 된다. 글쓴이의 차별화된 관점과 개성적 표현으로 빚어진 글은 독자의 관심과 공감을 불러일으키면서 더 넓은 소통의 장으로 나아갈 수 있다.

이 과정에서 핵심은 '시선의 고유성'과 '관점의 차별성'이다. 글은 세상을 바라보는 나의 눈과 감각을 반영하면서 쓰여진다. 동일한 풍경과 장면을 모든 사람이 본다고 하더라도, 그것을 해석하는 방식은 각자의 시선과 관점에 따라 다르다. 그래서 시선은 고유하고 관점은 차별적일 수밖에 없다. 글쓴이는 자신의 관찰과 경험에 대해 정직해야 한다. 가장 나답게 바라보고 표현하려고 할 때 가장 창의적인 글이 탄생할 수 있다. 누군가의 글을 따라하거나 흉내낼 필요가 전혀 없다. 나의 시선과 관점에서 해석한 나만의 발견이 가장 독창적인 내용을 담아낼 수 있기 때문이다.

필자는 이 글을 쓰면서 소설가 구보를 초대했다. 그리고 독자들이 산책자 구보로 변신하여 자신의 절박한 문제의식을 글로 표현할 수 있는 방법을 제시하고자 했다. 소설가 구보의 삶은 예술가의 삶을 표상한다. 동시에 절실한 문제의식의 답을 찾아가는 모든 산책자들의 표상이기도 하다. 구보는 소설 쓰기에서 행복을 찾았지만, 그 행복은 달콤하지만은 않았다. 구보가 행복을 찾아가는 인생 여정에는 단맛, 쓴맛, 신맛, 짠맛, 매운맛이 모두 섞여 있다. 성공과 기쁨, 실패와 시련, 변화와 깨달음, 노력과 수고, 열정과 고통의 '인생 오미人生 五味'는 구보가 행복을 찾는 삶의 여정에서 거쳐야 하는 인생의 여러 단면들이라고 할 수 있다.

산책 속에서 발견한 주제를 인생 오미의 언어로 풀어낸다는 것은 자신의 삶을 여러 맛에 빗대어 표현하는 것이다. 단맛은 기쁨과 성취를, 쓴맛은 고난과 시련을, 신맛은 새로움과 각성을, 짠맛은 노력과 헌신을, 매운맛은 열정과 분투를 상징한다. 글은 이 다섯 가지 맛을 어떻게 배합하느냐에 따라 전혀 다른 풍미를 낸다. 인생의 길 위에서 겪은 체험들을 이 다섯 가지 맛으로 재해석하여 자신의 언어로 재조합할 때 글쓰기의 깊이는 더해진다. 인생 오미는 삶의 복잡다단한 측면들을 부각시키면서 우리가 추구하는 가치의 의미를 심화시켜 조명해 준다. 다섯 가지 맛으로 표현된 내 삶의 서사는 우리의 이야기로 확장되는 보편성을 가질 수 있다.

산책하는 글쓰기는 삶을 단일한 색조로 환원하지 않고, 인생 오미가 교차하는 다성적 서사로 변주한다. 삶에서 맛본 감정의 스펙트럼은 사람마다 다르지만, 누구나 기쁨, 슬픔, 수고, 열정, 깨달음 등을 체험한다. 인생 오미가 녹아 있는 글은 공통의 체험 영역으로 자연스럽게 확장된다. 글쓴이가 자기만의 언어로 인생 오미를 표현할 때, 독자는 자신의 경험과 겹쳐지는 공명의 지점을 발견한다. 산책자의 자기 서사가 문학적 글쓰기의 보편성을 획득할 수 있는 이유가 여기에 있다.

구보와의 산책을 마무리하며

구보와 함께 걸었던 산책은 겉으로는 하루의 끝을 향해 가는 짧은 길이었지만, 내적으로는 삶의 긴 여정의 한 과정에 속하는 순례길과도 같다. 길은 끝나는 듯 보이면서도 늘 새로운 길로 이어지기 마련이다. 산책하면서 생겨나는 우리의 사유 역시 끊임없이 이어진다. 그래서 산책은 마침표가 아닌, 쉼표로만 표시할 수 있을 뿐이다. 구보의 산책이 소설의 형식으로 남아서 오늘의 우리에게 말을 거는 이유는, 그가 사유한 흔적들의 리듬이 지금도 살아 있기 때문이다. 우리는 구보의 산책길에서 닫힌 결론이 아니라, 열려 있는 새로운 시작을 본다.

구보의 발걸음은 1930년대 경성의 좁은 골목과 전차의 흔들림 속에서 머물렀다. 그러나 그 사유의 결은 세월을 넘어 우리의 삶에 메시지를 던져 주고 있다. 그는 세속적 기준에서 결핍된 인물이었지만, '좋은 소설을 쓰겠다'라는 절박한 내면의 다짐을 붙들었던 예술가였다. 구보의 고백은 글쓰기를 하는 모든 이들에게 진지하게 과제를 남기고 있다. 시대가 달라져도 글을 쓰는 모든 이들은 자신의 절박한 문제를 붙들고 그 답을 찾아 나서야 한다.

산책은 우리를 익숙한 사고에서 벗어나서, 낯선 시선으로 일상을 다시 보게 한다. 무심히 지나치던 도시의 풍경과 소음에서 내면의 질문을 찾아내는 것은 산책자의 몫이다. 글쓰는 산책자에게는 숲길의 고요와 시장길의 소란 모두 글의 원천이 될 수 있다. 산책로에서 우리는 삶의 무게와 가벼움을 동시에 체험한다. 그 체험을 자신의 언어로 표현하는 순간 모든 성찰은 문학적 울림으로 승화된다. 발걸음을 내딛었던 자취는 사라지지만, 그 흔적으로부터 비롯된 문장은 남는다. 그리고 그 문장은 독자의 마음속에서 다시 걸음을 내딛는다.

구보와의 산책이 알려준 것은 글쓰기가 완결된 답을 내놓는 행위가 아니라는 사실이다. 산책은 삶의 질문을 붙잡고 몸부림치는 집요한 끈기 가운데 문장을 꽃피운다. 생성형 AI가 문장가로 데뷔한 시대를 살고 있지만, 여전히 절실한 문제의식으로 만들어진 문장은 우리의 마음을 설레게 한다. "참말 좋은 소설을 쓰리라"라는 문장은 구보의 정체성이 오롯이 담긴 구보의 분신이다. 구보와의 산책을 마무리하며 모든 이들에게 자신의 인생을 품은 문장과 글이 탄생하기를 바란다. 산책하는 글쓰기는 우리의 분신과도 같은 문장이 길 위에서 태어나게 하는 가장 인간적이고도 문학적인 여정이다.

박정애 소설가 · 강원대학교 영상문화학과 교수

나는 누구인가

내 삶의 캐릭터와 플롯을 찾아서

이야기하는 인간

인간은 태어나는 순간부터 죽을 때까지, 어쩌면 태어나기 이전부터 죽은 다음에도, 호모 나랜스Homo Narrans이다. 말 못 하는 아기의 삶에도 이야기는 이미 스며들어 있어서 제바람에 물길을 만들어 흘러간다. 태몽은, 타인의 꿈에 나타난 아이의 인생 메타포다. 그 아이가 울음을 터뜨릴 때, 배냇짓을 할 때, 미소 지을 때, 누군가는 그 의미를 해석하고 장엄한 의미망 속에 자리매김한다. 또 누군가는, 아마도 부모일 확률이 높지만, 어떤 맥락 속에서 아이 이름을 짓고 아이의 미래를 상상한다.

이를테면, 충북 진천 태생의 작가 조명희는 1928년에 소련으로 망명하여 소련작가동맹 원동(연해주)지부에서 활동하면서 장녀에게 조선아, 장남에게 조선인이라는 이름을 지어주었다. 조선아, 조선인이라는 이름에는 비록 이역만리 타국 땅에서 나고 자라더라도 그 뿌리를 잊지 않았으면 하는 아비의 소망, 언젠가는 아이들 손잡고 해방된 조선 땅으로 돌아가고자 하는 망명객의 꿈이 뜨겁게 녹아 있다. 불행히도 조명희는 1937년에 일제의 스파이라는 가당찮은 누명을 쓰고 체포되어 이듬해에 총살당했다. 스탈린의 고려인 강제이주 정책에 따라 연해주에서 우즈베키스탄으로 온 조선아가 나중에 타슈켄트의 나보이Navoiy 문학박물관에 아버지 유품을 기증한 덕에 이 박물관 3층에는 포석조명희문학기념실이 있다. 며칠 전 타슈켄트를 방문한 나는 그 기념실에서 잠시 조명희 작가와 마음으로 대화하는 시간을 가졌다. 이렇듯, 죽은 다음에도 인간은 이야기를 한다.

부은 발이 걷는 길: 운명과 선택

이름과 인생 여정이 기막히게 얽히고설킨 사례를 우리는 저 옛날 그리스 신화 속 오이디푸스에게서 발견할 수 있다.

먼저 오이디푸스라는 캐릭터에 관해 생각해 보자. '캐릭터'라는 말은 본디 고대 그리스어 'kharaktēr'에서 유래한 것으로, 신체에 새겨진 표식이나 낙인을 뜻했다. 그것은 단순한 성격의 유형이 아니라 운명의 상징이기도 했다.

오이디푸스는 그리스 중부의 도시국가 테바이의 라이오스 왕과 이오카스테 왕비 사이에서 태어난 지 사흘도 안 돼 버림받았다. '장차 아버지를 죽이고 어머니와 살을 섞을 패륜아'라는 지독히도 끔찍한 저주를 담은 신탁 때문이었다. 두 발이 한껍에 묶인 아이를 넘겨받은 하인은 차마 핏덩이를 죽이지 못하고 키타이론 골짜기의 아는 목동에게 아이를 넘겼다. 목동은 제 나라 코린토스의 왕 부부에게 아이를 바쳤다. 슬하에 자식이 없던 폴뤼보스 왕과 메로페 왕비는 아이를 신의 선물처럼 반겼다. 오래 꽁꽁 묶였던 발이 몹시 부어 있었으므로 아이 이름은 '부은 발'이라는 뜻의 오이디푸스가 되었다. '나는 어디에서 왔으며 나는 누구이고 어디로 가는가'를 되뇌며 부은 발을 끌고 유랑할 운명…. 신탁이 몸에 새긴 낙인, 즉 캐릭터를 고스란히 품은 이름이다.

그는 양부모의 사랑을 듬뿍 받으며 코린토스에서 으뜸가는 시민으로 자랐으나, 어느 술 취한 사내에게서 '너는 네 아버지의 아들이 아니다'라는 말을 듣고부터 마음을 잡지 못한다. 부모님이 노발대발하며 극구 부인하는데도 그의 해묵은 고통인 '부은 발'이 그를 델포이의 아폴론 신전으로 데려간다.

나는 어디에서 왔으며 나는 누구인가.

아폴론은 그의 용건에 답하지 않고, 너무나 고통스럽고 무서운 살부혼모殺父婚母의 운명만을 알려준다. 그는 행여나 그 운명이 이루어질까 두려워 별들을 보고 위치를 가늠하며 코린토스에서 멀리 떨어진 곳으로만 줄곧 떠돌아다니다 마차가 다니는 세 갈래 길에 이른다.

어디로 갈 것인가.

갈 길을 정하지 못하고 서성거리던 청년은, 키가 크고 흰 머리가 막 나기 시작한 노인의 마차 행렬과 마주친다. 노인의 명을 받은 마부가 청년을 억지로 길 밖으로 밀어내려 하자 청년도 불뚝성이 치밀어 마부를 때린다. 그러고 마차를 지나가려는데 노인이 마차에서 화살촉 같은 침이 둘 박힌 가축 몰이 막대기로 청년의 머리통을 사정없이 내리친다. 노인에게 짐승 취급을 당하자 청년의 내면에서 잠자고 있던, C. G. 융이 말한바 '그림자'로서의 짐승이 눈을 뜬다. 짐승은 괴력을 발휘하여 노인 일행 다섯 명을 처치하는데, 개중 한 명만이 살아남아 나중에 치명적 진실을 증언한다.

이제 청년의 부은 발은 노인이 왔던 길, 즉 그의 뿌리를 향해 그를 이끈다. 그는 테바이의 경계에서 수수께끼를 내어 사람들을 괴롭히던 괴물 스핑크스를 무찔러 도시의 구원자, '죽음을 막아주는 성탑'으로 우뚝 선다. 이에 시민들의 추대를 받아 마침 과부가 된 왕비와 혼인하고 테바이를 통치하며 왕비와의 사이에서 2남 2녀를 얻는다. 그러구러 십수 년이 흐르고 그의 용모가 죽은 라이오스 왕과 흡사해졌을 때, 테바이에 역병의 재앙이 덮친다.

고대인들은 재이災異가 사악한 인간에 대한 신의 징벌이라 생각했기에 신이 노하신 원인을 찾아서 제거해야 한다. 오이디푸스 왕의 명으로 델포이 신전에 다녀온 처남 크레온이, '선왕 라이오스를 죽인 살인자 때문에 테바이가 오염되었으니 범인을 찾아내어 추방하거나 피를 피로 갚아야 한다'는 신탁을 받아 온다. 오이디푸스는 살인범을 찾아내기 위해 무슨 일이든 다 할 작정으로 우선 크레온의 조언을 받아들여 눈먼 예언자 테이레시아스를 불러온다. 하지만 눈먼 예언자에게서 들은 말은 청천벽력과 같다.

그대가 바로 그대가 찾고 있는 범인이오.

오이디푸스는 크레온이 예언자와 짜고 자신의 왕권을 탈취하려 한다고 의심한다. 아내 이오카스테는 그에게 예언 따위를 믿지 말라고 하고, 코린토스에서 온 전령은 코린토스의 왕이 죽었으므로 오이디푸스가 코린토스로 돌아가 왕위를 계승해야 한다고 전한다. 오이디푸스는 적으나마 안심한다.

왕이 자연사했으니 살부殺父의 신탁은 허튼소리였나? 하지만 어머니가 살아계시니 혼모婚母의 신탁이 두렵구나.

전령은 사실 키타이론에서 오이디푸스를 살려준 목동이었다. 그 공도 인정받고 부친상 소식을 알려준 사례금도 빨리 받고 싶었던 그가 끼어든다.

아무 걱정하지 마십시오. 그들은 당신의 친부모가 아닙니다. 제가 바로 라이오스 왕의 하인에게서 갓난아이를 인계받아 코린토스 왕 부부에게 데려간 사람입니다. 그 갓난아이는 당신이고요.

전령의 그 말은 오이디푸스의 마음에 오히려 먹장구름을 드리운다. 테이레시아스의 예언은 증명이 불가하므로 무시할 수도 있었다. 그러나 전령의 말은 출생의 비밀을 밝힐 최고의 실마리가 아닌가. 이제 아이를 넘겨줬다는 그 하인을 데려와 전령과 대질해 보면 진실의 마지막 조각이 맞춰질 것이다. 게다가 그 하인은 라이오스가 죽었을 때 그의 마차를 수행한 사람 중에서 유일하게 살아남았다고 하니 이중의 목격자인 셈이다.

이쯤 되자 이오카스테가 오이디푸스를 말린다.

제발 여기서 그만하세요. 더는 따지지 마세요. 괴로워 못 견디겠어요.

소포클레스의 원작 희곡에는 나와 있지 않지만, 아마도 그때 이오카스테는 오디푸스에게서 영락없는 라이오스를 발견했을 것이다. 큰 덩치에 머리카락이 희끗희끗해지기 시작했으며 신의 눈밖에 날 정도로 고집 센…. 오이디푸스가 끝내 말을 듣지 않자 이오카스테는 내실로 달려가 목을 맨다.

오이디푸스는 마지막 증언자로 불려온 라이오스의 하인을 심문하고, 마침내 자신이 누구인지 알게 된다. 죽여서는 안 될 사람을 죽이고, 결혼해서는 안 될 사람과 결혼하여, 낳아서는 안 될 자식을 낳은 끔찍한 비극의 주인공.

그는 이오카스테가 매달린 밧줄을 풀어 그녀를 바닥에 눕힌 후, 그녀의 옷에 꽂혀 있던 황금 브로치를 뽑아 자기의 두 눈알을 여러 번 찌른다.

코러스가 노래한다.

차마 눈 뜨고 볼 수 없는 광경이여. 지금 누구의 이야기가 이보다 더 비참할까? 누가 삶의 굴곡에서 이보다 더 잔혹한 재앙과 고통을 만나 부대끼고 있을까?

코러스가 어찌 자기 눈을 멀게 했느냐고 묻자, 오이디푸스는 이렇게 대답한다.

아폴론, 아폴론, 바로 그 분이시오, 내게 이 쓰라리고 쓰라린 일이 일어나게 하신 분은. 하지만 내 이 두 눈은 다른 사람이 아닌 가련한 내가 손수 찔렀소이다.

그리스 사람들은 사람이 죽으면 하데스가 다스리는 저승으로 가서 먼저 죽은 사람들을 만난다고 생각했다. 오이디푸스는 차마 제 손으로 죽인 아버지, 살을 섞어 네 자녀를 낳기까지 한 어머니를 눈 뜨고 대면할 수 없다고 생각하여 제 눈을 찌른 것이다. 지금 우리가 볼 때는 과한 행동이지만, 그의 세계관에서는 일리 있는 행동이었다. 신이 짜 놓은 거미줄에 걸려 옴짝달싹 못하는 처지임에도 끝내 거미의 먹이가 되지 않고 인간으로서 선택하고 행동했다고 볼 수 있다.

역병을 불러온 오욕의 근원이 자신임을 알게 된 오이디푸스는 스스로에게 추방령을 내리고 테바이를 떠난다. 사람들이 오이디푸스 왕의 이야기에 대해 알고 있는 부분은 대개 여기까지다.

그러나 부은 발의 여정은 끝나지 않았다. 소포클레스가 죽기 직전에 쓴『콜로누스의 오이디푸스』를 보자. 이제 오이디푸스의 부은 발은 테바이를 떠나 높은 산, 깊은 골을 정처 없이 유랑한다. 딸이자 여동생인 안티고네가 아버지이자 오빠인 오이디푸스를 부축하고 돌봐준다. 오명이 그리스 전역에 퍼졌기에 그들이 안주할 곳은 없다. 험한 잠자리와 거친 음식, 그의 압도적 불행에 전염이라도 될까 걱정하는 사람들의 괄시가 일상이지만, 그 오랜 고생이 오이디푸스를 변모시킨다. 고귀한 자질 못지않게 오만하고 성급한 기질을 어쩌지 못했던 오이디푸스가 참을성 있고 지혜로운 사람으로 늙어간 것이다.

여기서 잠깐, 좋은 이야기 속 좋은 캐릭터는 아크arc를 그린다는 점에 주목하자. 우리는 '사람 고쳐 못 쓴다'라는 말을 자주 하지만, 이야기 속 캐릭터는 변해야 한다. 어떤 이는 자신을 영원한 피해자라 여긴다. 또 어떤 이는 세상에 끝없이 도전장을 던지는 투사로 살아간다. 여기서 머물러 버리면, 이야기는 재미가 없다. 좋은 캐릭터는 성장하고 변화해야 한다.

어쨌거나 변모한 오이디푸스는 말년을 의탁할 장소로 아테네 근교의 콜로누스를 찾아간다. 콜로누스는 복수의 여신이 거하는 곳이라 오이디푸스가 존속살해와 근친상간의 죄를 다 씻지 못했다면 여신의 복수를 피하지 못할 터이다. 콜로누스의 원로들이 우왕좌왕하다가 아테네 왕 테세우스에게 물어보자, 테세우스는 '신의 뜻에 따라 오늘 왕으로 살다가도 내일 누구보다 비참한 삶으로 전락할 수 있는 것이 필멸의 인간'임을 잘 알고 있다며 이방인을 환대할 의무를 다하겠다고 말한다.

부은 발은 마침내 콜로노스의 숲에서 쉴 곳을 찾는다. 테세우스의 보호를 받으며 오이디푸스는 질병의 고통 없이 운명과 화해한 현자로서 평화롭게 죽는다. 중국 고전 『서경書經』에서 말하는 오복五福 중 고종명考終命, 곧 '천명을 다하고 생의 의미를 이해한 채 고요히 삶을 마감하는 복'이 그에게 허락되었던 것이다.

신화의 전유: 오늘의 영웅들

미국 신화학자 조지프 캠벨은 "고대 신화에 등장하는 영웅들은 사라진 것이 아니다. 오늘도 뉴욕의 5번가 횡단보도 앞에서 신호등이 바뀌기를 기다리고 있다"라고 말했다. 존비속 살해와 관련한 전 세계의 사건, 사고 뉴스뿐 아니라 〈선택된 인간〉, 〈올드보이〉, 〈그을린 사랑〉 같은 픽션물에서 우리는 오이디푸스 신화의 다양한 창의적 재해석과 전유를 수없이 목격할 수 있다.

나는 최근에 본 할리우드 영화 두 편에서도 오이디푸스 왕 이야기의 재미난 전유를 만났다. 먼저 2025년에 돌아온 〈슈퍼맨〉.

〈슈퍼맨〉의 주인공 칼 엘은 멸망 직전의 크립톤 행성에서 지구로 보내졌다. 친아버지 조 엘이 그에게 하나의 사명을 부여했으니, 지구를 점령하고 크립톤인의 유전자를 퍼뜨리라는 것. 크립톤의 유일한 생존자에게 크립톤 혈통과 문명의 부흥이라는 명분은 절대적 당위로서 고대의 신탁과 같은 무게를 지닌다. 그러나 칼 엘은 사랑으로 자신을 키워준 양부모의 아들, 즉 지구인으로 살기를 선택한다. 친부모가 악당이라는 사실에 고통받는 슈퍼맨에게 양아버지 조너선 켄트가 말한다.

네 선택과 네 행동이 네가 누구인지 말해주는 거란다.

그러니까 신탁이, 운명이, 부모가 아니라 매일매일 내가 하는 선택과 행동이 '나는 누구인가'를 결정한다는 뜻이다. 만약 오이디푸스가 코린토스로 돌아가 그토록 사랑해 준 부모에게 묵묵히 아들의 도리를 다했다면 오히려 운명의 저주를 피할 수 있지 않았을까? 오이디푸스는 운명에 대한 두려움 때문에 운명을 피해 걷는다고 믿었지만, 그의 부은 발은 신탁이 정해 놓은 운명의 경로를 걸음걸음 밟아갔다. 반면에 슈퍼맨은 양부모가 있는 스몰빌로 돌아갔고 그 길 위에서 지구 시민이 되기를 선택한다. 그는 두려움이 만든 길을 거부하고, 자신의 선택과 행동으로 새 길을 만들어 낸다. 어쩌면 운명은 우리가 두려움 속에서 내리는 나쁜 선택들이 쌓이고 쌓여 시나브로 짙어지는 그림자일지 모른다. 두려움을 이기고 좋은 선택을 한다면 신탁의 어두운 그림자도 맥을 못 추고 늘어질 것이다.

올여름 더위를 식혀준 영화 〈판타스틱4: 새로운 출발〉에서는 라이오스, 이오카스테와 완전히 다른 선택을 하는 부모를 보는 재미가 있었다. 행성을 집어삼키는 막강 우주 빌런 갤럭투스가 자신의 뒤를 이을 아이라며 판타스틱4의 리드 리처즈와 수 스톰의 아이를 달라고 한다. 아이만 넘겨주면 지구를 삼키지 않겠다는 갤럭투스의 제안에 지구인들은 동요한다. 기필코 아이를 지키겠다는 부모를 두고 이기적이라며 비난하기까지 한다. 하지만 부모는 아이를 포기하지 않는다. 아이를 위해서라면 지구를 옮길 수도 있다는 부모를 보면서, 나는 저 오이디푸스의 부모가 무엇을 잘못했는지 생각했다. 적어도 오이디푸스는 모르고 죄를 지었지만, 그 부모는 알고도 죄짓기를 선택했다. 애초에 신탁이 끔찍하다는 이유로 부모의 도리를 저버리고 아이를 죽이라고 교사한 죄가 너무 크지 않은가. 그들이 신탁의 두려움에 굴하지 않고 아이를 사랑으로 키웠다면 신탁의 저주는 당연히도 힘을 잃고 말았을 것이다. 지구를 통째로 먹어 버리겠다는 협박에도 굴하지 않는 판타스틱한 부모가 아이를 살리고 지구를 살리듯.

의미의 사슬: 나는 어떤 플롯 위에 서 있는가

삶은 수많은 감정과 사건의 점들로 이루어져 있다. 막막한 시공 속에 흩어진 이 점들을 알맞추 꿰어 내어 의미 있는 실선을 만들어 내고 거기에 의미를 부여하는 작업, 바로 이것이 '플롯'이다. 소포클레스는 수수께끼, 발견, 지독한 행위, 변모 등 여러 가지 플롯을 활용하여 오이디푸스의 인생에 의미를 부여한다. 필멸의 인간이란 언제 어떻게 불운의 풍파에 휩쓸릴지 모르는 허약한 존재임을 보여주면서도, "이 세상에 나 말고 내 고통을 감당할 사람은 없다"라는 외침을 통해 인간의 자유의지와 책임의 자각, 그 아름다움과 강함을 동시에 보여 주는 것이다.

우리 삶의 이야기도 마찬가지다. 사랑과 성공, 뜻밖의 이별, 병상에서의 외로움, 혹은 소소한 기쁨과 기적 같은 우연 등 인생사

우여곡절이 아무리 많다 하더라도, 의미의 사슬을 통해 그것들을 연결하지 못한다면 삶은 언제나 지리멸렬하고 무질서하게 흘러가는 풍경일 뿐이다. '나는 어디에서 왔고 누구이며 어디로 가는가'에 관한 나의 이야기는, 적절한 플롯이 부여될 때에 비로소 뿌연 창 너머에서 의미의 이목구비를 드러내기 시작한다.

그러니 오늘 글을 쓰고자 책상 앞에 앉은 당신,

잠깐 마우스에서 손을 떼고 심장에 얹은 다음, 물어보자.

나는 지금, 어떤 캐릭터로 살아가고 있는가?

나는 어디서 서사를 잃어버렸고, 어디에서 다시 시작할 수 있는가?

이문재 시인 · 前 경희대학교 후마니타스칼리지 교수

써야 알 수 있다, 써야 달라진다

'나를 위한 글쓰기', 왜 필요한가

글쓰기, 그것도 '나를 위한 글쓰기'가 왜 필요한가. 답은 단순하다. 하지만 답이 단순명쾌하다고 해서 글쓰기가 수월하다는 것은 아니다. 글쓰기에 대한 심리적, 사회적 진입장벽은 여전히 낮아지지 않고 있다. 우선 '나를 위한 글쓰기'의 필요성에 대해 살펴보고, 쓰기가 생각처럼 쉽지 않은 이유에 대해 톺아보자. 쓰기를 가로막는 장애물이 무엇인지 제대로 이해하면, 그것이 곧 쓰기의 세계로 들어가는 입구가 될 수 있기 때문이다.

우선 '나를 위한 글쓰기'가 추구하는 글쓰기는 문인이나 언론인, 저술가, 학자와 같은 전문가의 글쓰기가 아니라는 사실부터 공유했으면 한다. 우리의 글쓰기는 읽기, 말하기, 듣기처럼 정상적인 사회생활을 영위하는 데 필요한 일반적 수준을 지향한다. 자신의 경험, 느낌, 생각, 희망, 주장 등을 평이한 에세이 형식으로 구성해 의무교육을 마친 보통의 시민과 소통하는 것을 목표로 한다.

이 과정에서 자기성찰이 진지하게 이뤄지고 관계의 재발견과 자존감의 회복이 이뤄지면서 글 쓰는 '나'가 '새로운 나'로 거듭난다(재탄생). 당연하게도 다시 태어난 '나'의 삶과 사회는 이전과 다르고 미래 또한 달라진다. 자신의 현재와 과거는 물론 자신을 포함한 공동체의 미래가 새롭게 열린다.

자기성찰을 위한 가장 효과적인 방법

자기 자신을 위한 글쓰기가 필요한 첫 번째 이유, 다시 말해 보통의 시민에게 자신을 주어로 하는 글쓰기가 필요한 이유는 글을 쓰지 않으면 자기 자신과 만나기가 어렵기 때문이다. 글쓰기라는 인위적이고 집중적인 노력을 기울이지 않고서는 자기 자신과 대면하기가 쉽지 않다. 도시적인 삶을 살아가는 시민들은 내남없이 분주하기 때문이다. 각별한 주의를 기울이지 않는 한 내면의 목소리에 귀 기울일 겨를조차 없다. 일찍이 버나드 쇼는 "나는 내가 그것을 써 보기 전까지는 내가 생각한 것이 무엇인지 알지 못한다"라고 말하기까지 했다.

'저녁이 없는 삶'으로 대표되는 도시적 삶은 여러 겹으로 둘러싸여 있다. 도시에서 산다는 것은 곧 대중소비사회의 소비자로 산다는 것이고, 정보사회의 정보 이용자로 산다는 것이다. 익명사회 속에서 익명으로 산다는 것이고, 극장사회 속에서 배우인 동시에 관객으로 산다는 것이다. 도시인은 위험사회를 살아가는 불안한 존재이고, 성과사회를 살아가는 '일 중독자'이며, 건강염려사회를 살아가는 '건강염려증 환자'이기도 하다. 도시인, 도시적 삶을 정의하는 틀은 이밖에도 얼마든지 있을 것이다. 다시 말해, 도시에서 살아가는 우리는 '하나의 정체성(페르소나)'만으로는 살아갈 수 없다.

　　우리는 너무 많은 시대(사회)를 한꺼번에 살아 내고 있다. 하지만 이렇게 많은 사회 속에서 '나'의 존재감을 확인하기란 쉽지 않다. '나'는 수많은 사회를 살아가고 있지만 소속감이나 연대감, 자긍심 따위를 찾아보기 어렵다. 우리는 사회 속에서 '부재하는 방식'으로 사회를 살아가고 있는 것이다. 그리하여 우리는 '내가 누구인지, 내가 어디에서 와서 어디로 가는 것인지, 대체 나는 무엇을 위해 사는 것인지' 알 수 없고, 급기야 알고 싶어 하지도 않게 된다. 널리 알려진 이야기지만 '생각한 대로 살지 않고 사는 대로 생각'하게 된다. 결국 왜 사는지 생각조차 하지 않게 된다. 이것이 지금 여기 도시적 삶의 실체적 모습이다.

　　숨 가쁘게 돌아가는 도시적 삶에서도 자신과 마주하는 시간이 없는 것은 아니다. 누군가를 사랑할 때, 어디론가 여행을 떠났을 때, 어딘가 탈이 나 장기간 입원했을 때 우리는 일상적 삶에서 벗어나 자신을 돌아본다. 하지만 사랑은 상대방이 있어야 하는 매우 특별한 경우인 데다 상대방 앞에서 드러나는 '나'는 대부분 '작아지는 나'이거나 '과장된 나'일 때가 많다. 진정한 '나'가 아니다. 여행도 나 혼자 자유롭게 떠나는 경우가 아니라면 자기 자신과 만나는 의미 있는 경험이 되기 어렵다. 병상에 누워 대면하는 자신 또한 '온전한 나'이기 어렵다. 와병 중에 마주하는 자기 자신은 반성하는 주체라기보다는 후회하고 자책하는 '위축된 나'이기 때문이다. 설령 완쾌되어 퇴원한다 하더라도 병원에서 한 다짐은 금세 잊히기 십상이다.

　　명상이나 걷기, 독서, 음악 감상, 그림 그리기도 자신과 만날 수 있는 좋은 방법이다. 심리 상담을 받을 수도 있고 기도를 올릴 수도 있다. 하지만 글쓰기, 구체적으로 말하면 '내가 나를 쓰는 글'만큼 자기 자신과 깊이 만날 수 있는 방법은 거의 없다.

공감 능력을 회복하고 강화한다

글을 써야 하는 두 번째 이유는 글 쓰는 과정에서 공감 능력이 회복, 강화되기 때문이다. '나를 위한 글쓰기'의 목표와 구조를 설명할 때 재론되겠지만, 잊을 수 없는 성장기의 잊을 수 없는 한 순간을 에세이로 재구성하는 스토리텔링은 '오늘의 나'를 형성시킨 관계(사건)를 입체적으로 돌아보게 한다. 관계를 재발견하기 위한 필수 요건이 다름 아닌 공감 능력이다. '나'의 밖으로 나가 상대방의 입장이 되어 보는 능력. 이런 공감의 뿌리가 자존감인데, 자기 자신을 존귀하게 여기는 마음은 관계를 재발견하는 과정에서 북돋워진다(그 이유는 곧 상술된다).

우리는 글쓰기를 거듭하면서 외눈('나 → 너/그')을 버리고 겹눈('나 ↔ 너/그')을 얻게 된다. 일방향이 양방향으로 확장되는 것이다. 우리 글쓰기는 이 순간을 '마음의 성년식'이라고 부른다. 가족이나 친구 등 가까운 관계를 재발견하는 양방향 시선은 타인과 함께 하는 협동 능력으로 이어진다. 글쓰기를 제대로 수행하면 '공감하는 인간'에서 '연대하고 협력하는 인간'으로 거듭날 수 있다.

글쓰기가 창의력을 북돋는다

세 번째 이유는 우리 안에 잠들어 있는 창의력을 키우기 위해서다. 우리는 누구나 창의력이 대단한 '시인'으로 태어나는 가정과 이웃, 학교를 거치면서 시인의 마음을 억누른다. 인간과 세계에 대한 왕성한 호기심과 상상력이 적응이란 이름으로 억압당하는 것이다. 한 연구에 따르면 5세까지 거의 100에 가까운 창의성이 12세를 전후로 30으로 떨어지고 성인이 되면 2 수준으로 급락한다.[1] 이 연구에 의하면 성인이 된다는 것은 선천적인 창의성을 포기하는 과정이다.

창의력의 첫 단추는 관찰이다. 우리 글쓰기의 핵심 목표인 '관계의 재발견'을 위해서는 관계를 관찰하는 것이 관건이다. 기존의 관점을 버리고 새로운 눈을 가져야 하며, 그 새로운 눈(겹눈)으로 관점을 이동하면서 대상을 응시해야 한다. 관찰이 지속되다 보면 관찰자는 상상력을 발휘하게 된다. 관찰은 상상의 다른 말이다. 관찰과 상상을 극대화하는 방법 중 하나가 감정이입, 의인화다. 대상과하나가 되었다가, 대상의 입장에서 관찰하는 나를 다시 바라보는 과정, 즉 대화를 반복하다 보면 새로운 그 무엇을 발견하게 된다.

'낯익은 것에서 낯선 것'을 찾아내는 힘이 곧 창의력이다. 우리에게 가장 낯익은 것은 '나 자신'이다. 그런데 '나'는 나 홀로 존재하지 않는다. 일찍이 알프레드 아들러가 말했듯이 '인간은 없고 인간관계가 있을 뿐'이기 때문이다. 인간 사이의 관계를 재발견하는 능력이 곧 창의력이다. 우리가 이 겹눈을 사물이나 사태, 다른 생명, 천지자연으로 돌린다면 우리의 창의력은 놀랍도록 커질 것이다.

이 창의력이 의제 설정 능력이나 문제 해결 능력, 나아가 회복 탄력성 강화로 이어진다는 것은 두말할 나위도 없다. 프랑스의 신경정신과 의사이자 행동생물학자 보리스 쉬릴닉은 "우리에게 일어난

1   류태호, 『성적 없는 성적표』, 경희대 출판문화원, 2018.

일을 이야기로 만들어 그 일에 의미를 부여하고 그것을 감정적으로 수정할 수만 있다면 회복이 가능해진다"라고 말한다. 쉬릴닉은 요즘 인구에 회자되고 있는 '회복 탄력성' 개념을 주창한 인물이다. 회복 탄력성이 강하면 정신적 좌절을 겪더라도 빠르게 정상으로 돌아온다.

쉬릴닉은 계속 말한다. "영혼에 상처를 입은 사람들에게 있어 (스스로) 이야기를 한다는 것은 '사건들이 스스로에게 이야기를 하는 것 같다'라는 느낌을 불러일으키는 행위"다. 자기 서사를 통해 상처를 객관화할 수 있다는 것이다.(『벼랑 끝에 선 사랑을 이야기하다』, 보리스 쉬릴닉, 이재형 옮김, 새물결)*

스스로 치유할 수 있다

회복 탄력성을 되찾고 이를 강화, 유지하는 과정이 진정한 치유의 과정이다. 우리의 글쓰기는 누구도 예외일 수 없는 보편적 주제 안에서 자기 경험과 감정을 재구성하는 과정에서 치유를 경험한다. 글쓰기의 전략과 기술은 이차적 문제다. 먼저, 자신의 경험과 느낌을 이야기로 재구성하면서 거기에 의미를 부여하도록 한다.

관계라는 틀 안에서 경험을 재구성하고 지금, 여기의 관점에서 그 의미를 재발견하는 자기 서사에는 놀라운 힘이 깃들어 있다. 심리학 쪽에서는 진작부터 글쓰기가 갖고 있는 치유 효과에 주목해 왔다. 하지만 우리 글쓰기의 목표가 치유에 있는 것은 아니다. 치유는 글쓰기 초기에 얻어지는 여러 열매 중 하나일 뿐이다. 그렇다고 치유 효과를 가볍게 여기자는 것도 아니다.

글쓰기의 치유력을 보고하는 연구는 얼마든지 있다. 미국 텍사스 주립대 사회심리학과 페니 베이커 교수는 '털어놓기'로서의

글쓰기, 즉 일상생활을 주제로 한 글쓰기가 아니라 그간 누구에게
도 토로하지 못했던 억압된 경험(정신적 외상)을 털어놓는 글쓰기가
정신은 물론 육체 건강에도 큰 도움을 준다고 말한다. 기도하거나
혼자 말하고 녹음하는 것도 좋지만 글쓰기로 털어놓는 것만큼 효
과가 높지는 않다. 이와 같은 연구를 통해 페니 베이커 교수는 '정신
신체학'이라는 새로운 학문 분야의 세계적 권위자로 떠올랐다(『털어
놓기와 건강』, 페니 베이커, 김종한·박광배 옮김, 학지사).*

자율적 인간의 공동체를 위하여

생각하지 않아도 말을 할 수 있지만, 생각하지 않고서는 글
을 쓸 수 없다. 우리의 삶이 이토록 고단하고, 그래서 의미를 찾기
어려운 이유를 톺아 가다 보면 '생각하지 않는 나'와 마주치게 된다.
어제와 다름없는 오늘, 오늘과 다를 바 없을 내일을 살아가는 것이
다. 근대화, 산업화, 도시화, 세계화, 정보화가 뒤엉켜 압축 성장(발
전)을 거듭하는 과정에서 우리는 사유하는 능력을 잃어버리고 말았
다. 경제 논리, 성공 신화에 빼앗겼다(반납했다)고 말하는 것이 정확
할지도 모르겠다. 지난 세기 후반 인터넷이 일상화하고 인공지능AI
이 출현하면서 기억력과 집중력, 창의력은 물론 관계 맺기 능력, 대
화 능력을 '외주화'하기에 이르렀다. '사색에서 검색으로', '결속에
서 접속으로' 급격하게 이동한 것이다.

글 쓰는 인간은, 아니 글 쓰는 인간이 생각하는 인간이다. 그
리고 생각하는 인간이 바로 자율적 인간이다. 자율이란 무엇인가.
기존의 억압적이고 획일적인 가치와 규범에서 벗어나 자기 삶을 스
스로 기획하고 실현해 나가는 능력이다. 루소는 "자유란 스스로 법

을 정하고 그 법에 복종하는 것"이라고 말했다. 루소의 자유를 자율로 바꿔도 무방할 것이다. 글쓰기와 자율적 인간. 우리의 목표와 기대가 너무 크고 높은지 모르겠다. 하지만 우리가 자율적 인간을 꿈꾸지 않는다면, 우리가 자율적 인간들의 열린 공동체를 추구하지 않는다면, 우리가 바라 마지않는 더 나은 삶과 사회는 결코 오지 않을 것이다. 우리 글쓰기의 최종 목표는 자율적 인간들의 공동체를 건설하는 데 기여하는 '자율적 인간'이 태어나도록 촉진하는 것이다.[2]

'나를 위한 글쓰기'란 무엇인가: 목표와 구조

서두에서 언급했듯이 글쓰기가 필요한 이유는 단순하고 분명하다. 하지만 그 이유를 이해한다고 해서 바로 글쓰기에 돌입할 수 있는 것은 아니다. 글쓰기 세계의 진입로를 가로막고 있는 장애물이 무엇인지 먼저 알아보고 우리 글쓰기의 목표와 구조에 관해 안내하고자 한다.

글쓰기가 낯설고 불편하고 두려운 이유

먼저, 거시적 관점에서 살펴보자. 호모사피엔스에게 글을 쓴다는 것은 매우 새롭고 낯선 행위다. 7만 년 전쯤에 뇌 용량이 갑자기 커져 언어를 발명하고 이야기하는 능력이 향상되었지만 문자가

---

2   위 글 중 별표(*)로 표시한 단락의 내용은 격월간 『녹색평론』(2015~2016년)에 연재한 '나를 위한 글쓰기 지상강좌'(이문재)에서 일부 발췌, 수정한 것이다.

발명된 것은 그로부터 6만 5천 년이 지난 뒤였다.

지금으로부터 1만 2천 년 전인 신석기 시대가 열리면서 농업혁명이 이뤄지고 정착 생활이 시작되었지만 인류가 문자를 사용하게 된 것은 그로부터 7천 년이 흐른 뒤였다. 문자가 발명되었지만 중세까지 글을 읽고 쓰는 것은 소수 지배자만 누리는 특권이었다. 19세기 대중매체가 등장하고 나서야 작가와 독자가 탄생했다. 하지만 유럽과 북미 지역에서도 문맹률은 여전히 높았고 쓰기의 대중화는 요원했다.

눈을 한반도로 돌리면 사정은 더 열악하다. 우리에게 읽기가 보편화된 것은 해방 이후였다. 휴전 이후 의무교육이 실시되고 나서야 문맹률이 10%대로 떨어졌다. 전후 베이비부머 세대, 달리 말하면 한글세대부터 읽기가 일반화됐다. 불과 반세기 전의 일인데, 불행하게도 읽기 교육이 쓰기 교육으로 이어지지 못했다. 작문(글짓기)은 재능이 있어 보이는 소수 학생들의 전유물이었다. 21세기로 접어든 지 20년이 흐른 지금도 초등 및 중등교육에서는 글쓰기를 정식 교과로 채택하지 않고 있다.

대학에서 글쓰기 교과를 개설한 것이 2005년 무렵이다. 그것도 교양 과목으로. 지금도 글쓰기 전공 학과를 운영하는 대학은 없다. 글쓰기 교육을 전공하지 않은 교수자가 대학에서 글쓰기를 강의하는 것이다. 사정이 이렇다 보니 의무교육 과정에 글쓰기 교과가 개설될 가능성은 당분간 매우 희박하다고 봐야 한다. 만일 우리 사회가 글쓰기를 중시했다면 이런 사태는 벌어지지 않았을 것이다.

공교육이, 즉 국가가 글쓰기 교육에 비중을 두지 않고 있다는 우리 사회(학부모와 기업)가 '생각하는 사람, 생각하는 사회'에 관심이 없다는 명백한 반증이다. 학교에서 가르치지 않고, 사회에서도 글쓰기를 중시하지 않는 분위기 속에서 글을 쓰겠다고 하는 사람이 나서기를 바라는 것이야말로 연목구어가 아닐 수 없다.

개인 차원에서 글쓰기를 두려워하는 또 다른 이유가 있다. 글을 잘못 썼다가 교사나 동료 학생들로부터 창피를 한두 번 당하면 평생 글쓰기와 담을 쌓게 된다. 글쓰기에 관심이 있는 사람의 경우에는 '잘 써야 한다'라는 강박이 가장 큰 장애물이다. 대학 강의나 시민 대상 강좌를 몇 년 계속하다 보면, 제대로 배우지도 않고 많이 써 보지도 않았으면서, 글을 왜 써야 하는지 필요성도 절감하지도 않으면서 글을 잘 써서 인정받고 싶어 하는 욕망이 의외로 자주 목격된다. 글쓰기에 필요한 절차와 요건에 대한 이해가 없는 상태에서 글쓰기에 도전하는 것이다.

'나를 위한 글쓰기'는 위와 같은 다양한 배경을 바탕으로 2010년 처음 강좌가 개설됐다. 본격적인 글쓰기와 처음 만나는 일반 시민과 대학생(경희대학교 후마니타스칼리지에서는 2011년 교양 필수 교과로 개설)을 대상으로 한 기초(자기성찰) 글쓰기 프로그램이다.

'나를 위한 글쓰기'의 목표: 자기성찰과 재탄생

우리 글쓰기의 목표를 한마디로 압축하면 '자기성찰과 재탄생'이다. 성장기의 특별한 사건(잊을 수 없는 순간)을 에세이로 '재구성'하면 관계를 재발견하게 되고, 그 과정에서 자존감과 자신감을 회복해 자기 자신에 대한 이해를 새로이 하는 것이다. 그렇다고 지난날에만 집중하는 것은 아니다. 우리의 글쓰기는 시간적으로 과거-현재-미래로 나아가는 동시에 '나-우리'에서 사회로 시야가 확대

되는 구조다. 자기성찰 에세이 쓰기는, 앞에서도 언급했듯이 "인간은 없다, 인간관계가 있을 뿐이다"라는 알프레드 아들러의 명제에 동의한다. 우리 글쓰기의 구체적 목표는 다음과 같다.

- '나'를 주어로 하는 글쓰기의 일차적 목표는 자기 발견(만남)이다. 주제별 글쓰기를 통해 '오늘의 나'를 만든 관계를 재발견한다.
- 이 과정에서 '자존감'이 회복된다. 자신을 존귀하게 여기는 마음가짐이 가장 중요하다. 자존감이 높아지면 자기표현 욕구가 강해진다. 자기 삶을 스스로 기획하고 사회의 한 구성원으로서 주체성을 발휘할 수 있다.
- 관계를 입체적 관점에서 재발견하는 과정에서 공감력(감수성), 창의력, 협동력이 강화된다.
- '내가 나를 쓰는 글쓰기'는 정신건강뿐 아니라 신체적 건강 증진에도 도움을 준다.
- 새롭게 태어난(제2의 탄생) '나'는 자기 삶을 새롭게 기획하는 동시에 시민사회의 건강한 주체로 거듭난다. 자기성찰을 통해 다시 태어난 자율적 인간들이 우리 모두가 바라 마지않는 '공생공락共生共樂의 사회'를 만들어 나갈 것이다.

구조와 진행방식: 주제별 에세이, 온라인 합평

나를 위한 글쓰기의 구조는 단순하다. 지난날(특히 성장기)을 주제별로 한 편의 에세이로 재구성하고 난 뒤 현재의 나를 객관화한 다음 미래의 삶을 상상하는 것이다. 8주 차 프로그램의 경우, 수강생에게 다음과 같은 보편적 주제가 차례로 주어진다.

● 내 생애 최고의 순간 · 다시 가 보고 싶은 그곳 · 잊을 수 없는 노래 ·
잊을 수 없는 음식/밥상 · 지금 나에게 절실한 것(내가 간절히 바라
는 것) · 나를 분노하게 하는 한국사회의 문제점 · 내가 살고 싶은 집

A4 용지 한 장 분량의 에세이를 매주 한 편씩 쓰는 것인데, 수
강생은 오프라인 강의에 참여하기에 앞서 온라인 카페에 자기 글을
올리고, 조별로 온라인 합평(댓글 달기)을 진행한다. 온라인 강의실은
우리 글쓰기 프로그램의 특장점 중 하나인데, 시간을 절약할 수 있을
뿐 아니라 동료 수강생들과 수평적 교감을 통해 글쓰기 능력을 향상
시키는 것은 물론 '신뢰의 공동체'를 형성하는 데 큰 도움을 준다.

촉진자(글쓰기 강사)는 수강생이 글을 올리고, 모든 수강생이
글을 읽은 상태에서 오프라인 강의실에서 첨삭과 총평을 진행한다
(줌과 같은 온라인 화상 회의로도 얼마든지 가능하다). 사전에 글을 올리고, 촉
진자 또한 강의 이전에 수강생의 글을 검토하기 때문에 수강생이
쓴 모든 글에 대해 촉진자가 피드백을 해 줄 수 있는 것이다. 그간의
수강 소감을 종합해 보면, 촉진자의 꼼꼼한 피드백이 학습 효과를
높이는 데 큰 도움을 주지만, 수강생이 서로 주고받는 온라인 합평
도 강의 만족도를 높여 주는 가장 큰 요인 중 하나이다.

나가며: '쓰기'와 AI 중 누가 승리할 것인가

2022년 11월 거대언어모델LLM 인공지능AI이 등장하면서
'인간 글쓰기'에 지각 변동과 같은 변화가 일어나고 있다. 누구나 마

음만 먹으면 '박사급 비서'를 쓸 수 있게 된 것이다. 학생과 교사(교수), 연구원, 기자, 사무원, 작가는 물론이고 여러 이유로 글을 쓰고 싶어 하는 보통 시민이 챗GPT로 대표되는 글쓰기 도우미를 사용하고 있다(정도의 차이는 있지만).

　　AI와 인간 글쓰기의 영향 관계를 연구해 온 학자들에 따르면 AI는 '겁나게 똑똑한 비서'다. 방대한 데이터베이스에서 순식간에 글과 이미지를 생성해 낸다. 문제는 AI가 '거짓말'을 잘 한다는 것이다. 글쓰기 앱의 목표는 사용자를 만족시키는 데 있다. AI는 자신이 찾아낸 자료가 얼마나 정확한 것인지에 관심이 없다. 공공성, 즉 윤리의식도 부족하다. 출처를 속이기도 하고, 없는 논문이나 어록을 만들어 내기도 한다. 국가와 사회, 사용자가 방심했다간 AI를 이용한 반인간적, 반사회적 범죄가 난무할 수 있다.

　　AI 앞에서 인간은 둘로 나뉜다. 종말론자 대 낙관론자. AI가 인류를 파멸시킬 것이라는 비관적 견해와 AI가 인류가 직면한 난제들을 해결할 것이라는 구원론이 맞서고 있다. 결국 문제는, 언제나 그렇지만 테크놀로지가 아니라 우리 인간이다. 『대화를 잃어버린 사람들』(황소연 옮김, 민음사)의 저자 셰리 터클의 다음과 같은 경고를 잊지 말아야 한다. "우리는 테크놀로지에게는 다가오라고 하면서 사람에게는 물러서라고 요구한다" 기계가 인간을 좋아하는 것이 아니고 우리 인간이 기계를 너무 좋아한다는 것이다.

　　새로운 것을 받아들일 때 우리가 빼앗기거나 잃어버리는 것이 무엇인지 꼼꼼하게 따져 봐야 한다. 그러지 않으면 우리는 기계 비서를 모시는 '바지 사장'으로 전락할 것이다. 『쓰기의 미래』(배동근 옮김, 북트리거)의 저자 나오미 배런이 강조하듯이 '기계의 도움을 어디까지 받을 것인지'를 인간이 결정해야 하는 것이다. 배런은 글쓰기에 있어서 계획하기(생각하기)와 고쳐쓰기만큼은 절대 AI에게 넘겨주지 말아야 한다고 힘주어 말한다.

거대언어모델 AI는 조만간 인간의 창의력까지 '학습'해 낼 것이다. 인공지능이 인간의 지능과 같아지는 특이점에 도달하면 그 이후 어떤 일이 벌어질지 아무도 알 수 없다고 학자들은 입을 모은다. 우리는 갈림길에 서 있다. 이대로 갈 것인가, 아니면 다른 길을 택할 것인가. 이것은 글쓰기에 국한된 문제가 아니다. 문명사적 전환과 직결된 것이다. 우리는 이 중차대한 선택을 좌우하는 것이 글쓰기라고 생각한다. 나오미 배런이 말한 것처럼 글쓰기는 "자신이 어떤 존재인지 표현하는 행위"이다. 글쓰기는 인간이 보유한 여러 지적 능력 가운데 하나가 아니다. 성찰과 표현으로서 쓰기는 인간이 도달해야 할 가장 높은 수준의 지적 능력이다. 그러므로 쓰기를 포기하는 것은, 우리가 인간다운 인간이기를 포기하는 것과 다르지 않다.

백여 년 전, 영국 작가 H. G. 웰즈는 "미래는 교육과 재난 중 누가 승리하느냐에 달려 있다"라고 말했다. 섬뜩한 예언이다. 한 세기가 지난 지금, 우리는 교육을 '쓰기'로, 재난을 '기계'로 바꿔 읽어야 한다. 쓰기는 교육과 창의력이 추구하는 최고의 목표이고, 기후 대재앙도 기계와 결코 무관하지 않다. '미래는 쓰기와 기계 중 누가 승리하느냐에 달려 있다' 그렇다면 '나를 위한 글쓰기'에서 시작되는 쓰기는 인간이 결코 포기할 수 없는 수단이자 목표일 것이다.

이진남 강원대학교 철학과 교수

나를 위한 철학 처방전

행복하세요?

우리나라 사람들은 이런 질문을 받으면 순간 당황하고 잠시 아무 말도 못 하게 됩니다. 그 순간 표정은 '대체 나한테 왜 이런 질문을 하지?'라고 말하는 것 같습니다. 그러다 뭐라도 대답해야 한다는 침묵의 압박 때문에 마지못해 '뭐 그럭저럭'이라든가 '행복은요, 뭘' 같은 반응을 보이곤 합니다. 그런데 같은 질문을 미국 사람들에게 하면 어떻게 될까요? 'Are you happy?'라는 질문에 대부분 1초도 기다리지 않고, 'Of course!' 혹은 'Absolutely!'라고 자신 있게 대답합니다. 그러면 한국 사람은 미국 사람들만큼 행복하지 않다는 건가요?

제가 10년 동안 살면서 봤던 미국 사람들은 한국 사람들보다 결코 행복하다고 말할 수 없습니다. 다만 그 사람들은 행복해야 한다는 일종의 강박증이 있는 것 같습니다. 그래서 언제든 자신이 행복해야 하고 또 행복하다고 스스로 다짐하면서 삽니다. 반면 한국 사람들은 평소 행복에 대해 잘 생각하지 않습니다. 그래서 행복하냐는 질문을 받으면 머뭇거리게 됩니다. 그 차이뿐입니다.

행복하기 위해서는 건강해야 합니다. 그래서 우리는 정기적으로 건강검진을 받습니다. 제때 받지 않으면 벌금을 매긴다고 협박까지 하기도 합니다. 그런데 건강검진은 우리의 몸에 대해서만 검사해 줍니다. 몸이 건강한 것은 행복하기 위한 필요조건입니다. 하지만 충분조건은 아닙니다. 그리고 내 몸이 건강하면 나 혼자만 좋을 뿐입니다. 내 몸이 아프면 나 혼자 아프고 끝납니다. 하지만 내 마음이 아프면 어떻게 되나요? 주위에 있는 죄 없는 사람들을 괴롭히게 됩니다. 피해의식이나 열등감이 자신만 피곤하게 할까요? 오히려 나보다 다른 사람들을 괴롭히는 경우가 훨씬 더 많습니다.

그래서 행복하기 위해서는 몸보다 마음을 더 챙겨야 합니다. 몸의 건강은 의사에게 맡길 수 있습니다. 그러나 마음의 건강은 내 스스로 챙겨야 합니다. 그렇다면 내 마음의 건강은 어떻게 챙겨야 할까요?

> 우리는 철학하는 체해서는 안 되고, 진정으로 철학해야 한다. 우리에게 필요한 것은 건강하게 보이는 것이 아니라, 진정으로 건강한 것이기 때문이다.

에피쿠로스라는 철학자가 한 말입니다. 오래전부터 몸의 건강은 의사가 돌봐 주지만 마음의 건강은 철학자가 도와준다고 믿어 왔습니다. 철학이 선사하는 지혜로 자신의 감정과 욕구, 의지와 판단을 다스려야 행복할 수 있습니다. 이제 철학이 안내하는 대로 우리 마음이 괴롭고 아픈 이유와 그 해결책을 알아볼까 합니다. 나를 괴롭히는 것들, 우리 현대인들의 마음 건강의 상태를 여러가지 증상들로 따져 보고, 그 근본 원인들에 대해 진단한 후에, 행복을 어떻게 추구할 수 있는지 처방하고자 합니다.

증상: 나를 괴롭히는 것들

우리 마음을 괴롭히는 것들 중에서 우선적으로 꼽을 수 있는 것은 아마 분노일 것입니다. 세상을 돌아보면 온통 마음에 안 드는 구석뿐입니다. 지키라고 만든 질서인데 늘 안 지키고 어기는 인간들. 다른 사람들은 생각하지 않고 자기 욕심만 차리는 작자들. 자기만 옳다고 우기는 사람들. 국민들에게 법과 원칙을 외치지만 실상 자기는 대놓고 무시하는 정치인들. 세상에는 온통 열받게 하는 것들만 있습니다. 정말 참을 만큼 참았지만 이제는 더 이상 참을 수가 없습니다. 나 빼고는 다 정의를 모르는 것 같습니다.

두 번째는 상처입니다. 나만 상처 받고 피해를 입는 것 같습니다. 꼴 보기 싫은 짓만 골라 하는 인간들이 너무 많습니다. 나는 다른 사람들한테 늘 예의 바르고 상냥하게 대했는데, 주위에는 다른 사람들의 마음 따위는 전혀 신경 쓰지 않는 사람들로 넘쳐납니다. 그래서 인간관계가 무섭습니다. 팀플을 하면 온통 무임승차자뿐입니다. 모두들 어떻게 하면 다른 사람들을 이용할까만 생각하는 것 같습니다. 사람들은 나만 미워합니다. 나만 늘 속고 이용당하는 것 같습니다.

세 번째는 낙오감입니다. 나 빼고는 다 잘 사는 것 같습니다. 나만 낙오자입니다. 팔면 미친 듯이 올라가는 아파트값. 월급 빼고는 다 오르는 물가. 친한 친구는 이번에도 승진하고 사촌 형은 주식과 부동산 수입이 넘쳐서 명예퇴직을 하고 전원주택을 지었다는데. 주위에 유럽 여행 안 가 본 사람은 나밖에 없는 것 같습니다. 우리가 선진국이라는데 나만 못 느끼는 것 같고. 길거리에 나가면 나만 빼고는 다 행복한 것 같습니다.

네 번째는 일과 여가 사이의 딜레마입니다. 일은 힘들고 놀면 지루합니다. 놀면 일하고 싶고, 일하면 쉬고 싶고……. 제대로 놀 줄 몰라서 그런 것인지, 일이 힘들어서 그런 것인지 도통 알 수가 없습니다. 정작 일을 하고 싶어도 딱히 할 일이 없고, 막상 해 보니 맘에 들지 않습니다. 직장은 온통 갑질투성이분이고 단지 입에 풀칠이나 하려고 일을 하려고 해도 울화통이 터지는 것은 어쩔 수가 없습니다. 또 막상 일을 그만두고 놀게 되면 불안뿐 아니라 무기력, 무관심, 무능력 등 바퀴벌레 같은 게 내 안에 기어다니는 것 같습니다.

다섯 번째는 세상은 온통 피로, 자극, 권태밖에 없다는 사실입니다. 월요일부터 금요일까지 죽도록 일하고 잠깐 자극적인 불금을 느끼다가 막상 토요일과 일요일이 되면 할 일 없이 스멀스멀 몰려오는 권태. 여행도 계획대로 해야 하고, 취미도 일종의 스펙이 되어 버린 현실 속에서 여가는 진정 즐거움이 되지 못하는 것 같고, 세상에는 딱 두 가지 일밖에 없는 것 같습니다. 힘들거나 아니면 재미없거나. 과욕의 대가는 자기 착취이고 체념의 후유증은 자기 비하라는 생각이 듭니다. 열정과 체념 사이에서 방황하는 영혼은 누가 구원해 줄 것인지, 어디에 대고 기도해야 하는지 도통 모르겠습니다.

진단: 현상적 원인과 근본 원인

앞에서 이야기한 분노, 상처, 낙오감, 일과 여가의 딜레마, 피로-자극-권태의 연속과 같은 증상들은 무엇 때문에 생겨난 것일까요? 우선 네 가지의 현상적 원인들을 지적할 수 있습니다. 그중에서 첫 번째는 과잉입니다. 우리 현대인들은 지나친 욕심 속에 살아갑니다. 그래서 마음껏 욕심을 부리고 살다 보면 내게 노출되어 있는 것들이 자신이 감당할 수 없을 만큼 지나치게 많다는 사실을 모르고 살아가는 경우가 많습니다. 노동의 과잉, 정보의 과잉, 인간관계의 과잉, 노출의 과잉, 감정의 과잉, 욕심의 과잉, 식욕의 과잉 등 온통 과잉뿐입니다. 그래서 어느 하나 제대로 하지 못하고 허덕댑니다. 에리히 프롬이 지적했던 것 같이 존재의 삶이 아니라 소유의 삶을 산 결과입니다.

둘째 원인은 중독입니다. 우리는 많은 것들에 중독되어 있지만 그 사실을 모른 채 살아가곤 합니다. 어릴 때는 게임이나 공부에, 커서는 일에 중독되고, 나이 들어서는 돈에 중독되어 살아갑니다. 술이나 약물에 중독되기도 하고 맛집에 중독되기도 합니다. 건전하게는 운동에 중독되는 사람도 있지만, 가장 많은 중독은 접속 중독일 것입니다. 지하철 안에는 온통 인터넷, SNS, 유튜브만 보는 사람들로 가득합니다. 우리는 이렇게 감당할 수도 없는 많은 것들에 빠져서 허우적댑니다.

셋째 원인은 우리 시대에 갇혀서 지금의 상식만이 최고라고 생각하고 지나간 것들은 낡은 것이라고 무시하는 태도입니다. 세상은 끊임없이 발전해 왔다고 굳게 믿고 이성, 과학, 합리성, 효율성만을 따릅니다. 실상은 과학이 뭔지도 모르면서 무조건 과학적이라고 하면, 숫자로 되어 있는 것이면 철석같이 믿습니다. 통계는 이미 우리 시대의 종교가 되었습니다. 동양적인 것, 한국 전통의 것은 뭔지 촌스러워 보이고, 노래도 최근 노래만 최고라고 생각합니다.

넷째 원인은 긍정의 과잉입니다. 자본주의든 사회주의든 근대 이후의 주류 사회는 근면을 신성시했고 노력하면 안 되는 것이 없다고 가르쳐 왔습니다. 긍정주의자들은 '긍정하라! 그리하면 이루어질 것이다'라고 외칩니다. 긍정신학, 긍정심리학, 긍정주의 자기계발서는 현실을 있는 그대로 보는 대신 무조건 긍정적으로 보라고 강요합니다. 어떤 경우든 성공한다고 가르칩니다. 그러다가 실패하면 그 원인은 나 자신에게 있다고 책임을 전가합니다. 이런 긍정주의의 결과는 현실 외면, 탈진, 피로사회입니다.

그렇다면 우리의 정신적 고통을 일으키는 이러한 현상적 원인들 저변에 있는 근본적인 원인은 무엇일까요? 분노, 상처, 낙오감, 피로, 권태, 이 모든 것들은 과연 무엇 때문에 생겨났을까요? 과잉, 중독, 근대의 덫, 긍정주의의 함정에 빠지게 된 근본적 원인은 어디에 있을까요? 그것은 바로 우리 인생이 가지고 있는 근원적 허무를 극복하지 못한 것과 관련이 있습니다.

우리의 인생은 똑바로 쳐다보면 참으로 무의미하다는 것을 알게 됩니다. 우리는 도대체 왜 사는지도 모르지만 악착같이 살아갑니다. 참으로 아이러니합니다. 그래서 쇼펜하우어는 인생을 시계추에 비유했습니다. 우리의 삶은 고통과 권태 사이를 왔다 갔다 한다는 것입니다. 인생이라는 것은 본질적으로 고통이고, 고통이 없으면 권태밖에 남지 않습니다. 그래서 덧없고 허무합니다. 성경에서도 비슷한 이야기를 합니다. '허무로다, 허무! 모든 것이 허무로다! 태양 아래에서 애쓰는 모든 노고가 사람에게 무슨 보람이 있으랴?'(전도서 1:2-3). '저희의 햇수는 칠십 년, 근력이 좋으면 팔십 년. 그 가운데 자랑거리라 해도 고생과 고통이며 어느새 지나쳐 버리니, 저희는 나는 듯 사라집니다.'(시편 90:10)

　　우리 인간은 본성적으로 허무한 조건 속에서 태어나고 살다 죽습니다. 현대인들은 특히 더 의미 없는 인생 때문에 허무합니다. 현대인들이 고통과 허무에 빠진 근본적인 이유는 '신화의 상실'에 있습니다. 실존주의 치료의 대가 롤로 메이Rollo May는 저서 『신화를 찾는 인간』에서 현대인의 마음의 병이 신화를 잃어버린 데서 기인한다고 주장합니다. 고대인들에게 신화는 삶의 의미와 지침을 제공하는 세계관이자 가치관이었습니다. 그들에게 신화는 일종의 유익균이었습니다. 그러나 19세기부터 과학주의가 득세하면서 신화는 낡은 것으로 치부되며 배척당했고, 우리는 아무것도 없는 '멸균 상태'에 놓이게 되었습니다. 그러나 과학은 모든 것을 설명해 주지 않았고, 우리는 스스로 삶의 의미를 찾아야 하는 광야에 내던져진 존재가 되었습니다. 그래서 신화를 배앗긴 현대인들은 개인화, 원자화되고 빨가벗겨지고 홀로 광야에 내던져져 결국 허무에 빠질 수밖에 없는 존재로 전락했습니다.

　　그런데 사는 이유에는 두 가지가 있을 수 있습니다. 우리는 삶의 목적과 의미를 구분해야 합니다. 삶의 목적Purpose은 우주를 만든 신이나 부여할 수 있는 최종적인 것이지만, 삶의 의미Meaning는 만들어진 존재인 우리도 지정할 수 있는 과정적인 것입니다. 삶의 의미는 우리 스스로가 끊임없이 만들고 바꿀 수 있는 것입니다. 우리는 무엇으로 사는지, 누구로 사는지, 누구와 더불어 사는지 등 우리 삶과 관련하여 스스로 삶의 의미를 부여하면서 살 수 있고 또 그래야만 합니다. 제가 고등학교 때 인생의 허무함에 좌절하면서 찾으려고 했던 것은 삶의 목적이었습니다. 그러나 주어진 목적은 없고 대신 내 스스로 의미를 부여하면 된다는 생각을 하게 되면서 허무함을 극복할 수 있었습니다.

그렇다면 우리 삶에 대해서 어떤 의미를 부여하면서 살아야 할까요? 물론 사람마다 그 구체적인 내용은 다를 수 있습니다. 다만 다시는 무의미한 허무에 빠지지 않고 지혜롭게 내 삶의 의미를 부여하기 위해 주의할 점은 있습니다. 실존주의 사상가들은 한 개인의 개별성을 지독하게 강조합니다. 그래서 그 사람들의 생각을 따라가다 보면 자칫 인간이 마치 혼자서만 존재할 수 있을 것 같은 착각에 빠질 수 있습니다. 자기 혼자 이 세상을 머리에 지고 있는 아틀라스 같은 존재라고 생각하곤 합니다. 그러나 인간은 처음부터 끝까지 사회적 동물입니다. 인간은 사회 속에서 살아야 인간으로 살 수 있습니다. 사회 속에서 다른 사람들과 더불어 살아야 비로소 인간이 될 수 있고 인간다운 삶의 의미를 부여하고 인간으로 살 수 있습니다.

사회적 인간만이 진정한 인간이라는 것은 종교인들이나 비종교인들이나 모두 동의하는 것 같습니다. 성서에서 신이 인간에게 내리는 명령의 핵심은 사랑입니다. 신을 사랑하고 이웃을 사랑하라는 것입니다. 그래야 비로소 인간으로서의 목적을 달성할 수 있다고 합니다. 진화생물학에서도 네안데르탈인과 달리 현생 인류의 조상이 생존에 성공할 수 있었던 비결은 사회생활에 있다고 말합니다. 그리고 인간이 유인원과 달리 문화를 이루고 사회생활에 성공한 것은 도덕을 발달시켰기 때문이고, 그 도덕의 두 기둥은 친애(사랑)와 정의감(공정)이라고 말합니다.

　사랑과 정의는 인류를 생존하게 만들었을 뿐 아니라, 인류를 인류답게 만든 핵심적 요소입니다. 우리를 괴롭히고 아프게 만들었던 근본 원인은 바로 사랑과 정의가 바로 잡히지 않았기 때문입니다. 이는 고대 그리스 철학자 아리스토텔레스와 에피쿠로스의 생각과도 일맥상통합니다. 아리스토텔레스는 『니코마코스 윤리학』에서 모든 덕 중 최고는 정의라고 말하면서도 친애가 정의보다 더 중요하다고 주장합니다. 친구 사이에서는 더 이상 정의가 필요하지 않지만, 정의로운 사람들 사이에서는 친애가 추가로 필요하다고 말합니다. 정의의 최상의 형태는 친애의 태도처럼 보인다고 합니다. 에피쿠로스 또한 정의는 고통에서 해방시켜 주는 덕이며, 친애는 행복에 필수적이라고 강조했습니다. 성서에서도 이 세상의 질서를 부여하는 존재로서의 신을 구약의 공의公義의 신이라고 하고, 모든 것을 용서하고 인간의 죄를 용서하기 위해 심지어 자신의 몸까지 내어 주는 신을 신약의 사랑의 신으로 그립니다. 사랑 없는 정의는 삭막해서 질식할 것 같고, 정의 없는 사랑은 비리를 일삼는 편애로 전락합니다.

　그런데 사랑과 정의가 중요하다는 걸 알고 실천해도 우리가 이렇게 불행한 이유는 무엇일까요? 그건 바로 사랑과 정의의 핵심이 어디에 있는지 제대로 이해하지 못하기 때문입니다. 우선 사랑부터 따져 보면, 가장 핵심적인 것은 누구를 사랑하는가 하는 점에 있습니다. 그리고 누구부터 사랑해야 하는지가 가장 중요합니다.

신과 이웃을 사랑하기 전에 먼저 자신부터 사랑해야 합니다. 인간은 누구나 자기 자신을 보존하려는 욕구가 있는데, 스토아철학에서는 이를 오이케이오시스oikeiosis라고 합니다. 자기 지각, 자기애, 자기 동일화 과정self-identification process을 말합니다. 분노, 상처, 낙오, 피로, 권태는 내가 내 자신을 제대로 사랑하지 못하는 데서 비롯됩니다.

그런데도 성서에서는 자신을 사랑하라는 말을 왜 하지 않는 걸까요? 토마스 아퀴나스는 두 가지로 설명합니다. 모세가 십계명을 받기 전에 자신을 사랑하라는 명령은 이미 신이 인간의 마음속에 새겨놓은 자연법으로서 효력을 발하고 있었고, 또한 자신을 사랑하는 것은 신과 이웃을 사랑하는 것 안에 포함되기 때문이라는 것입니다. 자기를 사랑하지 못하는 사람은 마음에 병이 들고, 주위 사람들을 괴롭히게 됩니다. 문제는 그런 사람은 자신이 남에게 민폐가 된다는 사실을 깨닫지 못한다는 데에 있습니다. 이렇게 자신도 사랑하지 못하기 때문에 불행한 것입니다.

정의에 대한 착각도 불행의 원인이 됩니다. 우리는 흔히 정의를 올바름 정도로 생각하곤 합니다. 그러나 정의는 '각자에게 제 몫을 주는 것suum cuique tribuere'입니다. 따라서 정의에 있어 가장 핵심적인 것은 바로 몫을 정하는 일입니다. 또한 우리는 올바르지 못한 것에 대해서는 분노하는 것이 당연하다고 생각합니다. 그러나 분노할 권리 따위는 없습니다. 세네카에 따르면 분노는 백해무익한 것입니다. 과도하고 불필요한 피해의식을 마치 정의라고 생각하는 사람들이 많습니다. 그래서 이혼 소송에서 불리한 판결 때문에 지하철에 불을 질러 수많은 사람을 다치게 하고 재산 소송에서 억울한 일을 당했다고 남대문에 불을 지르는 사람도 있습니다. 이렇게 잘못된 정의관은 위험한 분노를 유발할 수 있습니다. 반면 자신의 몫을 찾는 것도 쿨하게 할 수 있습니다. 우리는 몫에 대한 착각을 제거하거나 정의와 분노가 반드시 연관되지는 않는다는 점을 깨달음으로써 분노를 치유할 수 있습니다.

우리 시대에는 정의가 뭔지도 모르면서 정의를 마치 경쟁으로 착각하는 경향이 많습니다. 능력에 따라 대우받는 것이 정의롭다고 당연하다고 생각합니다. 그래서 어떤 것이든 공정한 경쟁을 통해 평가되어야 한다고 주장합니다. 시험이 정의를 보장해 준다고 믿습니다. 그러나 이러한 능력주의meritocracy에서 정의의 기준이라고 여기는 능력merit은 아직 이루지 않은 가능태에 불과한 경우가 많습니다. 대학수학능력시험은 대학에서 학업을 수행할 능력, 즉 가능성을 측정한 것에 불과합니다. 그것도 학생의 노력뿐 아니라 사교육비와 같은 가정 환경, 학군과 같은 외적인 여건에 상당 부분 좌우되는 요소들입니다. 분배적 정의는 능력이 아니라 현실태인 공적desert에 의해 결정되어야 합니다. 즉 얼마나 노력하고 기여했느냐에 따라 분배되어야 정의롭다는 말입니다.

처방: 행복은 어떻게?

지금까지 우리가 불행하다는 사실을 진단하고 그 현상적 원인들과 근본적 원인에 대해 진단해 보았습니다. 이제는 어떻게 해야 불행을 극복하고 행복한 삶을 살 수 있는지 알아볼 차례입니다.

불행의 원인을 왜곡된 사랑과 정의로 진단했다는 사실은, 제대로 된 사랑과 정의를 찾아 실천하고 정립하는 것이 바로 행복을 위한 처방이라는 것을 알려 줍니다. 이 두 가지 처방을 차례로 설명해 볼까 합니다.

행복하기 위해서는 자신에 대한 정당한 사랑을 회복하는 것이 먼저입니다. 필요한 것은 이기적 사랑이 아니라 자신을 정당하게 사랑하는 것입니다. 우리는 흔히 이기주의 대 이타주의, 개인주의 대 공동체주의 중에서 하나만을 선택해야 한다고 생각하는 경향이 있습니다. 이러한 이분법적 틀은 던져 버려야 합니다. 나를 사랑하는 것은 이웃을 사랑하는 것과 분리될 수 없는 것입니다. 나를 진정으로 사랑해야 다른 사람들을 사랑할 수 있고, 나라는 개인이 있어야 내가 속한 공동체가 있습니다. 탁월한 나, 유덕한 나는 있는 그대로의 나이고, 남들로부터 인정받는 나, 내 스스로 인정하는 나는 양립할 수 있고 양립해야 합니다.

자존감self-respect은 자신에 대한 정당한 사랑에서 나옵니다. 자족self-sufficiency은 자신에 대한 만족을 말하는데, 이는 자기 자신에 대한 인정self-esteem으로부터 시작됩니다. 여기서 진정한 자신감이 생겨납니다. 자존감은 자신을 있는 그대로 사랑하는 것에서 시작되고, 그것은 멋진 나, 아름다운 나뿐 아니라 못난 나, 추한 나를 있는 그대로 인정하면서도 불쌍히 여기고 보듬고 살펴 주는 것을 말합니다. 우월한 것과 우월함을 과시하는 것은 다릅니다. 인격人格은 평등할 수 있지만, 인덕人德은 평등하지도 평등해서도 안 됩니다. 거만은 불안, 나약, 무능을 드러내는 표지인데, 결국 자존감의 부족에서 비롯됩니다. 거만이나 과대망상보다 더 파괴적인 것은 열등감입니다. 자신을 미워하는 만큼 타인도 증오하기 때문입니다.

자신을 사랑하기 때문에 자존감이 있는 사람은 다음과 같은 특징들을 보입니다. 첫째, 진실합니다. 이런 사람들에게는 실제 자신과 남들에게 보이고 싶은 자신이 일치합니다. 그래서 언제든 거리낌 없이 자신을 내보입니다. 둘째, 항상 자신감이 넘치고 거침없이 행동합니다. 자신을 사랑해 왔고 그래서 훌륭한 덕들을 길러 왔기 때문에 무의식적으로 행동해도 항상 훌륭한 모습만 나타납니다. 셋째, 말과 행동이 늘 자연스럽습니다. 쓸데없는 욕심과 이기심이 없기 때문입니다. 늘 다른 사람들을 목적으로 인격체로 대우하기 때문에 눈빛부터 선합니다. 넷째, 하루하루가 여유 있습니다. 자신의 능력의 한계를 알고 운명의 영역은 침범하지 않기 때문에 집착에서 자유롭습니다. 자존감이 부족한 사람은 분노와 수치심으로 찌들지만, 자기애에서 비롯한 자신감이 있는 사람은 유머가 넘칩니다. 다섯째, 타인에 대한 애정과 관심이 넘칩니다. 자기애에서 출발한 사랑이 타인으로 범위를 넓히고 있기 때문입니다. 그래서 다른 사람의 이야기를 들어 주고 이해하는 능력이 뛰어납니다.

행복하기 위해 사랑 다음으로 필요한 것은 정의의 기술입니다. 정의는 각자에게 제 몫을 주는 것이라고 앞에서 말씀드렸습니다. 행복을 위해서는 세상과 나 사이에 정의의 관계를 설정하는 것부터 시작해야 합니다. 스토아철학자 에픽테토스는 세상 모든 것을 내 마음대로 할 수 없는 것과 내 마음대로 할 수 있는 것으로 나눕니다. 사물, 타인의 마음, 내 몸, 재산, 명예 따위는 내 마음대로 할 수 없는 것입니다. 내 마음대로 할 수 있는 것은 나의 생각, 의지, 감정, 욕구 등 내 마음 안에 있는 것뿐입니다. 사실 그것들마저도 내 마음대로 되지 않는 경우가 많습니다. 모든 불행은 내 마음대로 할 수 없는 것들을 내 마음대로 할 수 있다고 착각하는 데서 옵니다. 내 자식의 마음도 내 마음대로 할 수 없습니다. 심지어 키, 몸무게 같은 자신의 신체도 내 마음대로 할 수 없습니다. 행복하기 위해서는 내 마음 밖에 있는 것들에 대해서는 마음을 내려놓고 내 마음 안에 있는 것들에만 집중해야 합니다. 이것이 세상과 나 사이의 정의의 관계이고 일종의 선 긋기 전략입니다.

진정한 행복은 몸의 건강뿐만 아니라 마음의 건강을 돌보는 철학적 태도에서 비롯됩니다. 그것은 오래전부터 인류의 생존과 문명 발달의 핵심이었던 사랑과 정의의 가치를 회복하고 삶의 의미를 스스로 만들어 가는 과정에서 찾아질 수 있습니다. 우선 나 자신부터 진정으로 사랑하고 나와 나 밖의 것들 사이에 제 몫을 찾아 주는 정의를 회복하는 데서 행복은 시작됩니다.

임혜순 ㈜꾸림 대표

지방소멸 시대, 지역을 연구합니다

춘천에서 서울로

고향은 강원도 양구. 중학교 때부터 춘천에서 학창 시절을 보낸 나는 꼬박 서른 살까지 대학에서 강의를 하고 연구프로젝트를 수행하면서 바쁘게 살았다. 남들은 직장을 다니며 일을 배우고 세상을 배우는 시기에 선택했던 대학원 공부는, 학위를 언제 취득할지도, 취득한다고 해도 무언가 확실하게 보장되는 것은 없는 것이었다. 막연한 마음은 스스로에게 '성실과 열심히'라는 숙제를 주었고 이른 아침부터 새벽까지 연구실에서 많은 시간을 보내곤 했다. 학교에서 보낸 10여 년의 시간은 늘 스스로 부족하다고 생각하며 무엇이든 열심히 하려고 애썼던 기억으로 가득하다.

20대를 지나 30대 때는 내가 쌓아 온 공부의 경험을 현장에서 풀어놓을 수 있었다. 남들은 투자로 배우는 부동산을 학문으로 전공했기에 관련 연구원에서 주택과 부동산 정책을 연구하는 일을 했다. 몇 년 후에는 자리를 옮겨 부동산신탁회사에서 R&D 업무를 했다.

7년의 서울 생활 동안 대학에서 공부하고 연구했던 학문과 연구의 쓰임새를 확인할 수 있었다. 도시와 부동산 관련 정책이 수립되는 과정에 필요한 연구와 계획을 수행하면서 대학원 공부에서 접했던 다양한 계획과 정책을 내가 현장에서 실제로 수립하는 데 참여하고 있다는 생각이 들어 부듯했다. 한편으로는 부동산과 도시 분야의 정책과 연구가 대부분 수도권을 중심으로 이루어지고 있는 상황도 목격하였다. 총인구의 절반 이상이 거주하는 수도권과 큰 도시 중심으로 공간과 주택정책의 얼개가 만들어지고, 지방은 그다지 중요하지 않은 주변부 공간으로 다루어지는 느낌을 지울 수 없었다.

그 사이 또래 동기들보다 늦은 30대 중반에 결혼을 하고 첫 아이를 낳았다. 나름 안정적인 일이었고, 내가 좋아하던 분야의 일을 계속할 수 있다는 것도 감사한 일이었다. 하지만 문득, 이 모든 것이 나와 너무 멀게 느껴지는 순간이 왔다.

돌아올 결심

엄마가 된 나는 일을 계속 하면서도 고민이 많아졌다. 그도 그럴 것이, 아이를 기르면서 일을 병행하는 것이 만만치 않았기 때문이다. 출산휴가를 마치고 직장으로 복귀한 나 대신 아이를 돌보기 위해 친정엄마는 매주 춘천에서 우리가 살던 김포를 오가는 수고를 하셨다. 며칠 밤 철야를 해도 즐겁게 일하면서 느꼈던 성취감과 보람은 장거리 출퇴근에 따른 피로감, 아이와 엄마에 대한 미안함으로 변해 있었다. 일을 우선순위에 놓고 살던 결혼 전 일상과는 생활 패턴이 확실히 달라졌음을 실감했다. 출퇴근길 승객으로 꽉 찬 지하철에서 내가 좋아하는 일을 오래 할 방법은 무엇일지 고민하는 시간이 많아졌다.

일을 좋아하는 사람인 나, 늘어난 식구

내가 사랑하는 사람들과 더 가까이 있고 싶었다. 30대 후반으로 접어드는 나이, 일-생활의 균형이 필요한 시기. 든든한 지원군이 있는 '춘천'이라면 내가 좋아하는 일을 오래도록 할 수 있는 기회를 만들 수 있겠다는 결심이 섰다. 2013년 겨울, 나는 서울 생활을 접고 춘천으로 돌아왔다.

좋아하는 일을 오래도록, '지역연구'에서 답을 찾다

대학원 생활과 연구원 실무를 통해 다진 '연구와 탐색', 그리고 실행력을 살릴 수 있는 일을 춘천에서 해 보기로 했다. 나이와 경력을 생각하면 춘천에서 내가 할 수 있는 일은 제한적이었다. 지금 생각해보면 대단한 용기가 필요한 일인데, 그 당시는 '내 일자리는 내가 만들면 되지'라는 단순한 생각으로 창업을 선택했다. 희한하게도 춘천에서라면, 20대에 경험한 '성실과 열심'이라는 내 삶의 신조가 밑거름이 되어 큰 성공을 거두지 않더라도 내 자리를 만들고, 안정적으로 자리매김할 수 있을 것이라는 확신 비슷한 것이 마음 한 켠에 있었다.

전공인 부동산학 분야와 관련된 지역정책, 지역개발과 관련

된 연구를 할 수 있겠다는 생각으로 수요가 있는지, 가능성은 있는지 찾아보았다. 지역개발 분야에서는 90년대 이후 균형개발, 분권화, 지역특화 등이 주요 키워드로 정책이 전개되어 왔는데, 당시 농식품부의 '마을 만들기'가 농촌지역개발의 핵심 사업이 되어 활발하게 진행될 때였다. 구체적으로는 마을만들기 컨설팅에 뛰어드는 것으로, 장기적으로는 강원지역에서는 지금도 찾아보기 어려운 컨설팅과 연구를 하는 민간연구기관으로 자리 잡고 싶었다. 2014년 1월, 이전 회사에서 받은 퇴직금을 모두 투자해서 1인 주주회사 〈꾸림〉을 설립했다.

〈꾸림〉이라는 회사 이름은 '일을 추진하여 처리해 나간다'라는 뜻을 가진 우리말 '꾸리다'의 명사형에서 가져왔다. 서울이 어떤 분야에서든 중심으로 여겨지는 세상의 상식을 거스르고 지방으로 돌아온 나는 지역의 꿈을 구체화하는 계획을 수립하고 정책을 발굴하는 현장형 연구자가 되고 싶었다. "지역의 꿈을 함께 꾸립니다"라는 슬로건 아래, 내가 잘할 수 있는 연구와 기획, 그리고 사람들이 필요로 하는 공간과 정책을 연결하는 일을 다시 '지역연구'로 풀어내기 시작했다.

다양한 지역의 수요를 계획으로

처음 사업을 시작했을 때 사람들은 종종 물었다. "부동산을 전공한 사람이 이런 일도 하나요?" 사실 부동산학은 단순히 집을 사고파는 기술이 아니라 한정된 공간 자원을 최적화하여 활용하는 것을 이념으로 하는 학문이다. 나는 이 개념을 지역연구에 실천적으로 적용하고자 했다.

강원도 곳곳을 다니며 마을 만들기, 도시재생, 공공임대주택 계획 등을 수립하면서 깨달은 것은, 수도권 중심으로 설계된 정책이 지역에서는 그대로 작동하지 않는다는 사실이었다. 지역의 현실은 예상보다 복잡하고도 다층적이고, 작은 도시와 마을에서 정책은 훨씬 더 그곳에 밀착해서 작용한다. 학교, 돌봄, 문화, 복지 같은 생활 기반은 단절된 요소가 아니라 서로 맞물려 있는 생태계였다. 따라서 지역을 계획한다는 것은 곧 사람들의 삶을 그릇에 담듯 조율하는 일이 무엇보다 중요했다.

수도권의 시선으로 만든 정책은 지역의 여건과 잘 맞지 않았고, 노인 인구가 많은 마을의 쇠락, 줄어드는 학교와 학생 수, 문화와 돌봄 인프라의 부족 등은 숫자만으로 설명되지 않았다. 지역정책은 단순히 기반 시설을 늘리는 문제가 아니었다. 지난 10년간 〈꾸림〉이라는 회사를 통해 경험한 지역재생−지역개발은 지역이라는 공간 속에서 사람들을 만나고 그들의 요구를 공동체와 함께 풀어내는 과정이었다.

지방소멸이라는 단어가 방송 보도에서 자주 등장하기 시작했을 무렵, 지역에는 이미 인프라의 격차와 인구 감소의 여파가 스며들고 있었다. 그러나 동시에 지역은 변화와 실험이 가능한 공간이었다. 도시보다 더 밀도 있게 연결된 사람들, 거창하지 않아도 일상을 바꾸는 작은 움직임들. 우리는 그 가능성을 기반으로 '계획'의 정의를 다시 써 내려가기 시작했다. 〈꾸림〉은 연구를 수행하는 과정에서 주민들과 함께 걸으며 공간을 살피고, 그들의 목소리로 계획을 세우는 방식을 가장 중요하게 생각하고 실천하고 있다.

좋은 계획을 만드는 일은 지역의 사람을 발굴하는 일에서 시작되고, 이것은 지역의 다양한 기관이 함께 할 때 더욱 확대되고 풍부해지기 때문이다. 지역의 미래는 화려한 청사진이 아니라, 부족함을 채우고 버틸 힘을 길러내는 주민들의 손에서 만들어진다는 믿음은 점차 확고해졌다.

놀이와 연구의 만남-게이미피케이션

지역과 함께하며 '모든 분야와 사람은 연결되어 있다'라는 사실을 깨달았다. 그 과정에서 가장 중요한 키워드는 '참여'였다. 하지만 행정 절차 중심의 형식적인 참여는 현장의 의미를 왜곡하기 쉽다. 계획을 세우고 정책을 짜는 과정에서 진정한 주역은 지역주민이라는 것을 깨달았다. 전문가와 행정은 주민이 생각하는 문제와 현황, 니즈를 끌어내고 이를 바탕으로 계획을 세우는 조력자다. 주민이 항상 옳고 정답이라는 것이 아니다. 지역에 거주하는 주민이 지역을 들여다보고 정책과 계획을 함께 고민할 때 좋은 계획이 수립될 수 있다는 것이다.

주민참여를 전제로 정책을 수립한다는 기조는 이미 자리 잡은 듯하다. 하지만 실제 현장에서 주민참여가 깊이 있게 이루어지기는 쉽지 않다. 주민이 참여할 수 있는 방법, 시간 등의 문제 때문이다. 그래서 우리는 놀이 기반의 접근 방식인 '게이미피케이션'[1]을 도입하게 되었다.

　　창업 초기인 2015년 우연한 기회에 접하게 된 '보드게임'은 계획을 하는 단계에서 주민들이 어렵지 않게, 흥미를 가질 수 있는 방식으로 참여하는 것을 고민하던 나에게 해법이 되어 주었다. 이후 다양한 지역계획 수립의 현장에서 주민의 의견을 모으고 소통하기 위해 시도한 보드게임은 정말 효과적이었다. 딱딱한 설명 대신 놀이로 마을을 그려보고, 공간을 나누며, 함께 게임을 즐기다 보면 자연스럽게 진짜 목소리가 흘러나왔다. 마을을 즐기듯 탐색하고, 의견을 나누며, 자연스럽게 정책의 주체로 자리잡는 구조. 이것은 정책 실행 이전에 필요한 공감의 기반이다. 이 경험은 〈꾸림〉의 연구와 교육 방식에 깊이 뿌리내렸다.

　　주민들이 마을의 문제를 게임처럼 고민하고 토론하는 도시재생 교육 키트 '고피쉬GO FISH'는 그렇게 탄생했다. 2021년에는 강원도도시재생지원센터와 보드게임 회사와 협력해 도시재생 교육 키트 '도시재생 고피쉬'를 개발했다. 계획을 수립하는 어려운 작업에 주민들이 손쉽게 참여할 수 있도록 만드는 실험이었다. 나는 놀이가 참여로 이어지고, 그 참여가 다시 정책과 지역의 변화를 만드는 선순환의 고리가 될 수 있음을 확신하게 되었다. 게이미피케이션은 단순한 도구가 아니라 '함께'의 가치를 빛내는 방법이었다.

지방소멸 시대, 지역을 연구합니다

1　게이미피케이션(Gamification)이란 게임의 요소와 원리를 게임이 아닌 분야에 적용하여 사람들의 참여, 몰입, 동기부여를 유도하는 전략을 말한다. 교육, 마케팅, 헬스케어, 조직관리 등 다양한 분야에서 활용되고 있다.

함께 꾸는 꿈을 향하여

〈꾸림〉을 시작한 지 어느덧 10년이 되었다. 그 시간 동안 나는 강원도의 골목과 마을을 수없이 걸으며 지역계획의 현장에서 다양한 사람들을 만났다. 지역을 살린다는 것은 사실 화려한 결과를 내는 것이 아니라 작은 연결을 끊임없이 이어가는 과정이었다.

또한 〈꾸림〉을 통해 지역의 다양한 자원과 기관, 사람들을 연결하는 '플랫폼'이자 '매개자' 역할을 시도해 왔다. 지역에서 보낸 10여 년의 시간 동안 우리들이 접한 지역 현장과 사람들이 자원이 되었고, 우리는 각 지역의 비전을 그리고 실천하는 과정에 필요한 자원을 연결하는 '꾸러미'가 되어 있었다. 주민 역량 강화와 네트워크 형성, 성평등 정책 수립, 돌봄 사업 아카이빙, 로컬 비즈니스 기획 등은 지역개발 계획과 정책 수립을 넘어 지역의 다양한 분야에서 단절되었던 선들을 이어가는 작업이었다.

지방소멸 시대의 지역정책은 효율성만으로는 성공할 수 없다. 사람과 사람 사이의 연결, 공간과 삶의 맥락을 이해하려는 태도, 그리고 무엇보다 주민이 정책의 수용자가 아니라 생산자가 되는 과정이 필요하다. 그것이 내가 지역에서 연구자로 살아가며 얻은 가장 큰 교훈이다.

1인 주주로 시작한 〈꾸림〉의 구성원은 이제 7명이 되었고, 작지만 지역에서 '쓸모 있는' 존재가 되고자 애쓰고 있다. 거창한 일이 아니라도 우리가 지역에 기여하는 일을 하고 있다는 생각을 구성원들과 틈틈이 공유하고 있다. 우리들 역시 지역에서 살아가는 사람으로서 지역에 있는 일터에서 지역에 보탬이 되는 일을 하고 있다는 자부심을 나누고 싶어서다.

　　지금 나는 여전히 춘천에 살고 있고, 여전히 〈꾸림〉의 이름으로 누군가의 이야기를 듣고, 또 다음 계획을 준비하고 있다. 10년 전 세상의 통념으로 보기에 안정적이고 좋았던 서울에서의 삶을 멈추고 '지역'으로 돌아온 나는 보다 다양한 세상을 보고, 많은 사람을 만나고, 다양한 지역을 다니며 지역에서의 삶을 누리고 있다. 앞으로 다가올 〈꾸림〉의 10년도 사람과 정책, 현장과 계획을 잇는 역할을 의미 있게 해나가는 시간이 될 것이다.

모든 사람의 삶은 그 자체로 소중하다

글로벌 기업에서 18년 반 한국과 미국, 중국에서 일하고 다시 한국에 돌아와 LG디스플레이에서 임원으로 일하게 되었을 때이다. 그룹에서 임원들을 대상으로 깊은 자기인식을 위한 진단을 받으라 한 적이 있다. 진단 이름은 'Self-Encountering'이었다. 자신을 직면하려면 우선 자신에 대한 인식이 있어야 하므로, 스스로에 대한 다각도의 질문과 인터뷰를 통해 자신을 인식해 가는 과정이었다. 그 진단 말미에 한 문장으로 정리해 준 조미진은 아직까지 계속 진화해 가는 나의 삶의 정체성을 단적으로 보여준다.

"끊임없이 전진하는 내면의 열정가"

나에 대한 글을 쓴다는 것

40대 초반에 한 출판사에서 대한민국 여성 리더십 1세대인 조미진 상무의 자서전을 써 보면 어떻겠냐는 제안을 받았다. 그 시절 나는 글로벌 커리어를 쌓으며 미국에서 일하고 있었다. 아이들도 아직 어려서 삶과 커리어 모두 치열하게 전개되던 시기였다. 그럼에도 불구하고 일과 가정을 함께 꾸려 가는 리더십을 갖춘 여성의 모습이 워낙 드문 시절이었으므로, 나와 같은 길을 가고자 하는 후배들에게 그때까지의 삶의 경험을 나누는 것도 의미가 있겠다 싶어 출판사의 요청을 수락했다. 그런데 자서전을 쓴다는 것은 참으로 쉽지 않은 일이라는 것을 곧 깨달았다. 남들에게 보여지는 나의 삶이니 자랑하고 싶은 것도 있고, 반면 감추고 싶은 것도 있어서 진정성 있는 나의 모습을 균형 있게 묘사하는 것이 쉽지 않았다. 40여 년간의 나의 삶을 반추하는 작업은 성찰 그 자체였다. 내가 살면서 중요하게 생각하는 삶의 가치와 성공의 의미를 깊게 고민하고 정리할 수 있는 기회를 가질 수 있었던 것은 자서전 출판 그 자체보다 훨씬 더 의미 있는 일이었다. 그때 나는 나의 성공의 의미를 "내가 중요하게 생각하는 삶의 가치가 일상에서 구현되는 순간이 지속되는 것"으로 정의했다. 삶의 단계에 따라 성공의 깊이도 깊어지는 삶을 내가 줄곧 살아낼 수 있을까, 나의 삶이 내적으로 풍요롭고 행복한 삶이 될 수 있을까에 대한 고민은 그때부터 시작되어 지금까지 진행되고 있다.

그때로부터 시간이 많이 흘렀지만, 한 가지 신기한 것은 그때 내가 살고자 했던 삶의 방향과 거의 일치하는 삶의 모습으로 진화하고 성장해 왔다는 것이다. 내가 살면서 중요하게 생각하는 가치대로 살고자 했고, 그래서 내가 생각한 성공의 의미를 실현할 수 있어 부듯한 느낌이다. 이렇게 내가 삶의 비전과 방향을 가지고 또박또박 살 수 있었던 이유를 조미진이라는 사람이 어디에서 왔는가를 살펴보는 데서 시작해 볼까 한다.

조미진은 누구인가?

　　오랜 조직 생활과 사회생활을 하는 동안 언론이나 다양한 기회를 통해 소개된 나는 대한민국의 명문 대학을 나와 그 시절 외국 유학까지 했고 글로벌 기업에서 일하고 성장할 기회를 가졌으며, 대한민국의 내노라하는 대기업에서 임원을 역임한 화려한 경력과 삶의 소유자이다. 대기업에서의 경력에서 그친 것이 아니라 이후 사외이사나 문화계 이사장 등으로 커리어를 확장하고, 현재는 전 세계 아이들의 권리를 지키고 구호 활동을 하는 UN 구호기관의 한국 수장으로 커리어를 지속하고 있다. 20대 후반에 일을 시작해서 한 번도 쉰 적 없이 커리어를 이어 가고 있는 내게 후배들은 "유니세프 다음은 무엇일까요?"라는 질문을 던지기도 한다. 이렇게 화려해 보이는 나의 커리어 여정은 사실 매우 평범한 가정의 한 사람으로 성장하고 살아온 삶이 그 근간이 되었다.

　　나의 아버지와 어머니는 한국전쟁 때 남하한 실향민이었다. 아버지는 군인이 되겠다는 열망으로 일찍이 남한으로 내려와 육군사관학교에 진학한다. 나이를 속이고 진학해 한국전쟁에서 중위로 용감하게 참전했던 아버지는 1960년대 초, 내가 100일이 채 되지 않은 시기에 공비토벌 작전에서 전사하셨다. 그 당시 이미 연대장이라서 막사에서 진두 지휘를 해도 되는 지위였으나, 부관과 함께 현장에서 산화하였다. 30대 초반에 세 아이를 데리고 혼자되신 어머니는 아버지를 원망할 틈도 없이 세 아이를 키우는 일에 전념해야 했다. 어려서부터 일하는 어머니를 보아 온 내가 일은 여자가 하는 것이고, 가정을 책임지는 것도 어머니라는 매우 독립적인 관점을 갖게 된 것은 우연이 아니다. 어머니는 아름다운 외모와 함께 삶과 양육에 대해 강인한 의지를 가졌던 분이셨다. 여성성을 잃지 않으면서도 당당하고 뚝심 있게 일하고 삶을 살아가리라는 나의 이상도 어머니가 살아가는 모습에서 만들어졌다.

다행히 공부를 잘했던 오빠, 언니와 함께 나 역시 어머니의 헌신 속에서 순탄하게 좋은 학교에 진학하였다. 대학을 졸업할 무렵, 먼저 유학을 하고 돌아온 오빠같이 나도 유학을 가고 싶다는 열망을 어머니에게 내비쳤다. 그때만 해도 어머니가 얼마나 어렵게 가정경제를 꾸려오셨는지 잘 몰랐던 터라, 그저 내 열망을 거침없이 내뱉었는데, 어머니는 "그래 그것까지는 내가 해 주마"라는 답을 주셨다. 홀로 가정경제를 꾸려 오시며 다른 우선순위도 많았을진대, 막내딸의 유학 지원을 선뜻 결심하신 것이다. 평소 "자식이라도 다 다른 그릇이야"라며 늘 내게 보여주신 성원과 실질적인 지원의 일부였다.

1980년대 중반, 여자 혼자 유학을 가는 것이 그리 흔한 일은 아니었지만, 그렇게 해서 한국에서 태어나고 자란 내가 글로벌 환경으로 들어가는 계기가 마련되었다. 학위를 마치고 글로벌 회사에서 일하게 되면서 글로벌 프로페셔널로 성장할 수 있는 다양한 기회를 갖게 되었다. 그런 와중에 어렸을 적 친구였던 남편을 다시 만나 결혼하고 아이들도 태어났다. 한국, 미국, 중국 세 나라에서 일하며 익혔던 글로벌 감각과 경험을 살려서 대한민국 대기업에서 임원으로서 기여할 수 있었던 것 역시 더할 수 없는 보람이었다. 훌륭한 리더가 되고자 하는 분들 옆에서 돕는 일을 천직으로 생각하고 있던 내게 큰 조직에서의 역할을 마무리하고 나와서 본격적으로 그 일을 시작한 것은 너무도 자연스러운 일이었다. 그런 와중에 나의 전문성을 필요로 하는 이사회의 사외이사로서 활동할 기회도 주어졌고, 무엇보다 내가 너무도 좋아하고 관심을 가졌던, 그러나 덕질을 할 기회는 없었던 문화예술계에서 간접 경험을 확장할 수 있는 문화기관의 이사장직도 하게 되었다. 그리고 또 우연한 기회에 전 세계 어린이들의 권리를 보장하고 이들을 구호하는 UN 산하 기관의 장으로 일하게 되었다. 사회생활을 시작한 지 37년 되었으니 그야말로 숨돌릴 틈도 없이 화려한 경력을 쌓아 왔다고 봐도 무방하다.

하지만 나의 37년 경력의 근간을 이룬 것은 딸로, 엄마로, 배우자로, 며느리로, 그야말로 평범한 가정의 한 사람으로서의 역할이었다. 30세에 홀로되어 노년에 접어든 친정어머니의 삶에 동행하고, 두 번째로 스트레스 지수가 높다는 국제이사를 네 번이나 강행하며 두 아이를 키워야 했고, 나의 경력을 위해 자신의 경력 행로를 수정하며 수많은 난관을 함께 극복해야 했던 사람의 배우자로 살아가며, 의무와 책임을 다해야 하는 장남의 아내, 즉 맏며느리의 역할도 해내며 살아왔다.

평범한 삶에서의 도전

나의 평범한 삶에서의 역할은 그렇지만 끊임없는 도전을 수반하기도 했다. 초등학교 때였다. 친구 집에 놀러 갔는데 마침 친구의 아버지가 퇴근해 들어오셨다. 집안에 출퇴근하는 남자 어른이 없었고, 어머니의 출퇴근만 봐 왔던 내게 아버지가 들어오셨을 때 달려나가 인사하는 친구 집의 풍경은 매우 생경했다. 그래서 아마도 내가 인사를 안 했던 것 같다. 그 집 아버지가 친구냐고 물어봤고, 친구의 어머니가 "아빠가 없어 버릇이 없네요"라고 답하는 것을 얼핏 듣고 정말 상처가 되었던 기억이 있다. 자라면서 아버지의 역할 이상으로 헌신하신 어머니 덕에 부족함 없이 사랑을 받고 자랐지만, 여전히 "아버지가 없어 ○○하다"라는, 어린 나에 대한 주위의 선입견을 극복하는 것은 내게 큰 도전이었다. 어느 정도 커서는 내가 많은 사랑 속에 성장했다는 것을 깨닫게 되었지만, 어렸을 적부터 '난 과연 집이나 바깥에서 귀한 사람인가'라는 생각을 하기도 했다. 아무래도 어머니 품 안에서 보내는 시간이 적었고, 오빠나 언니도 나와는 나이 차이가 있다 보니 독립적일 수밖에 없어서 "이 세상에서 나를 책임질 사람은 나밖에 없다"라는 원초적 외로움이 내면에 있었던 것 같다. 다행히 초등학교, 중학교, 고등학교 시절, 적극적이고 일을 주도하는 성격 덕에 주변의 시선을 많이 받게 되었고, 그런 와중에 나를 있는 그대로 알아보고 지지하는 내 삶의 귀인들을 만나게 되었다. 그분들은 나의 존재 자체가 귀하고, 나 자신을 믿고 살아가는 것이 중요하다는 것을 하나하나 일깨워 주셨다. 학창 시절에는 주로 선생님들이었고, 커리어를 시작하면서는 일터에서 나를 알아보고 멘토가 되어 주신 분들이다. 그분들 덕분에 삶에서 도전하고 장애를 극복할 수 있는 힘을 키우고 내 능력을 발휘할 수 있었다.

커리어가 쌓이면서 가장 두드러졌던 도전은 역시 여성 프로페셔널, 여성 리더에 대한 고정관념들을 깨는 것이었다. 서구 글로벌 기업에서 커리어를 시작했기 때문에 다양성이나 형평성과 같은 개념에 비교적 익숙했던 내게 대한민국 대기업에서 여성 리더로서 역할을 수행하는 것은 당연히 넘어서야 할 도전이 되었다. 이러한 도전에 맞닥뜨린 나는 수많은 고정관념과 편견에 맞서기보다 여성이기 전에 프로페셔널이라는 마음가짐으로 내가 하는 일을 탁월하게 해내고자 노력하였다. 직급이나 직책에 상관없이 누구나 존중하고 한결같이 대하려고 노력했다. 그러한 나의 진정성과 전문성은 커리어 성장의 근간이 되었다.

결혼, 출산, 육아는 또다른 나의 삶의 한 축이었지만, 일에서 요구하는 사항이 많아지고 커리어가 급격히 성장하면서 일과 가정의 균형을 잡아가는 것 역시 엄청난 도전이 되었다. 사실 일과 가정, 이 둘은 똑같은 선상에서 비교할 수 없는 소중한 삶의 가치로 한쪽을 위해 한쪽을 포기한다는 것은 있을 수 없는 일이었다. 그러나 진화하는 삶의 단계에서 한쪽이 다른 한쪽보다 비중이 커지는 상황은 반드시 생기기 마련이다. 결국 삶의 단계마다 달라지는 일과 가정의 우선순위를 뚝심 있게 수용하고 집중하면서 비대칭 균형을 유지하는 것이 역설적이지만 삶의 균형이라는 깨달음에 도달했다. 이것이 오랜 기간 일과 가정의 균형을 유지할 수 있었던 비결이다.

최근 직면하고 있는 평범한 삶 속의 도전은 일에 대한 생각과 실천이다. 100세 시대에 살고 있는 우리는 이전과는 매우 다른 측면으로 일에 접근해야 한다. 일을 직織과 업業으로 구분한다면, 내면에서 부여한 업業을 죽는 날까지 일로서 할 수 있다면 그 인생은 정말 행복할 것이다. 왜냐하면 업業은 자신이 살면서 중요하다고 생각하는 삶의 가치가 투영된 가슴 설레는 삶의 동력이기 때문이다. 내가 생각하는 나의 업業은 인생의 모든 측면에서 남의 삶에 영향을 주는 리더들이 훌륭한 리더가 되고자 할 때 곁에서 조력하는 일이다. 그만큼 리더의 역할이 중요하기 때문이다. 나는 그 업業을 지속하기 원하므로, 지적, 신체적, 정서적으로 건강과 에너지를 어떻게 잘 관리하고 유지할 것인가가 가장 큰 도전이다. 특히 지금은 내 몸과 마음, 감정이 늘 깨어 있고 관리해 나가는 것이 삶의 우선순위가 되어야 하는 때이다.

내 삶의 성공비결

앞서 이야기 한 대로 40대 초반에 자서전을 출간하면서 내 삶에서 성공의 의미를 정의한 바 있다. 내가 중요하게 여기는 삶의 가치가 매일의 일상 속에서 실현되는 것을 성공이라 믿고 살아온 내게 나의 삶은 그러한 성공을 위해 노력한 삶이라고 말할 수 있다. 그래서 나는 후배들에게 성공의 첫 단계는 자신의 삶에서 성공을 무엇으로 볼 것인지 고민하고 정리하는 것이라고 조언한다. 성공의 정의가 뚜렷하면, 삶의 비전과 방향도 일관성 있게 정하고 실천해 갈 수 있기 때문이다.

또 하나, 내가 살면서 중요하게 생각하는 삶의 가치는 과연 무엇이고, 나는 그 가치들을 어떻게 구현해 갈 것인지 성찰하고 정리해 보는 것도 성공하기 위해서 필요한 중요한 작업이다. 자서전 출간을 기점으로 삶에 대한 고민을 하면서 정리해 봤던 나의 삶의 가치는 지금도 진행형이다. 옳은 삶을 살고 싶다, 어제보다 나은 오늘의 내가 되는 삶을 살고 싶다, 다른 사람들의 삶에 도움이 되는 삶을 살고 싶다, 이 세상에 태어난 모든 이들은 같은 지분—삶의 권리—을 가지고 있다는 원칙을 지키며 살고 싶다. 이 네 가지는 내가 살아가면서 매우 중요하게 여기는 가치이다. 이렇게 내 삶의 가치를 정리하고, 가끔 살펴보고, 실천과 연결하는 것이야말로 성공의 원동력이 되었다.

다음으로 가치를 구현하며 성공하는 삶을 산다는 것은 지속적인 자기경영도 포함한다. 나이만 들어 간다고 해서 어른이 아니라 좋은 어른이 되려고 지속적으로 노력하고 실천해야 어른이라는 생각이 그 어느 때보다 강력해지는 때이다. 변화와 미래에 대한 관심과 도전, 끊임없는 호기심과 생각 저수지를 확장하려는 노력, 좋은 어른이 되기 위한 공감, 배려, 배움, 존중의 실천, 나는 가지고 있지만 남들은 가지고 있지 않은 것을 나누려는 마음 등은 누구나 닮고 싶은 성숙한 어른이 되기 위해 늘 기억하고 실천해야 하는 자기경영의 요소이다.

마지막으로 성공하는 삶을 위한 요소로 그저 실천을 강조하고 싶다. 나이가 들어가면서 실천을 하려는 부지런한 동력은 떨어지기 마련이다. 생각만 할 것이 아니라 실천에 우선순위를 두고 부지런하고 성실하게 성공적인 삶을 위해 노력해야 한다. 실천을 했을 때 나오는 결과는 스스로에 대한 만족과 행복이고, 또 이러한 만족과 행복은 자랑이 아닌 진정한 나눔으로 주변에 스며들 수 있다. 그렇기에 성공적인 삶을 위한 실천과 노력이 반드시 필요하다.

모든 이들의 삶 자체가 귀하다

겉으로 보이는 화려함 때문에, 나의 삶은 성공적인 삶 그 자체로 보일 수 있다. 그러나 나 역시 평범한 가정에서 성장하고 살아온 사람 중 하나이다. 나의 가족사나 내가 살아온 여정에 대한 이야기가 유니크한 측면도 있지만, 모든 사람들의 삶의 스토리는 그 자체로 귀하고 소중한 가치가 있다. 풍요로운 삶이란 꼭 커리어나 사회적인 역할이 화려하다는 것을 의미하는 것이 아니다. 소소한 일상의 감동과 이것을 표현하는 것도 큰 비중을 차지한다.

내게 글은 내 삶에 대한 기록이자, 나를 실제 만날 수 없는 누군가에게 내가 남길 수 있는 소중한 유산이다. 여기저기 남겨진 나의 글은 조미진이 누구인지, 어떤 느낌과 생각으로 세상을 살아냈는지, 내 삶의 기쁨과 행복은 무엇이었는지, 나의 어려움과 슬픔은 어디로부터 왔고, 어떻게 그것들을 감내하고 이겨냈는지, 내가 중요하게 생각한 삶의 이면은 무엇이었고, 그것들을 어떻게 실천하며 의미 있게 살아냈는지를 알리는 소소한 외침이자 나눔이다. 이러한 나의 삶이 누군가에게 공감을 주고 힘이 될 수 있다면 그것은 큰 영광이되, 꼭 그렇지 않아도, 글을 쓰고 남기는 동안 거쳐야 하는 성찰과 고민의 과정 자체가 큰 의미가 될 수 있다.

이번 도헌학술원의 글쓰기 강좌는 그런 의미에서 참으로 값지고 의미 있다. 누구에게 보여주기 위한 것이라기보다 자신의 삶과 정체성에 대한 고민과 성찰이자, 누군가는 공감할 수 있으리라는 믿음으로 풀어 나가는 담담한 나눔을 지지하는 강좌이다. 모든 이들의 삶과 정체성은 소중하게 남겨질 권리가 있다. 이번 강좌는 각자가 진정성을 가지고 이 마음을 기록으로 남겨야 한다는 가르침을 상기하는 시간이 될 것이다.

　나의 인생 멘토인 친언니는 "너는 그 나이가 되어 뭐 그렇게 하고 싶은 일이 많냐"라며 가끔 이것도 하고 싶고 저것도 하고 싶다는 내게 핀잔 아닌 핀잔을 준다. 나이가 들어 가며 당연히 이전과는 다른 육체적 한계가 있고, 과거엔 별문제 아니었던 것들이 큰 도전이 되기도 한다. 나는 나이 들어감을 인위적으로 거스를 생각은 추호도 없다. 그러나 삶에 대한 내면의 열정과 열망을 인위적으로 누르거나 사그라뜨릴 생각도 없다. 삶을 다하는 그 날까지 포기하지 않고 조금씩이라도 전진하는 삶을 살고 싶다. '끊임없이 전진하는 내면의 열정가' 조미진으로 기억되고 남을 수 있다면, 그것이 내 삶의 가장 큰 영광이리라.

제2부

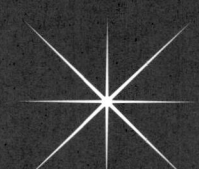

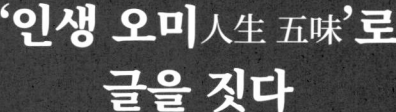

'인생 오미人生 五味'로
글을 짓다

인생은 오감으로 익는다

인생은 오감으로 먹는다

오늘은 특별한 날도 아니다. 그저 습관처럼 냄비를 올리고, 국을 끓이고, 반찬을 만든다. 그런데 이상하게도 요리하던 중, 문득 이런 생각이 들었다.

"내가 살아온 인생도 이처럼 재료를 고르고, 불 위에 올리고, 때로는 넘치게 끓으며 익혀 온 과정이었구나."

쓰고, 달고, 짜고, 맵고, 신맛까지. 감정은 오감처럼 혀끝과 마음속에 오래 남는다. 한 끼 밥상을 차리듯, 나 역시 나의 인생을 천천히 끓여 왔다.

이제는 알 것 같다. 인생은 오감으로 먹는 것임을.

지금부터 펼쳐질 다섯 가지 맛은 내 삶을 이루는 조미료이자, 기억의 레시피다. 지나간 감정들을 다시 불러오며, 나만의 국물을 우려 본다.

흙빛으로 물든 가장 젊은 날의 쓴맛

된장국이 끓을 때 퍼지는 은근한 쓴 향. 고춧가루도, 대파도 아닌, 된장 속 깊숙이 숨어 있던 쓴맛이 내 20대 겨울을 떠올리게 한다.

나는 교직 3년 차, 작은 읍내 중학교 3학년 담임이었다. 고입 시험 전날, 학생들을 인솔해 춘천으로 향하던 아침, 안개 낀 홍천 구 도로에서 대형트럭이 버스를 들이받았다.

'쾅!' 하는 소리와 함께, 눈을 떴을 때 유리 파편이 하얀 눈처럼 흩날렸고 운전석 뒤에 앉은 나는 철봉에 코를 부딪쳐 코와 입에서는 피가 폭포처럼 쏟아졌다. 얼굴은 금방 부어올랐고, 운전기사는 어디론가 사라진 상태였다. 아이들은 울부짖었다.

지나가던 승용차를 얻어 타고 홍천 병원, 이어 춘천 대학병원 응급실로 옮겨졌다. 아이들은 병상에 누워 있었지만 나는 책임감에 누워 있을 수 없어 응급실 의자에 앉아 있었다. 공교롭게도 다음날은 고등학교 입학 학력고사가 있는 날이었다. 아이들이 준비해 온 시간과 그 노력이 교통사고 하나로 무너질 수는 없었다. 그 와중에도 나는 되뇌었다.

"아이들이 병원에서 시험을 볼 수 있게 해 주세요."

교육청과 학교의 조치로, 아이들은 병원에서 시험을 치렀다. 아이들은 다행히 목숨이 위태로운 큰 부상이 없었지만, 나는 얼굴에 박힌 유리 파편으로 인한 상처를 꿰매야 했고, 1년 뒤 상처를 줄이는 수술을 받아야 했다. 차 사고로 인한 충격으로 치아는 흔들려 철사로 고정하였다.

어떻게 연락받고 응급실로 달려온 엄마는 내 얼굴을 보는 순간 충격을 받으셨다.

"우리 딸, 시집은 다 갔네…"

침대에 반듯이 누우면 천장이 내 코를 누르는 듯한 묵직한 통증이 몰려왔다. 지금도 여전히, 바르게 누우면 코에 그 무게가 다시 얹힌다.

치료받다가 겨울방학을 맞았고 나는 결국 내신을 내서 다음 해 3월 춘천으로 전근을 왔다.

그 시절은 내 삶에서 가장 젊고 아름다워야 했던 시간이었다. 그러나 나는 그 시간을 하얀 눈처럼 날리던 유릿가루와 책임으로 기억한다. 가장 찬란했어야 할 20대 중반의 어느 겨울이 그렇게 흙빛으로 물들었지만, 그 쓴맛 덕분에 나는 더 깊고 단단해질 수 있었다.

감미로운 빨간 산타 모자 속의 기적

된장을 풀며 문득, 그 겨울의 맛이 떠올랐다. 미국 아파트에 차린 신혼집의 작은 주방, 맨발로 밟던 회색빛 카펫, 그리고 수줍던 우리의 눈빛.

그때의 따뜻함은 온도계로는 잴 수 없는, 마음의 온도였다.

남편과 나는 1년 6개월을 연애하며 사랑의 말도 행동도 서툴렀지만, 마음만은 깊고 단단했던 시절이었다. 한여름의 7월 7일, 무덥고 습한 날 결혼식을 올렸고, 짧은 제주도 신혼여행을 다녀온 뒤, 우리는 곧바로 현실 앞에 섰다. 결혼한 지 한 달도 되지 않아 남편은 미국으로 떠나게 되었고, 나는 혼자 한국에 남았다.

함께한 날보다 떨어져 지낸 날이 더 많았던 신혼. 매일매일의 일상이 낯설고 쓸쓸했다. 하루가 멀다고 점심시간에 그에게서 전화가 왔고 작은 손 편지 한 장이 기다림을 버티게 해 주었다.

크리스마스이브, 나는 반년 만에 그를 만나러 비행기에 올랐다. 공항에서 마주한 순간, 설렘과 어색함, 기쁨이 뒤섞인 그 첫 포옹은 지금도 생생하다.

그날, 거실에는 빨간 산타 모자를 쓴 생나무 크리스마스트리가 반짝이며 나를 반겨 주었다. 우리의 진짜 신혼은 그렇게 시작되었다.

여러 집의 파티에 초대받고, 부촌 거리를 걸으며 화려한 장식을 구경했다. 모든 것이 새롭고, 무엇보다 달콤했다.

아침에 눈을 뜨면 그가 옆에 있다는 것, 함께 밥을 먹고 웃을 수 있다는 것. 그 모든 순간이 소중했고 감미로웠다.

그리고 그 겨울의 끝자락, 단맛처럼 찾아온 기적—우리의 첫 아이.

그 단맛이 있었기에, 이후의 쓴맛도 버틸 수 있었다.

달콤함에 감춰진 짠맛 나는 눈물

짠맛은 음식의 간을 맞추지만, 인생의 간은 '눈물'이 조절한다.

결혼 후, 남편과 4년간 떨어져 지냈다. 나는 친정에 머물며 계속 직장을 다녔다. 하지만 결혼 전과는 모든 것이 달라져 있었다.

특별한 일이 없는 한 주말마다 시댁에 가야 했고 시댁과의 관계 속에서 남편이란 방패막이가 없으니 나는 늘 설 자리가 없었다.

한겨울에 첫 임신을 하였다. 입덧이 있어도 누구에게 한 번 "이거 먹고 싶다" 말해 본 적 없고 산부인과도 혼자 다녔다. 그 시절, 나는 씩씩하게 살려고 애썼지만, 남편이 옆에 없으니 내면은 늘 허전함과 쓸쓸함으로 텅 비어 있었다. 입덧으로 힘들던 어느 날, 꿈속에서 수박이 보였다. 다음 날 남편에게 전화가 와서 말했다.

"어젯밤 수박 꿈을 꿨어요."

며칠 뒤, 시댁에서 돌아오는 길. 시어머니가 따라 내려오더니 가게에 맡겨 두셨던 커다란 수박 하나를 내가 타는 택시에 얹어 주었다.

나는 감사한 마음으로 그 수박을 맛있게 먹었다. 달고 시원했고, 조금은 뭉클했다.

그러나 그 따뜻함은 오래가지 못했다. 얼마 후 누군가의 입을 통해 시어머니의 말이 전해졌다.

"미국에서 힘들게 공부하는 아들에게 전화해서 철딱서니 없이 수박이 먹고 싶다고 했다더라."

그 말을 듣는 순간, 그 수박이 목에 걸린 것처럼 먹었던 감정까지 모두 되돌아왔다. 마치 다 씹은 것을 다시 삼킬 수 없는 것처럼 억울함과 서러움이 참았던 눈물과 함께 차올랐다.

시어머니로서는 임신한 며느리보다는 혼자 미국에서 고생하는 아들이 더 마음이 가는 것이 이제는 이해도 된다. 그래서 더 아팠다. 사랑은 늘 짠맛이다. 서로의 눈물을 닮아가며 익어가는 시간. 가족이란, 그렇게 눈물 속에서도 국물을 잃지 않는다.

매콤함이 살린 작은 불씨

매운맛은 혀를 찌르듯 자극적으로 시작되지만, 땀과 눈물, 그리고 묘한 후련함으로 끝난다.

인생의 매운맛은 그렇게 나를 더 강하게 만들었다.

고등학교 3학년 초, 어느 날 어머니가 조심스럽게 말했다.

"공무원 시험 한 번 보는 게 어때?"

셋째 딸인 나는 네 자녀를 홀로 부양하는 아버지의 부담을 느꼈다. 당연히 아들이 먼저라고 여겨지던 시대, 그 말은 대학은 어려울 수 있다는 뜻이었다.

그런데도 나는 흔들리지 않았다. 선생님의 가르침을 충실히 따라가며 매일 성실히 살았다. 그리고 대학 원서를 쓰는 시기가 되자 아버지는 말씀하셨다.

"네가 원하는 대학에 가렴."

나는 사범대에 진학했고, 중등교사가 되었다.

시간은 빠르게 흘러 나는 결혼을 하고 두 아이의 엄마가 되었고 교사로 살아갔다. 그리고 어느덧 마흔이 되었다. 아이들이 자라고 나니 어느 순간 마음속에서 조용히 속삭이는 소리를 들었다.

"이제는 너 자신을 위해 살아도 되지 않을까?"

그 무렵 나는 야간 대학원에 등록했고 어느 해 여름·겨울 방학에는 인천의 대학으로 가 한문 부전공 수업을 들었다. 강의가 끝난 뒤에도 남아 공부 모임에서 토론하고 미진한 부분을 보충했다. 그 열정은 박사과정 공부로 이어졌고 나는 어떤 순간에도 자부심을 느꼈다.

물론 그 길은 남편의 따뜻한 이해와 협조 없이는 불가능했을 것이다. 지금도 남편에게 감사하다.

그 과정에서 직장 내 갈등도 있었다. 교직과 학업을 병행하며 매사에 최선을 다했지만, 직장 동료와의 견해 차이도 겪었다. 하지만 그 경험은 나를 더욱 단단하게 다듬었다. 배움은 뜨거웠고, 고단했고, 때론 외로웠다. 하지만 나는 단 한 번도 자신을 부끄러워하지 않았다. 그것은 내 인생에서 가장 매운 시기였고, 가장 자신 있었던 시간이었다. 그 불꽃은 아직도 내 안에서 타오르고 있다.

새큼한 37년, 꽃이 피고 진 자리에서

배추를 절이다 보면 톡 쏘는 신맛이 코를 찌른다. 생생하고 낯설며, 조용하지만 확실히 존재하는 맛이다.

교직 생활 37년, 나는 정년을 3년 남기고 명예퇴직을 결정했다.

퇴직 5개월 전, 척추관협착증으로 허리통증이 왼쪽 다리를 타고 내려와 걷는 것조차 힘들어졌다. 병가를 내고 3주간 누웠다.

'이대로 살 수 있을까?'

약은 속을 쓰리게 했고, 몇 번의 극심한 변비는 공포였다.

어느 날 남편에게 말했다.

"우리, 걸어 볼까?"

약을 끊고, 인근 초등학교 운동장에 나가 남편의 부축을 받으며 한 걸음씩 걸었다. 쉬고 또 쉬며, 조금씩 통증을 밀어냈다. 그러나 몸이 회복되지 않은 채 병가는 끝났다. 더 이상 연장할 수 없어 다시 교단으로 돌아갔다.

그러던 어느 날, 명예퇴직 신청공문이 학교로 왔다. 저녁 무렵 남편에게 말했다.

"퇴직해도 괜찮을까?"

그는 망설임 없이 고개를 끄덕였다. 나는 조용히 떠날 준비를 시작했다.

내가 좋아했던 도서관, 눈 내리는 운동장, 교무실에서의 선생님들과의 조촐한 이벤트, 교실에서 아이들과 웃으며 추억을 더 많이 쌓으며 사진으로 남겼다. 마지막 졸업식 날, 3학년 아이들을 보내고 나는 교단을 떠났다.

몇 달 뒤, 교직 37년의 공로로 훈장을 받았다. 남편은 꽃다발을 안겨 주며 말했다.

"수고 많았어."

그 짧은 말에 많은 시간이, 감정들이 녹아 있었다.

지금, 교단을 떠난 지 1년 4개월, 나는 세상 밖에서 새롭게 숨 쉬고 있다. 여전히 바쁘지만, 그 바쁨은 이제 '해야 할 일'이 아니라 '하고 싶은 일'이다.

오늘도 삶의 불을 올린다

된장국을 한 숟갈 뜨니, 쓴맛이 먼저 입 안을 감싼다. 20대의 겨울, 유리 파편처럼 날리던 책임과 상처의 시간은 내 삶에 가장 깊은 국물을 남겼다. 그 쓴맛 위에, 신혼의 따뜻한 눈빛과 첫아이의 기적이 단맛처럼 포개졌다. 짧았지만 강렬했던 단맛은 이후의 쓴맛도 견디게 해 주었다.

그러나 삶은 단맛으로만 채워지지 않았다. 홀로 견뎌낸 외로움, 말 한마디로 뒤엉킨 오해의 순간들─짠맛은 그렇게 눈물 속에서 피어났다. 가슴에 오래 남았지만, 그 짠맛은 사랑을 다시 배우게 해 주었다.

한편, 내 안의 열정은 매운맛이었다. 뜨겁게 밀어붙이는 도전과 배움의 시간은 땀과 후회 속에서도 결코 식지 않았다. 그 불꽃은 나를 흔들림 없이 지탱하게 한 매운 생명력이었다.

마지막으로, 신맛이 톡 쏘며 나를 깨웠다. 익숙했던 무대를 떠나 새 삶을 시작할 때, 낯설지만 신선한 변화의 향이 났다. 신맛은 이별의 서운함이 아니라 새 출발의 생생함이었다.

이제는 안다. 인생은 다섯 가지 맛으로 완성된다는 것을. 쓴맛은 나를 단단하게, 단맛은 나를 따뜻하게, 짠맛은 나를 여물게, 매운맛은 나를 강하게, 신맛은 나를 새롭게 만든다.

오늘도 나는 냄비를 올린다. 그리고 나 자신에게 다시 묻는다. "오늘은 어떤 맛으로 익어갈까?"

다섯 맛의 퍼즐

무지의 쓴맛

한글을 겨우 읽던 어린 시절부터, 나는 누군가로부터 받는 칭찬과 인정에 항상 목말라 있었다. 나는 남이 발견하는 '나'를 퍼즐 맞추듯 찾아 헤맸다. 완성된 퍼즐의 모습을 상상하며, 이상적인 모습만을 좇았다. 그래서 주변 사람의 기대에 맞추기 위해 애썼다. 친구들과 어른들에게 인정받으려 착한 아이처럼 행동하고자 노력했다.

그러나 표면상 착한 아이'처럼' 살기 위해 자신마저도 속이고 살았다. 그러다 보니 고민도 말하지 못하는, 그저 겉모습만 그럴듯한 사람으로 자라갔다. 남의 무리한 요구도 잘 거절하지 못했다. 타인에게 내 기분과 관계없이 가면을 쓴 듯 속내를 감추는 날들이 많아졌다.

점차 나이가 들면서 남에게 인정받기란 예전처럼 쉬운 일이 아님을 알게 됐다. 외부에서 보상과 성취를 찾다 보니, 정작 나의 감정을 돌아보고 적성을 찾는 시간은 항상 뒷전이었다. 늘 하던 일만

하고, 모르는 낯선 환경이나 학문을 접하는 것을 두려워했다. 그렇게 내가 어떤 사람인지도 잘 모르는 채 친구들이 많이 간다는 동네 고등학교를 진학하게 되었다.

고등학교 입학 전, 코로나19가 처음 발생했다. 당시 3월이었던 개학은 6월까지 미뤄졌다. 새로운 환경과 온라인 공부 방식은 너무 낯설었다. 학교 진도도 따라잡지 못하고 격차가 점점 벌어지자, 불안이 물밀듯이 밀려왔다. 이해되지 않는 내용을 몇 시간이고 듣고 있으려니 학업에 흥미가 생길 수가 없었다. 마땅히 하고 싶은 공부나 진로도 없어 학교 다니는 의미조차 점점 찾을 수 없었다. 그래서 학교 친구들과도 공감대를 찾기 어려울 때가 많았다. 잠들기 직전, 다음날 학교 가는 날이면 심장이 덜컥 내려앉는 긴장이 몰려와 잠들지 못했다.

이런 불안을 해소하기 위해 잠 못 드는 날에는 일기를 쓰기 시작했다. 처음 글을 쓸 때는 나만 보는 글인데도 솔직하게 쓰지 못했다. 어떤 날은 한 줄이 적히기까지 몇 시간이 걸리는 날도 있었다. 오랜 시간 정제되지 않은 거친 속마음을 글로 풀어내고 나면 조금은 가라앉힌 마음으로 잠들 수 있었다. 하지만, 그것도 잠시뿐, 쌓이고 쌓인 마음의 응어리들은 점점 무거워져만 갔다.

어느 날, 날씨 좋은 휴일에 엄마는 나를 카페에 데리고 갔다. 따뜻한 차와 함께 엄마는 힘든 일이 있으면 언제든 말해 달라고 했다. 그 말 한마디에 지금까지의 답답했던 감정이 한꺼번에 허물어지고 눈물이 쏟아졌다. 카페에 시끌벅적한 사람들도, 시끄러운 커피 머신 소리도 들리지 않았다. 따스한 차의 온기와 말없이 나를 바라봐 주는 엄마의 시선만 가득 들어왔다.

그 다음주 주말, 엄마와 나는 상담센터를 찾았다. 여러 가지 검사 결과, 지금껏 힘들었던 순간들이 쌓여 불안장애까지 이어졌음을 알 수 있었다. 막상 결과지를 받아 보고 나니 오히려 마음이 후련했다. 그전까지 내 상태도 외면한 채 살다가 종이에 적힌 증상을 직면하고 나서야 '나'를 처음으로 마주 볼 수 있었다.

깨우침은 시다

상담 선생님은 많은 말씀을 하지 않으셨다. 그저 내 상태가 어떤지, 어떻게 지내왔는지 질문하셨다. 남에게 내 속마음을 털어놓는 게 처음이라 두서없이 얘기했음에도 그저 묵묵히 이야기를 들으셨다. 이상하게 얘기하는 그 시간만큼은 마음이 편안했다.

"네 감정을 좀 더 솔직하게 들여다봐도 괜찮지 않을까?"

그 뒤로 추상적인 관념으로 가득한 일기 쓰기에 변화가 생기기 시작했다. 이전 일기에는 외부에서 나를 바라보는 관점의 글을 쓰곤 했다. 상담받은 뒤로, 오로지 나에게 집중하는 글을 쓰기 시작했다. 그동안 손 놨던 학교 공부도 시작하며 처음으로 내 의지로 선택도 했다. 주변 지인들의 걱정에도 불구하고, 공부하고 싶었던 과학 공부를 위해 과감히 이과를 선택했다. 기초 과목조차 제대로 학습하지 못한 상태여서 성적은 쉽게 오르지 않았다. 그렇지만 이제는 스스로 한계를 짓고 자신을 가두는 일을 반복하고 싶지 않았다. 새로운 환경과 변화에 도전해 보기를 두려워하지 않고 무엇이든 해보기로 마음먹었다. 기존의 같은 장소, 같은 수업, 같은 친구들을 보고 있었지만, 전과 달리 온전히 마음 편한 상태로 일상생활을 할 수 있었다.

"넌 잘 해낼 거야."

혼자만의 힘으로 다시 일어설 수 있었던 건 아니었다.

학교 공부로 어려움을 겪고 있을 때, 친구들은 함께 공부하자고 먼저 손 내밀어 주었다. 상대평가로 경쟁할 수밖에 없는 시험을 앞두고도, 쉬는 시간에 같이 복습하거나 방과 후에 공부를 가르쳐 주었다. 방학에는 친구와 함께 독서실을 다니기도 했다.

"방과 후에 하는 건데, 너도 한번 들어 볼래?"

담임 선생님은 방과 후에 성적이 낮은 학생들이 듣는 보충수업을 추천해 주셨다. 기본 개념도 어려워하는 친구들이 모인 수업에서, 선생님은 느리더라도 이해될 때까지 천천히 설명해 주셨다. 용기를 얻어 친구들이나 선생님께 공부에 대한 조언을 구하고, 적극적으로 학교 동아리 활동도 임했다. 한 발 내딛는 게 어렵지, 다음 발걸음은 그보다 쉬웠다. 아직도 불안함은 여전했다. 잠들기 전에는 온갖 걱정들이 한가득 내려와 몸을 짓눌렀다. 밤새 뜬 눈으로 하루를 보내며 다음날을 망치기도 했다.

그렇지만 큰 변화가 생겼다. 불안에 지쳐 쓰러져도 다시 일어나는 법을 배워 나갔다. 남의 인정에 의존하지 않고 나를 위해 진정으로 하고자 하는 일을 찾고자 했다. 그것 하나만으로 지금까지의 삶의 방향이 조금씩 바뀌기 시작했다.

맵지만 끌리는 맛

고등학교를 졸업하기 전 아르바이트를 해서 직접 돈을 벌어 보고 싶었다. 크리스마스를 막 지난 12월 말에 단기 아르바이트 자리를 구해 일을 시작했다. 내가 맡은 일은 주방 세척이었다. 주방 안으로 들어오는 접시나 식기구, 각종 주방 기구를 설거지하고 제자리로 돌려놓는 일이었다. 당시 직원 5명이 한 팀이었는데, 아르바이트생은 나 혼자뿐이었다. 게다가 또래도 아닌 40, 50대와 함께서 긴장을 더 많이 하게 됐다. 걱정이 무색하게도, 직원분들께 첫 아르바이트라고 하자 오히려 대견해하시며 내가 뒤처지지 않게 잘 챙겨주셨다. 연말이라 손님이 정말 많이 와서 쉴 새 없이 바빴지만, 그 와중에도 계속 말을 걸어 주시며 일에 대해 친절하게 설명해 주셨다.

일은 밤 11시가 돼서야 끝났다. 손은 뜨거운 물에 불어 퉁퉁 붓고, 요령 없이 힘을 쓴 탓에 발톱에 멍이 들었다. 참으로 고된 일이었다. 일은 힘들었지만 다정한 사람들과 함께 일해서 마음만큼은 보람찼다. 그 후 다양한 장소에서 새로운 사람들과 일해 보고 싶은 생각이 들어 단기 아르바이트를 여러 군데 돌았다.

여러 유형의 이들과 일해 보면서 알게 된 점이 있다. 나이와 상관없이 진로나 미래에 대한 고민은 계속한다는 것이다. 고등학생 때는 '대학을 가고 취업만 하면 모든 고민이 끝나 있을 것 같다'라고 생각한 적도 있었다. 실제로 일하고 있는 현직자들도 끊임없이 배우고, 하고 싶은 일을 찾으려 하는 분들이 많았다.

"아빠, 이번엔 뭘 배워요?"

아빠는 한 직장에 오래 다니면서도, 중간중간 늘 새로운 걸 도전했다. 어떤 때는 외국어를 배우기도 했고, 전혀 새로운 분야의 자격증에 도전하기도 했다. 늘 피곤한 얼굴을 하면서도, 주말에 시간을 내어 수업을 들으러 다니거나 책을 사서 공부했다. 처음에는 일만 해도 힘들 텐데, 지쳐가면서까지 공부하는 아빠의 모습이 이해되지 않았다. 그렇지만 그 과정에서 아빠는 오히려 행복해 보였다. 아르바이트하면서 만난 주변 어른들이 고민했던, 꿈과 진로를 찾아가는 모습이 겹쳐 보이며 아빠의 마음 한편을 조금은 알게 됐다.

조언의 조미료

가끔 가까운 사이보다 생판 모르는 이가 힘이 될 때가 있다.

대학생이 되어 주방 보조 아르바이트를 시작했다. 수업이 없는 매주 주말, 전철을 타고 일하러 가곤 했다.

"졸업하고 뭐하지?"

이제 대학교 3학년이 되어, 슬슬 취업 걱정에 초조해지는 시기가 찾아왔다. 하고 싶은 전공을 살릴지, 다른 일을 해야 할지 혼란스러웠다. 날이 갈수록 전공 공부는 어려워져만 가고, 휴학하고 진로 탐색하기에 늦지 않나 하는 걱정이 먼저 앞섰다.

아침에 사람에 휩쓸려 지친 몸을 이끌고 환승역에서 터덜터덜 걸어가 앉아 있는데, 반듯하게 앉아 계신 한 할머니께서 말을 걸어왔다.

"요즘 사람들은 다 핸드폰만 보고 있네, 그렇죠?"

갑자기 시작된 대화에 당황했지만, 전철이 오기까지 시간도 몇 분 남았고 혼자 있으면 고민만 늘어나서 할머니의 말씀에 귀를 기울였다.

이어진 대화는 가벼운 주제였다. 현금이 아닌 카드로 결제하면 돈 쓰는 게 눈에 보이지 않아 더 쓰게 된다든지, 스마트폰으로 결제하는 것이 신기하면서 복잡하다는 것 등등 시시콜콜한 이야기가 오고 갔다.

"학생이에요?"

"네, 대학생이에요."

이런저런 얘기를 더 나눴고 어느새 전철이 곧 온다는 안내방송이 들렸다.

"내 나이 70인데, 교회도 다니면서 사람도 만나고, 공부하러 이곳저곳 다니고 있어요."

할머니는 자리에서 일어나 웃으며 말했다.

"학생은 젊으니까, 하고 싶은 일 다 해 봐요. 주저하지 말고."

그 후 인파 속에서 짧은 만남이 끝났고, 아르바이트를 끝마치고 나서도 할머니의 마지막 말이 계속 떠올랐다.

성취의 달콤함

가끔 주변 모두가 앞으로 나아가고, 혼자 멈춰 있다고 느낄 때가 있다. 그럴 때마다 나는 예전에 쓴 글을 펼쳐본다. 인생은 다양한 맛이 어우러져야 완성되는 요리와 같다. 하루하루 각기 다른 순간들이 모여 현재의 나를 만들었다. 지금껏 만난 소중한 인연들은, 인생의 멘토가 되어 내가 보지 못했던 풍경을 보여 주는 안내자 역할을 했다. 내면을 모르고 겉모습에만 급급했던 과거의 나. 매주 새로운 사람들과 부딪혀 일했던 아르바이트 경험들. 그 모든 것이 단단한 밑거름이 되어 나를 지탱해 주었다.

대학교에 들어가 실험 수업과 전공 공부를 처음 시작할 때, 서로 부족한 점을 채워 주고 용기를 준 동기들이 있었기에 학교생활에 잘 적응할 수 있었다.

지금도 새로운 도전 앞에서는 여전히 두렵고, 변화가 마냥 달갑지만은 않다. 달라진 것이 있다면, 성장의 두려움을 극복하는 법을 배워 나가고 있다는 점이다. 내가 변화할 수 있었던 건 그동안 만난 수많은 이들의 도움 덕분이다. 그 덕분에 나도 사람들에게 더 나은 삶을 제공해 주는 기술을 가진 환경공학자라는 꿈을 가지게 되었다.

수업이 없는 어느 평일, 엄마와 함께 동네 카페에 들렀다.

"졸업하고 하고 싶은 일이 있니?"

이제는 엄마와 마음을 터놓고 미래에 대해 웃으면서 얘기할 수 있는 여유가 생겼다. 내가 한층 안정되고 나서야, 주위에 나를 묵묵히 지지해 주는 이들이 늘 곁에 있다는 걸 비로소 깨달았다. 달콤한 성취와 보상만이 단맛이 아니다. 쓰디쓴 인내의 시간과 도전의 매운맛, 신맛, 단맛, 짠맛이 조화를 이룰 때, 그것만큼 달콤한 순간도 없을 것이다.

감자 미역국

　　맑은 감자 미역국을 한 솥단지 끓였다. 소고기를 나붓나붓 썰어 듬뿍 넣고 참기름에 달달 볶다가 미역을 넣고 끓인 여느 미역국과는 다르다. 햇감자를 큼직하게 썰어 넣고 엄마와 매년 함께 담근 맑은 국간장과 약간의 소금으로 간을 맞춘 흔치 않은 미역국이다.

　　하지夏至가 지나고 보리 베기가 한창인 유월 막바지 무렵에 다음날 비가 온다고 후덥지근한데 모두 분주하게 허둥댄다. 엄마는 오늘내일 출산이 임박했는데도 보리를 베어야 했다. 점심 무렵 양수가 터졌다. 미지근하고 미끈한 양수가 정강이를 타고 내려와 고무신 속이 흥건했다. 하지만 오늘 중으로 이 일을 끝내야 해서 낫질을 서둘렀다. 베어 낸 보릿단을 묶어 비가림까지 해야 했다.

　　뱃속의 아기는 본능적으로 단단하게 웅크리고 순하게 참았다. 혼자 그 보리를 다 베고 묶고 쌓고 어둑하여 들어오니 올망졸망 3남매가 엄마만 기다리고 있다. 그제야 밥을 해서 아이들 먹이고서

136

야 한술 뜨고는 허리를 펴니 통증이 밀려왔다. 양수가 진작에 터졌지만, 산모도 아기도 꾹꾹 참고 저녁을 먹고서야 뱃속에서 몇 번 뭉치며 신호가 왔다. 그나마 아기가 워낙 작은 덕에 순산할 수 있었다. 한나절을 양수 없이 잘 버틴 아가와 위험을 무릅쓰고 억척스럽게 밭일을 끝내고야 만 엄마의 대단한 출산 여정이었다.

넉넉하지 않은 촌살림에 이미 3남매가 있던 터라 간절하게 원한 아이는 아니었다. 다만 아이 없던 손윗동서는 아들이면 양자로 데려가겠다 해 놓고는 딸이라는 소식에 선뜻 데려가겠다는 얘길 하지 않고 눈치만 보았다. 결국 4남매는 엄마의 품에서 자라게 되었다.

엄마는 나를 음력 오월 스무닷샛날 저녁밥을 먹고 낳았다고 했다. 그 때문에 나는 평생 태어난 시간을 오후 9시쯤으로 알고 50여 년을 살았다. 하지만 몇 해 전 엄마는 자정이 되기 전인 11시가 조금 넘어서 나를 낳았다고 하셨다. 왠지 허탈하고 씁쓸한 헛웃음이 나왔다. 오십 평생을 생시生時도 정확하게 모르고 산 셈이었기 때문이다. 그저 저녁 먹고 낳았다는 말에 보통 여름날 해가 길어서 9시로 여겼지만 보이지 않을 때까지 비설거지하고 집에 들어와 저녁을 지어 먹고 난 후였으니, 그도 그럴 것이다. 토정비결이나 철학관에서 사주를 보면 태어난 생시가 꼭 들어가고 중요한데 밤 9시에서 11시로 바뀌면 팔자도 과연 바뀔까?

나는 넉넉한 살림 형편은 아니었지만, 평범한 시골의 4남매 중에 막내딸로 태어났다. 맨 위로 여섯 살 차이 나는 큰 언니와 연년생 둘째 언니, 그리고 바로 위엔 오빠가 있어서 나의 존재는 그저 그런 조용한 막내였다. 살림이 어려웠던 탓에 엄마는 출산 후 바로 일을 나가셨다. 산후조리란 그저 사치였고 남의 밭일 품팔이를 주로 하셨는데, 엄마의 새참이나 점심시간이 되면 큰언니는 나를 업고 엄마가 일하는 남의 밭으로 향했다. 젖을 먹일 요량이었는데, 엄마가 젖을 먹일 동안 언니는 엄마 몫의 한 끼를 나눠 먹곤 했다. 그러면 어떤 주인네는 눈치를 주고 구박했다. 아직 어린 언니는 그런 눈치를 못 채고 국수든 보리밥이든 남의 것 먹는 것이 새롭고 좋았단다.

어린 시절, 기억 속의 나의 생일날 풍경은 조금은 서글펐다. 음력 오월 스무닷샛날은 막내딸인 나의 생일보다는 엄마의 사촌 형님이자 당숙모의 생신과 아버지 외가 쪽 아저씨의 생일이 겹치는 날이다. 당시는 연세가 있는 어른들의 생일날의 경우, 동네 사람이나 친척들에게 조반 대접을 하는 풍속이 있었다. 그래서 늘 엄마는 당숙 댁에 생일상 차리는 일을 하러 전날은 물론 당일 새벽에도 가셨다. 우리들에겐 당숙네로 아침 먹으러 오라고는 하셨지만 넷이나 되는 고만고만한 아이들을 데려가기는 눈치 보이는 일이었다. 후에 큰언니가 중학생이 되고는 우리끼리 아침을 해 먹고 학교에 갔었다.

더운 날이라 부엌 중간 밥솥엔 밥만 하고, 뒤란에 화덕을 걸고 양은솥을 얹어 미역국을 끓였다. 그때 끓였던 미역국이 햇감자를 큼직하게 썰어 넣고 끓인 '감자 미역국'이었다. 특별히 생일자인 나에게는 썰지 않은 통감자를 국그릇에 넣어 주었고 그게 쇠고기 덩어리마냥 신나고 맛있었다. 저녁때는 아침에 먹고 남은 이 감자 미역국에 조금은 묽게 밀가루를 반죽하여 수제비를 뜯어 넣고 끓이면 그 또한 별미였다. 그저 나의 생일은 그렇게 보통의 여느 날처럼 지나가기 일쑤였다.

특별하지 않던 감자 미역국 같은 무덤덤한 나의 생일날처럼 나의 유년 시절도 특별하지 않았다. 바로 위의 세 살 터울 오빠와는 차별을 많이 당했다. 도시락 속의 달걀부침과 닭다리는 늘 오빠 몫이었고, 청바지와 프로스펙스 운동화는 그저 꿈같은 선물이었다. 남아선호사상이 뿌리깊던 그 시대에 겪었을 법한 일들을 나도 예외 없이 수없이 당했다. 옛말에 선도 안 보고 데려간다는 예쁜 셋째 딸이자 귀여운 막내딸이란 존재는 우리 집에서는 찾아볼 수 없었다. 엄마에게 칭찬받고 싶어서 온갖 잡기를 부려 학교에서 그림 그리기 대회, 글짓기 대회, 웅변대회 등에서 상을 타와도 마찬가지였다. 심지어 경기도 교육감상을 받아온 날도 다를 건 없었다. 늘 힘들고 지친 엄마에게는 언니들도 받아오는 종잇장에 불과했는지 칭찬은 없었다. 대신 학교에서는 모범생으로 선생님들의 기대와 칭찬을 받았기에 그나마 기를 펴고 자랐었다.

그래도 엄마의 인정과 사랑에 배고팠던 나는 누구보다도 엄마의 자랑이 되고 싶었다. 엄마한테 "싫어요"라는 말은 한 번도 하지 않았고 무조건 "네"였던 나는 심지어 학업에서도 마찬가지였다. 대학생인 작은언니, 인문계 3학년 고등학생인 오빠에게 난 내 미래를 양보했다.

"오빠도 곧 대학을 가야 하는데 너도 꼭 대학 가야겠니?"

엄마의 한마디에 나는 내 꿈과 미래를 포기하고, 미련 없이 상과로 진학했다. 대학을 가지 않아도 엄마한테 효도할 수 있다는 믿음이 컸다. 그렇게 여대를 가고 싶었던 꿈은 애초에 없던 것이 되었다.

감자 미역국

139

이즈음이 나에게는 쏩쏩하고 시큼한 맛의 시간이었다. 물론 꼭 시금털털한 묵은 막걸리 맛의 학창 시절에도 도전하고 성취하고 최초로 만들어 낸 단맛도 조금은 있었다. 내가 다니던 시골 고등학교는 남녀공학으로 이과, 문과, 상과가 함께 있던 종합고등학교였다. 그곳에서 나는 학교 역사상 최초의 여자 학생회장이 되었다. 그 것도 상과 출신이었다는 점에서 큰 화제가 되었다. 이는 나의 삶에 지대한 영향을 미쳤다. 물론 과정은 녹록하지 않았다. 심지어 동급생 이과 여학생은 나를 불러내서는 사퇴를 종용했고, 대의원 자격도 없던 동급생 남학생은 투표장으로 들어와서는 투표용지를 재검표하는 무례함을 보였다. 이는 누군가의 패배와 생각보다 많은 이들의 자존감을 무너트린 일이었기에 임기 내내 늘 따가운 시선을 받아야 했고 많은 것을 인내해야 했다.

고등학교를 졸업한 후 상경하여 소위 대기업에 입사하면서 이전의 세상은 너무나도 좁은 우물 안이었음을 실감하며 드디어 매운맛을 보게 되었다. 입사 지원서에 출신학교 코드가 있었는데 보기표를 보니 서울의 명문 여상, 상고 학교 코드가 있었고, 시골의 종합고등학교는 아예 코드가 없었다. 상과 출신인 나는 그저 기타 부류로 분류되는 코드로 기재되었고, 입사 자체도 그룹사 공채가 아닌 계열사 수시 채용이었다.

신입사원 연수는 그룹 공채입사자들과 함께 받았는데 당시 소위 엘리트 사무여직원들이 S여상, Y여상 등 출신학교별 선후배 관계가 부럽도록 잘 연결되어 있었다. 촌뜨기 신입 여사원인 나는 주눅이 잔뜩 들어서 신입사원 시절을 힘겹게 보냈다.

본사에서 잠깐 근무하고 영등포지점으로 발령 난 후에는 결혼한 큰언니 집에 얹혀살았다. 그 시절 인천에서 영등포까지 1호선 전철을 타고 신도림에서 2호선을 갈아타고 당산역까지 가는 출근 길은 정말 하루하루가 숨 막히는 전쟁이었다. 단추나 옷이 뜯기기도 하고 가방이 끊어지기도 하고 발이 밟히는 일은 일상다반사였다. 그래서 출근 복장은 항상 운동화에 청바지, 두꺼운 천 가방을 매고 다녔다. 회사에 출근하면 회사 유니폼으로 갈아입고 구두를 착용했다. 회사 선배 여직원들은 유니폼 치마 길이는 물론 손톱 매니큐어 색이나 스타킹 색상까지 지정해 주었다. 또한 구두 굽 높이와 걸을 때 굽 소리가 나지 않게 고무 밑창을 붙이도록 이르곤 했다. 이때의 경험과 습관이 지금도 남아서 구두 굽 높이도 밑창도 그 시절 그대로이다.

　　힘겨웠지만 그래도 치열하게 부딪치며 그 시절을 보냈다. 가끔은 회사 동기들이나 고향 친구들을 신촌이나 영등포, 종로 등지에서 만나 스트레스를 풀곤 했다. 불합리한 근무환경, 남녀의 차별 등이 성토의 대상이었고, 그사이 우리는 어른이 되어 가고 있었다.

　　우리 회사 여사원 중엔 대졸자는 단 2명이었다. 총무과 소속의 전문직인 영양사와 간호사뿐이었다. 나머지 사무직은 모두 고졸이었으며 회사 다니며 야간 대학이나 방송통신대학을 다니는 경우가 많았다. 학업에 미련이 많던 나도 방송통신대를 나와서 편입할 계획으로 회사에 알리지 않고 학업을 시작했었다. 학기 중에 수업과 근무 시간이 겹쳐서 바로 위 대리에게 얘기했더니 단박에 불허했다. 그는 그렇게 공부하고 싶으면 회사를 그만두고 대학이나 다니지 왜 회사에 피해를 주냐고 면박을 주었다. 생리휴가와 월차가 있어도 자발적으로 사용할 수 없는 구조여서 이슈화가 필요했다. 우선 내 동기들을 모아서 여직원회를 만들어 월차수당보다 일이 있을 때나 아플 때 쉬고 싶다고 주장했다. 돈으로 잔업수당을 받기보다 출퇴근 시간을 보장받자고 결의했었다.

하지만 이런 우리 사무전산직 여사원들의 주장을 본사에 요구하기도 전에 이미 누군가가 발설하여 미완에 그치고 말았다. 그 일로 인하여 나는 인천지점으로 발령 났고 더 열악한 근무조건을 맞이했다. 참으로 씁쓸했고 신맛처럼 정신이 번쩍 났다. 대신 새로운 변화가 생긴다.

이 사건을 곁에서 지켜본 동료이자 지금의 남편과 사랑에 빠졌다. 처음엔 성격이나 업무 스타일이 너무 달라서 갈등이 심했는데 정말 사람이 달리 보이는 아주 사소한 계기로, 마치 적군에서 아군으로 다시 연인으로 이어진 사내 연애를 몰래 하였다. 결국 결혼을 위해서 사표를 내야 했다. 그 당시만 해도 결혼하면 여사원은 무조건 사직해야 했다. 특히 사내 연애는 더더욱 여직원이 사직하는 것이 불문율이었다. 결혼하고도 계속 근무하며 대리도 되고 과장도 되는 최초의 여사원이 되고 싶었던 오랜 소망도 끝내 이루지 못했다.

남편의 프러포즈는 특별했다. 내가 방송통신대학 출석 수업에 못 가고 대리에게 면박을 받아 눈물짓던 그 기억을 오래도록 갖고 있었다.

"결혼하자. 그리고 하고 싶은 공부 계속하게 해 줄게."

그의 말은 큰 감동이었다. 성격이 많이 다른 우리는 우여곡절이 많았지만, 결국 이 한마디에 우리 집의 극심한 반대를 무릅쓰고 결혼을 했다. 아이 어릴 때 지방 근무를 자처해서 영월, 원주를 거쳐 춘천에 이르고 딸아이 초등학교 입학과 동시에 나는 다시 대학교 1학년 새내기가 되었다.

　　공부는 너무 재미있고 갈수록 흥미롭고 새로운 도전과 목표를 꿈꾸게 했다. 주말이면 온 가족이 도시락을 싸서 동네 도서관을 갔고, 공부를 열심히 한 만큼 성적으로 결과가 나왔다. 장학금이란 선물도 받고 그야말로 달콤하고 똑떨어지는 매력이 있었다. 편입한 대학의 교양과목의 교수님에게 우연히 영감을 받고, 그 일이 자극이 되어 전공을 바꾸고 석사까지 쉬지 않고 달렸다. 물론 공부만 전념한 것은 아니었다. 보건계열 면허가 있어서 프리랜서로 일을 하면서 공부를 이어갔다. 그러면서 내가 가지고 있던 평범한 것들이 특별한 장점이 되고 잘할 수 있는 달란트가 되는 경험도 했다.

　　누군가에게 희망을 주고 인생에서 긍정적인 영향을 주는 직업들이 많지만 내 경험으로 선생은 참으로 위대한 영향력을 줄 수 있는 역할이라고 생각했다. 고등학교 선생을 하는 작은언니의 영향도 컸었다. 석사를 끝낸 후 대학강단에 서는 일이 참 좋았다. 시간강사부터 한 발자국씩 조심스럽게 발을 떼었다. 늦은 시작으로 때론 조바심이 나기도 했고 늘 다른 사람보다 두 배는 더 노력해야 한다는 사실이 각인되어 강의를 위해 많은 시간 준비를 해야 했으며, 쉬이 현장을 떠나지 못했다. 그러다 보니 박사 시작이 늦어져서 쉰이라는 나이에 박사를 받게 되었다. 물론 남은 건 흰머리요 노안뿐이라지만 그 역시도 행복했다. 코로나 시국이라 비대면 학위수여식에 남편과 딸, 엄마만 모시고 박사학위를 받았다. 나를 대학에 못 보내 늘 미안해하시고 당신 역시 평생 공부에 한이 있던 엄마에게 박사모를 씌워 드렸다. 엄마도 나도 기쁨의 눈물을 참 많이 흘렸다.

　가끔 10년만 더 젊었다면 외국으로 유학을 꼭 하고 싶다는 아쉬움이 마음 한편에 꼭꼭 숨어 있었다. 속으로 품은 꿈과 한을 지금은 딸아이가 풀어 주고 있다. 어렵게 외국에서 고군분투하는 딸아이를 보면 어미로서 한없이 안쓰럽기도 하지만 대견하고 부럽기도 하다. 대신 나는 새로운 목표가 생겼는데 그 일이 정말 기적처럼 이루어지고 있는 요즘이다. 비록 해외 유학은 못 갔지만 K-문화의 인기에 힘입어 작년부터 나는 해외에서 한글을 배우는 현지 외국인들에게 우리의 문화수업 중 한식문화를 가르치는 일을 수행하게 되었다. 이 역시 우연은 아니고 필요한 공부와 과정을 차곡차곡 준비했는데 드디어 나에게 기회가 온 것이다. 지난해 가을, 동유럽의 작은 국가인 리투아니아에 파견되어 한식의 역사와 문화를 알리고 한식을 함께 만들고 먹어 보며 우리 음식문화를 전달하고 왔다. 올해도 하반기 유럽과 아프리카에 파견이 예정되어 있다. 내가 잘할 수 있는 일을 즐겁게 하는 공부와 가르치는 일의 맛이야말로 그저 꿈같은 달콤함보다는 오미五味가 모두 녹아 있는 인생의 참맛이 아닐 수 없다.

　감자 미역국처럼 너무도 평범한 내 인생이 순한 맛만 있었다면 오늘의 나는 없었을 것이다. 지금의 나를 맛에 표현하자면 그저 '슴슴하다'는 표현이 딱 어울렸다. 슴슴하다는 맛은 참 열심히 단맛, 쓴맛, 신맛, 매운맛, 짠맛을 골고루 맛보아야 알 수 있는 맛이다. 난 참이나 이 오미五味의 어우러짐을 아는 인생을 살았던 것이 아닐까.

이제 나는 가난한 어릴 적 생일날 먹던 그 흔한 감자 미역국을 나 스스로를 위해 담백하고도 구수하게 정성스레 끓인다. 내년 생일에도 이것저것 산해진미를 듬뿍 넣어 감칠맛 나는 음식이 아니라 그리 특별하지는 않은 소박한 감자 미역국을 끓일 것이다. 기름기 없이 맑고 단순하게 슴슴한 감자 미역국을 말이다.

계절, 별리別離

당위처럼 올 애도의 시간 앞에서

2024년 여름의 끝에 틈입한 계절 '별리別離'는 살모사 꼬리처럼 가을을 밀어내고 겨울, 봄도, 여름도 밀어내며 한 해가 다하도록 내내 내 곁이다.

"오늘 하루도 수고 많으셨습니다. 세상의 모든 음악 전기현입니다."

저녁 6시, 오늘도 FM 91.1에 주파수를 맞춘다. 첫 곡은 척 맨지오니Chuck Mangione의 트럼펫 연주. 〈Children of Sanchez, 1978〉 6분 37초~7분 사이 역동적인 음률이 마음을 뒤흔든다. 맨 처음 '척 맨지오니'를 듣게 된 건 언니가 준 카세트테이프를 통해서였다. 미니멀리스트처럼 모든 물건을 간소화할 때, 카세트테이프와 책을 정리하며 그중 아끼는 몇 개만 내게 남겼다.

2,732만 회 재생된 'Feels So Good' 음원을 손쉽게 찾아 듣게 된 세상. 재생될 곳을 잃은 카세트테이프는 나의 방구석에서 상실 안에 갇혀 있다. 30년 동안이나, 재생할 곳이 있다 해도 재생되지 않았을 것이다. 언니 역시 그렇게 쭉 그쪽에 있었다. 늘. 우체국 택배 너머에 영원처럼. 철마다 오이소박이가 도착했고, 레몬 생강청이 도착했다. 들깨강정, 생

스무 살 때 언니에게 받은
카세트테이프

강편, 어느 날은 고운 손수건 여러 장, 예산의 밤, 매직캔 휴지통이 쉼 없이 택배로 도착했다. 코로나 시대를 거치는 2020년부터 2022년까지 만나지 못하는 대신 톡으로 연결되어 함께 있다는 착각 속에 살았다.

어느 날 언니는 톡으로 두 장의 사진을 보냈다. 한 장은 목단 사진. 모란인지 목단인지에 대해 톡이 여러 번 오가는 중에 인터넷 검색을 해 올린 내게 "밝음은 뭐든 이렇게 빨리 찾아. 대단해"라고 했다. 칭찬받을 만한 것이 못 되는 사소한 것이었지만 아마도 지쳐 있는 나의 자존감을 세워 주려는 생각이었을 것이고 분명 효과가 있었다. 다른 한 장은 추사 고택에 붙어 있는 추사의 서체 사진 '世間兩件事耕讀(세간양건사경독: 세상에서 두 가지 큰일은 밭을 갈고 독서하는 일이다.)'이었다.

"밭 가는 일은 정말 큰일, 독서하는 일은 할 수 있지만 말이야."

"밝음은 책도 많이 읽고, 글도 잘 쓰지. 글, 썼으면 좋겠어."

"글 못 쓸 것 같아. 시간이 갈수록 점점 더."

"할 수 있어. 대학 때 쓴 소설 정말 좋았어. 난 밝음의 첫 번째 독자. 밝음 뒤에 오이소박이 담가 주는 언니 있다."

영원할 줄 알았다. 세상에서 나를 오롯이 지지해 주는 유일한 사람이었지만 영원할 것이기에 단 한 사람이어도 괜찮았다.

2023년 여름, 추사 김정희 고택에 함께 갔다. 우리는 세한도가 그려진 손수건을 한 장씩 나누어 들고 나왔다. 마지막일 줄은, 몰랐다. 우리는 다시 톡을 주고받거나 통화를 하며 함께 있다는 착각을 느끼며 1년을 지냈다. 일에 지쳐 바늘 하나의 틈도 없는 마음을 들고 출근하던 날들이 장마처럼 이어지던 2024년 여름, 8월 20일이었다.

"다음 휴가에는 만나러 갈게."

짧은 통화였다. 하지만 기회는, 없었다.

9월 9일. 장례식장에는 언니뿐이었다. 그 고요한 장례식장 입구 모니터 화면에 고인 명과 배우자 명 오직 두 줄만 담겨 있다. 언니는 장례식장 모니터 화면에서조차 간소했다. 시골의 장례식장이라지만 어찌 세상을 떠난 이마저 언니뿐일 수 있나. 형부는 외부인 출입 금지 구역인 지하 1층 층고 높은 복도에서 오열했다. 그 벽과 문 너머에서 언니는 재로 화化하고 있었다.

"형부 저랑 올라가셔요. 여기 계시면 안 돼요."

"안 돼. 처제, 못 가. 인이 씨는 더운 거 싫어한단 말이야… 어떻게 저렇게 뜨거운데 두고 가…… 못 가……."

통곡과 언어 중간의 뭉개지는 음성 파편들이 유리 조각처럼 온몸으로 쏟아졌다. 언니의 사인은 '뇌지주막하출혈'이었다.

2024년 9월 7일 그날은 토요일이었다. 오후에 출근하여 최소 6시간을 해야 할 일이 있는데, 오전에 날이 어찌나 좋던지 가을이 온 것만 같았다. 카페 '느린밀'에서 아보카도 라이스를 먹으며 행복마저 느꼈다. 햇살이 비쳐 드는 나무 테이블 위에 초록색 아보카도와 새싹, 동그란 흰자 안에 보름달처럼 뜬 노른자가 빛나도록 찍은 사진을 여전히 가지고 있다. 언니가 떠나던 날 오전에 나는 그런 일을 하고 있었다. 언니에게 전화 한 통 할 생각은, 못했다. 벌써 9월이니 곧 기다리는 12월이 올 것만 같았으니까. 그럼 흰 눈을 뽀득뽀득 밟으며 언니를 만나러 갈 수 있다고만 생각했다. 오전에 행복을 느끼지 않았다면 오후에 그런 전화를 받지 않을 수 있었을까? 오후 근무를 마치고 다음날 출근해서 할 일을 준비하던 다섯 시 무렵 언니 이름으로 전화가 울렸다. 너무 반가워 "언니"하고 받았는데 수화기 너머에는 형부의 흐느낌뿐이었다. 형부는 말이 안 되는 말을 하고 있었다.

"처제, 언니가 갔어. 한 시간 전에 쓰러졌는데…… 갔어. 지금 병원이야."

나는 정수리에 누가 정을 내리꽂는 통증을 느끼며 시멘트 바닥에 주저앉았다. 그날 형부는 언니와 휴일이면 늘 함께 지내는 이웃집에 가 일을 도와주고 있었다. 그날 오후 마당에서 일하는 형부에게 시원한 물을 건네준 언니가 보이지 않자 텃밭에라도 갔나 여기저기 찾다가 발견했을 때에는 이미 손을 쓸 수 없었다.

9월 7일 이후 미농지처럼 얇아져 바스락거리는 마음을 들고 출근을 하던 날들. '산다는 일이 의미가 있나'에 사로잡힌 마음을 들고서 살아보겠다고 꾸역꾸역 발을 질질 끌고 찾아갔을 때 상담사는 눈물 그렁한 눈으로 나를 지긋이 바라보더니, 나지막이 말했다.

"실존이군요…."

좋은 일 그만 일어나라. 행복하다고 느끼는 순간 좀 없게 해
줘. 스스로 통사정하며 산다. 좋은 일 있을 때 행복한 일 있을 때 마
지막은 쓴맛이다. 그리고 그 끝은 혼잣말이다.

'행복할 자격 있어? 언니를 그렇게 보낸 네가? '사랑하는 언
니'라고 부르는 것마저 죄책감이 들어. 세상에서 나를 그토록 오롯
하게 지지해 준 이는 언니가 유일했기에 여전히 나는 언니와의 톡
방을 들락거리며 지내. 스스로 재생될 곳을 잃은 척 맨지오니의 연
주가 담긴 카세트테이프가 된 것뿐이라고 가볍게 생각해 보려 하지
만 언니가 없는 세상에 나는 갇혀 버렸어. 내 고통에 눈이 멀어 형부
의 마음을 놓쳐 버렸어. 언니가 얼마나 서운할까.'

나의 첫 번째 독자라고 말해 주던 언니, 어쩌면 내 글을 읽어
줄 유일했던 독자가 없는 세상에서 글을 쓰는 일, 의미가 있나? 유
효하지 않은 약속을 지킨다는 생각은 스스로의 행위를 정당화하는
비겁한 짓 아닌가? '박 작가'라고 불러 주던, 세상에서 유일했던 언
니는 이제 없다. 누구를 위해 쓰나.

2025년 2월, 꼬박 5일 동안 고열과 온몸 발진으로 앓았다.
병원을 세 군데나 돌았지만 원인은 끝내 찾지 못한 채 대학병원에
가서야 열이 내리기 시작했다. 열에 들뜬 시간을 통과하며 작은 토
함을 한다.

'그래…… 내가 이쯤도 안 아프고 언니를 보내서야 되겠어……'

지연된 무언가가 이제야 당도한 듯 울음을 토했다.

애도란 무엇인가

네트워크의 세상에서 죽음은 공산품처럼 쏟아져 개별 죽음
으로서의 충분한 애도의 기회 없이 장례 절차는 진행되고, 정신을
차려 보면 괴로우니 정신 들 새 없이 살아가기를 선택한다.

"밝음~ 바빠?"

"응~ 왜?"

왜 늘 바빴지? 톡방에서 언니에게 가장 많이 쓴 말은 '바빠'
였다.

"오이소박이 보내 줄까?"

"우와 너무 좋지. 맛있겠다."

"파프리카 넣고 담갔어~"

2024년 9월 7일, 택배는, 영원히 멈추었다. 9월 마지막 주에
지상에서의 마지막 우체국 택배가 도착했다. 발신인은 형부였다. 언
니랑 주웠던 밤을 사각 스티로폼 박스에 가득 담아 보냈다. 그저 하얀
유골함 같은 정사각형 스티로폼 박스 안에 밤이 가득 들어차 있었다.
그 밤이 도착한 이후 수많은 밤을 뒤척였다. 거리에 우체국 택배 오토
바이가 저토록 많았던가. 우체국 택배를 볼 때마다 언니가 따라왔다.

누에

교과서의 첫 페이지에 실려 암기해야 했던 국민교육헌장도
지금은 교과서에서 사라졌고, 일제의 잔재라는 '국민학교'라는 명

칭도 마찬가지였다. 심지어 내 어린 날을 담은 국민학교는 초등학교 이름도 못 달아보고 건물마저 사라졌다. '스필만의 연주'는 살아남았다. 여덟 살 국민학교 교실에 남아 담임선생님이 제시하는 책가방, 예방주사 등을 소재로 매일 시나 산문을 썼다. 고등학교를 졸업할 때까지 꼬박 열두 해를 반공 웅변 원고 작성, 호국보훈의 달 글쓰기, 불조심 글쓰기, 어버이날 글쓰기, 선생님께 편지 쓰기, 학생문예백일장, 강원 학생 종합실기대회 문학 부문 참여 등 학교에서 해야 하는 모든 글쓰기를 했다.

　2학년 때 담임선생님이 내가 쓴 동시를 응모해 상으로 시집을 받아 주셨다. 그 동시집에 실려 있던 '모기'는 아직도 내 머릿속에 생생히 남아 있다. 대학을 졸업할 때까지 멈춘 적 없는 일기 쓰기는 직장생활을 하며 매일 쓸 수 없게 되었다. 글 역시 스무 살에 쓴 단한 편의 단편 이후로 쓰지 못했다. 글에 대해서는 한없이 게을렀음을 인정한다. 일에 대해서는 지독하게 성실했음 또한 인정한다. 맞지 않는 나의 일을 붙잡고 울면서 출근하던 날들이 하얗게 저문다.

　언니를 보내고, 내게 삶은 '오늘'뿐이다. 3년 넘은 산부인과 약 복용과 갱년기의 중첩은 치아에 금이 갈 만큼 뼈를 약화시켰다. 매일 해야만 되는 일상의 일들에 미치고 싶지 않아 기회만 생기면 인문 기행, 문학 답사, 연수, 산행을 쫓는다. 쫓아가는 거라 생각했지만 쫓기는 거라는 것을 숨이 차고서야 깨달았다. 허깨비 같은 삶이 찰나에 끝장나는 걸 목도하고 더욱 강화됐다. 이러한 삶의 방식은, 계속 붙잡을 일 아니다.

　고치가 누에의 고된 실 잣기 과정의 결실임을 안다. 국민학교를 다니던 어린 날, 집에 돌아가면 매일을 자루 가득 뽕잎을 따고,

그림일기에는 뽕잎을 따는 나, 국민학교를 마치고 대처大處로 일하러 나갔던 언니가 휴가 오는 풍경이 담겨 있다. 언니가 휴가를 오는 그림일기 속에서는 마당가 대추나무 잎들이 반짝이며 뒤채이고, 웃음소리까지 음성 지원되듯 행복한 내가 있다. 언니가 무릎에 뉘어 머리를 감겨 주던 일곱 살의 밝음은 언니와 늘 일곱 살을 살 줄 알았다. 습내 나는 부엌 흙바닥 세숫대야에 머리를 뉘이고 옛집 천장을 올려다보던 순간의 냄새가 아직도 난다. 옆구리에 나를 끼워 무릎에 뉘여 머리를 감겨주던 언니에게 나던 복숭아 향기가 난다. 달큰함보다 풀 내음에 가까운 개복숭아 향이다. 언니는 그때 고작 열여덟이었다.

　　엄마는 고치가 되려고 날마다 실을 잣는다. 어린 날 비 오는 날이면 명주실로 이불 홑청 바느질을 하던 바지런한 엄마는 이제 늙은 누에처럼 가장 느긋한 몸짓으로 실 잣기를 한다.

　　그 먼 순천의 은빛마을에 계실 때 설에 한 번, 엄마 생신인 단오에 한 번, 추석에 한 번, 12월에 한 번 뵈러 갔다. 눈 내려 포근했고, 춘천으로 돌아오는 저녁이면 사이드미러에 따라와 누운 노을마저 따뜻한 주황빛이었다. 1935년 전라남도 함평군 학교면에서 태어난 엄마를 요양원에 모신 지 7년째 되는 해 춘천으로 모셔 왔다. 순천도 춘천도 엄마의 선택인 곳은 없었다. 더 이상 나를 알아보지 못하고 이젠 한마디 말조차 나눌 수 없는 엄마를 만나기 위해 허락된 20분의 면회 시간은 영원 같다.

　　1952년생 류이치 사카모토가 남긴 『나는 앞으로 몇 번의 보름달을 볼 수 있을까』를 읽으며 인생의 아이러니를 생각한다. 종교를 가져 본 적 없는 내가 신의 섭리를 생각해 보는 것이다. 왜? 여전히 답을 알 수 없다. 엄마는 곧 고치를 지을 것만 같은 누에가 되어 침상에 누워 있다. '욕창 발생 주의' 표지를 매달고.

　　내 후회는 영원을 꿈꾼 어리석음에 대한 것이다. 탄핵당한 대통령이 당선된 해에 '국민의 품으로' 개방된 청와대는 3년 만인 2025년 '새 대통령의 품으로'가 되었기에 8월이 되기 전 서둘러 나서 본 길이다. 청량리역에서 경의중앙선을 타고 3개 역을 지나 옥수역에서 내려 3호선 대화행을 탔다. 영원할 것 같은데, 영원이 없음만이 명징하게 남아 있다. 의미가 있나. 지금의 상태는 '도를 아십니까'를 묻고 다니는 이들이 말을 걸 만하다. 슬픔이 봉숭아 꽃망울처럼 부풀어 올라 있다. 지하철 안에서 세 할머니들의 "야! 이리 와. 앉어. 깔깔깔⋯⋯"에도 불쑥 눈물이 차오른다. 꽃가루 핑계를 댈 수도 없게 지하철 안에서, 운전 중 차 안에서도 눈물이 흘렀다. 횡단보도를 건너는 노인들을 보며 '왜 언니에겐 허락되지 않았는가?' 생각했다. '왜'라는 것을 설명할 합리성이란 세상에 없다. 삶에 논리나 합리 따위란 없는 것이다. 경복궁역 4번 출구 청와대 방면 입구 '153구포국수'에서 냉콩국수를 주문 후 기다린다. 가녀린 콩 향기뿐이었지만 허기를 면했으니 됐다. 어린 시절 밭에서 갓 딴 토마토며 오이 향기, 갓 껍질 벗은 콩 향기는 모두 퇴화되었다. 더 이상 나의 세계엔 존재하지 않는 향기를 가까스로 떠올린다. 다시 나서야 할 밖은 한낮의 태양열과 지열로 열섬이 형성되어 냉방된 식당에서 내다보는 것만으로도 현기증이 인다.

　　언니가 이 세상에 있다면 뭘 해 줄 건데. 너는 대체 어떤 아쉬움을 가진 건데. 고작 저 손수건, 고작 네 손으로 밥 한 끼 지어 주고 싶다고? 그래? 만약 언니가 살아 고치 짓기 직전의 누에가 되어 버

154

린 아흔의 엄마 같아진다면 어쩔 건데?

뾰족한 마음이 인다.

장례식장에서 어쩌면 나보다 언니를 더 잘 알았을 언니의 지인이 "언니답게 갔다"라고 묵직하게 한마디 했다. 그 말에 동의한다. 살아서 베풀기는 잘하였으나 누구에게 기대거나 작은 폐 끼치기도 엄중히 경계하던 언니. 언니는 떠날 준비를 오래 해 온 사람처럼 간소함만 동그마니 두고 떠났다. 나는 내가 버려야 할 내 짐 더미들에 짓눌리기 시작했다. 내가 언니의 것 중 가질 수 있는 것이 남았다면 그 '간소함' 뿐이다.

작별과 나란히 앉아 노을을 본다

퇴근길, 해원의 'Viva La Vida'를 듣는다. 주황빛 노을이 도로 끝으로부터 차창을 향하여 바람처럼 불어오는 유월의 저녁이다. 대추나무는 여전히 마당가에서 은빛으로 잎사귀를 뒤채이며 서 있다. 내가 하고 싶은 단 하나는 오늘, 지금, 여기에서 사랑하는 언니와 척 맨지오니의 'Feels So Good'을 듣는 것뿐이다.

'비긴어게인'에서 '해원'이 부른 'Viva La Vida'를 듣다가 콜드플레이Coldplay의 'Viva La Vida'를 맨 처음 들려준 것 역시 언니였음을 깨닫는다. 언니와 함께 봤던 영화 〈중경삼림〉에서 실연당한 양조위는 닳아진 비누를 보며 "왜 이렇게 여위었느냐"라고 하고, 물이 뚝뚝 떨어지는 수건을 보며 "그만 울어"라고 한다. 금성무는 "사랑에 유통기한이 있다면 만 년으로 하고 싶다"라고 여전히 말하고 있다.

언니가 내 생일에 문득 찾아와 향긋한 아카시아꽃튀김을 해 주던 오월이 가고, 뻐꾸기울음이 한 달 이상 산을 흔들고 가는 청쾌한 유월의 새벽마저 다하자, 밤꽃 향기가 온 산에 번진다. 언니가 갓 튀겨낸 아카시아꽃튀김이, 오이가 쏟아지는 계절에 언니가 보내주었던 무수한 오이가 늘 나를 따른다. 무수분 오이지와 파프리카오이소박이, 그 청신한 오이향, 오이맛, 막내 아우를 향한 언니의 마음. 여백서원 괴테오솔길 전망대에 올랐을 때 '깨금'인가 싶은 작은 열매가 눈에 띈다. 그것은 생애 처음으로 본 어린 밤송이었다. 서 있는 자리가 달라질 때 비로소 보이는 세계. 9월이 오면 그 보드라운 밤송이의 가시가 바늘 같아질 것이다. 언니가 가고 10월이 들자 서늘한 바람이 불었다. 서러웠다. 이렇게 시원한 날 오는데, 왜 못 보

밤꽃 진 자리의 어린 밤송이

고 떠났나. 첫눈이 내리자 눈 내리는 거 한번 보고 가지. 봄이 되어 꽃이 피었을 때에도 크고 탐스러운 꽃을 보내주던 언니가 여전히 그리웠다. 언니에 대한 그리움은 수만 가지 형태로 늘 나를 뒤따랐다. 우리가 추사 고택을 찾아가게 된 이유가 되었던 모란이 오래 오월의 곁에 있어 주기를 바랐다. 계절의 순환 따라 추억이 고리처럼 무한히 나를 둘러싸고 공전한다. 시간만이 흐른다.

아파트 안방 욕실에는 초여름까지 뻐꾸기 울음소리가 들린다. 환한 미농지 빛깔의 큼직한 타일로 된 욕실 바닥은 물이 잘 마른다. 뻐꾸기 울음소리와 타일 바닥 사이에서 그 청각과 시각이 직조되는 지점에서 언니를 떠올린다. 집안일에조차 맹한 구석이 있는 나는 스무 해 전 아파트에 입주해서도 하자 보수를 생각할 겨를 없이 지냈다. 어느 날 집에 온 언니가 욕실 물이 잘 안 빠진다고 했을 때에도 적극적으로 해결할 생각을 못 했다. 물이 잘 안 빠지는 정도가 아니라 타일을 하수구 쪽으로 미세하게 기울여 시공하지 않은 탓에 바닥에 물이 흥건히 고였다. 배수가 잘 되고 타일이 잘 말라야 곰팡이가 번식하지 않아 보송보송한 욕실 사용이 가능하다는 기본적인 상식조차 없이 이 복잡한 세상살이를 할 수 있었던 건 언니 덕분이다. 그러니 내가 지금 여전히 일을 하고 있는 것은 언니가 나를 둘러싼 공기처럼 내 생애를 함께 했기 때문이다.

'난 평생 결정적 순간을 카메라로 포착하길 바랐다. 그러나 인생의 모든 순간이 결정적 순간이었다', '사진은 영원을 밝혀준 바로 그 순간을 영원히 포획하는 단두대'라는 앙리 카르티에 브레송의 말처럼 언니와 사진이라도 찍어 둘 걸. 언니는 예감했던 걸까. 그 담백한 성품 때문이라는 것이 더 설득력 있다. 함께 찍은 사진이 없다. 나를 찍어 준 사진만 무수하다.

최승호 시인의 '인식의 힘'에 기대어 산다. 상처는 수개월째 벌어진 채 선홍빛으로 빛나고 있다. 울면서 출근하던 날도, 양심 없이 출근하자마자 퇴근하고 싶던 날도 있었지만 살아있음에 감사하며 오늘을 사는 중이다. 누에가 된 아흔의 엄마를 자주 뵈러 갈 것이라는 것 외에 내일에 대한 어떤 계획도 세우지 않는다. 백만스물 두

가지 계획을 세워 보던 지난날을 떠올리며 '그 시간에 언니를 한 번 더 만나러 갈 걸' 하고 생각한다. 오늘을 살기에 생의 본질에 가까워질 수 있다고 생각한다. 그럼에도 불구하고 언젠가 내가 기대어 살 한 문장을 소망하며 산다.

무미無味, 지금 나는 아무 맛도 가지고 있지 않다. 유리병 속 바닥에 10%쯤 미농지처럼 희미한 맛들이 몇 알갱이 있다. 이 맛들이 여전히 비워지는 중인지 다시 채워지는 중인지 알 수 없다. 어느 쪽이든 나는 다시 어떤 맛이라도 받아들일 준비를 하고 있다.

어떤 맛도 내 삶에서 본연의 맛으로 실현될 수 있도록 아무 맛이 없는, 그리하여 새벽 네 시의 공기처럼 투명한 상태가 될 때까지 걸어 보려 한다.

이제 남겨진 건 카세트테이프가 시간을 과거로 순간이동시켜 주듯이, 그래서 듣고 있는 마음이 따스해지듯, 언니와 함께 했던 시간들이 내 안에서 힘찬 나무로 자라야만 한다는 당위뿐이다.

해석과 전환

프롤로그: 해석

'인생의 맛을 논할 만한 때일까?' 주제를 보고 오랫동안 맴돌았던 질문이다. 의식적으로 가진 의문은 아니었다. 그저 삶을 회고하는 글이 좀처럼 써지지 않는 이유를 되짚어 가다 보니 등장한 물음이었다. 이면에는 어느새 스스로가 인생의 맛을 정확히 모르는 것 같다는 생각이 뒤따르고 있었다. '단맛, 쓴맛, 신맛, 짠맛, 매운맛'은 정확히 무엇일까?

해석에 관한 생각이 잦은 요즘이다. 같은 사건이라도 어떤 시선으로 바라보고 어떻게 해석하느냐, 어디에 초점을 두고 어떤 관점으로 보느냐에 따라 천차만별의 결론이 나온다. 연속적인 삶의 시간 위에서 사건은 어떤 형태로든 이어진다. 마찬가지로 시간의 연속성을 느끼며 '내가 겪었던 것이 과연 단맛이 맞나?' 따위의 생각이 이어졌다.

생각이 꼬리 물게 놓아두면 무지의 감각에 압도당하는 순간이 있다. 부족한 자기 확신과 더불어 알기 어려운 무언가를 끊임없이 짐작하려 들어서일 것이다. 다행히도 되돌아보는 일은 예측보다 한결 수월했다. 적절한 회고일지 모르나 맛을 감정과 엮어 해석하는 데 초점을 두었다. 그 적절성은 알 수 없으나 지금의 시선을 믿고, 지나온 삶의 몇몇 장면을 일단락지으려 한다.

단맛: 기쁨

살아오며 느낀 기쁨은 대부분 성취에서 왔다. 가까운 시기에 달콤했던 순간을 떠올리면 대부분 글쓰기가 옆에 있었다. 최근 있었던 대표적 성취는 2023년 '좋은 방송을 위한 시민의 비평상' 공모전 수상이었다. 나는 특별한 계기가 없으면 꾸준함과 끈기가 부족한 편이다. 그런 내가 특별한 계기 없이도 계속했던 몇 안 되는 일이 바로 글쓰기였다. 동기는 단순했다. 쓰는 일이 좋았다.

시작은 2013년, 군대에서부터였다. 삶에서 처음으로 일종의 내던져짐을 겪는 가운데 나를 지킬 수단으로 일기를 골랐다. 최근 이런저런 핑계로 일기에 대한 성실성이 떨어졌지만, 삶을 지키거나 나아가게 하는 데 일기만큼 큰 역할을 한 게 없었다. 쓰다 보니 사람은 일기에서조차 자기에게 솔직하기 어렵다는 세간의 이야기를 어렴풋이 이해했다. 보여 주려 쓰는 글이 아니더라도 늘 미상의 독자가 있었다. 기왕 꾸준히 적는 김에 글쓰기를 조금 더 도약시키고 싶었고, 독후감 대회나 비평 공모전을 수단으로 삼았다.

결과에 개의치 않고 썼다. 글을 많이 쓰는 데 의식적으로 집중한 것은 아니지만 할 일이라고는 쓰는 것밖에 없었다. 제출하기 전까지 되는 만큼 애쓰면 그뿐, 결과는 노력으로 되는 영역이 아니라 여겼다. 글만큼 개인의 취향과 마음새가 많이 반영되는 것이 없고, 이는 심사위원에게도 마찬가지일 것이었다. 그저 계속 쓰고 표현하며 다듬기를 반복했다. 어쩌다 수상 소식이 들릴 때면 그게 그렇게 달콤했다. 나 역시 별수 없는 사회적 동물이라, 바깥에서 한 번씩 인정받는 일은 생각보다 중요했다.

글쓰기 자체가 달콤했다면 더없이 좋으련만, 아직은 쓰는 시간의 90%가 고통에 가까운 편이다. 하얀 종이, 하얀 화면 앞에서 조금이라도 더욱 명확히 표현하고 싶은 마음, 조금이라도 더욱 적합한 단어를 조합하고 싶은 마음, 조금이라도 읽는 사람에게 친절하고 싶은 마음이 뒤엉킨다. 지난한 과정을 거쳐 캐내는 문장 하나, 표현 하나가 10% 정도의 기쁨을 준다. 홀로 환희를 느끼는 글이라고 마냥 완벽할 리 없음을 알기에, 그 10%를 인정받은 것만 같은 공모전 수상이 그렇게도 달콤했나 보다. 완벽하지 않지만 잠시 충만한 순간이었다.

오랜 시간 글쓰기의 곁에서 적지 않은 달콤함을 맛보았지만, 나만의 온전한 내적 동기로 무언가를 쓰고 끝맺은 기억은 많지 않다. 글로 약간의 잔재주를 부리는 사람이 되었을 뿐, 글을 사랑하여 잘 쓰는 사람이 되었다고 말하기에는 무리가 있었다. 온전히 글을 사랑하는 사람은 아닌데 글을 계속 쓰게 해 준 외적 환경에 감사해야 할지도 모르겠다. 최근에는 문학에 대한 욕심이 피어오른다. 인생 조금 겪어 보았다고 풀어내고 싶은 이야기가 은연중에 쌓인 것일까 싶다. 한편으로 일단 써 내려가는 일은 여전히 어렵기만 하여, 언젠가는 넘고픈 하나의 벽으로 느껴진다.

외적인 성취는 손쉽게 반짝이지만 내적인 성취는 쉽게 드러나지 않는다. 내면적 성장이란 의무감이나 스트레스를 억지로 들여얻을 수 있는 것도 아니었다. 일련의 시간과 사건을 지나온 후 어느새 조금이나마 성숙했음을 어렴풋이 되짚어 느낄 뿐이었다. 글쓰기도 비슷했다. 먼 훗날, 계속 쓰는 과정에서 조금이나마 성숙해졌음을 되짚는 달콤함과 만나게 되기를 바란다.

쓴맛: 좌절

멀리서 보면 희극에 불과한 일이 대다수다. 과거를 미화하는 기능이 성실히 작동 중인지도 모르지만, 마냥 쓴맛만 나던 때는 없었다. 살아온 시간만큼 더 흐른다면 오히려 쓴맛의 흔적을 찾기 어려울지도 모른다. 다만, 얕든 깊든 한번 남은 상처에는 나름의 흉이 진다. 삶에 사고가 없을 수 없는지라 길지 않은 인생임에도 좌절의 순간이 몇 차례 있었다.

최초의 좌절은 2013년 9월이었다. 입대 후 얼마 지나지 않아 완벽한 무력함을 느꼈다. 자유가 제약된다거나 부조리한 무언가를 당해서가 아니었다. 책상물림의 삶을 살다 갑작스레 몸을 쓴 까닭에 추간판 탈출증이 찾아와서였다. 현대인에게는 허리디스크라 불리는 흔한 병이다. 조금만 움직여도 살을 찢는 듯한 고통이 몸을 훑었고, 거동이 불가할 정도로 신경이 눌려 있었다. 우여곡절 끝에 만기 전역했으나 후유증과 완벽히 이별하지는 못했다. 전과 같은 불편함은 없지만, 처음 맛본 완벽한 무력감은 아직도 잊히지 않는다.

다음은 2021년 1월이었다. 코로나가 기승을 부린 탓에 권고사직을 통보받았다. 입사 후 3년 3개월 만이었다. 이미 월급이 2개월가량 밀린 가운데 일주일 후 퇴사를 갑작스레 통보받아 머릿속이 복잡했다. 월급 역시 악의적 지연도 아니고 천재지변에 따라 그렇게 되어 버린 상황이었다. 회사에 돈이 없으니 법적으로 무엇을 따진다고 크게 나아질 구석이 없었다. 오히려 기숙사에서 지내고 있었기에 신경 쓸 면면이 더 많았다. 일주일 사이에 거처를 옮기며 실업급여를 신청하고 다니던 야간大학원에 집중했다. 급박하게 찾아들었던 불안이 생생하다.

2022년 8월에는 재취업 후 1년이 흘러 계약 연장을 위해 근로계약서를 재작성했다. 그런데 2022년 8월에 석사를 취득했는데도 재계약 시 학위가 인정되지 않았다. 그처럼 인정해 준 전례가 없었던 데다, 고용 형태가 그대로이니 계약의 갱신이 아닌 연장으로 해석하여 최초 근로계약 기준으로 진행된다는 설명이었다. 비합리적이라 생각했으나 규정이 그렇다는 데야 할 말이 없었다. 평소 사무실에서 '같은 일 하는 마당에 빨리 논문 쓰고 같은 급여 받아야 하지 않겠느냐'라는 등의 이야기를 들었던 것과는 영 딴판이었다.

가장 최근의 좌절은 정규직 전환 시의 기존 경력 미인정이었다. 공고에 명시된 1년의 시용기간에는 연초 계획된 예산에 따라 급여가 정해져 있었다. 그러려니 하는 마음으로 1년이 지났다. 막상 정규직 전환 시점에 이르니 규정집에 경력 재산정에 관한 조항과 그

환산기준표가 명시되어 있음에도 기존 경력이 전혀 고려되지 않았다. 반영된 경력은 지난 1년의 근무 기간과 군 경력이 전부였다. 최종적으로 들은 답은 규정의 문제가 아니라 한정된 예산 때문에 어쩔 수 없다는 말이었다. 내년에는 경력 반영이 가능한지 인사업무를 담당하는 과장님께 여쭸다. 이야기는 해 보겠지만 아마 안 될 것이라는 답이 돌아왔다. 그럼 도대체 규정집은 뭐였나?

돌이켜보면 대부분의 좌절은 믿음의 배반에서 왔다. 내가 내 몸을 마음대로 할 수 있으리라는 믿음이 가장 먼저 스러졌다. 정규직이라 안정적으로 일을 할 수 있을 것이라는 믿음, 사회적으로 합의하고 명시된 규칙이 지켜지리라는 믿음이 차례로 손상되었다. 좌절의 구석마다 질리듯 정이 떨어지는 마음은 별수 없었다. 그럼에도 더 잘 지내기 위해서는 모든 독립적인 좌절을 좋은 쪽으로 해석하는 게 최선이었다. 이해되지 않는 영역은 신의 뜻이려니 한다. 무교지만 말이다.

신맛: 생경

신맛은 직관적으로 연결되는 느낌이 없었다. 생경함에서 비롯된 놀라움의 감각이 그나마 가장 유사하다고 여겨졌다. 삶의 새로운 지평이 열리는 때 찾아드는 순간적인 새콤함이 있다. 시간적으로는 안 쓰던 시간을 쓰는 경험이, 공간적으로는 지금껏 경험한 모든 외국이, 영역적으로는 내게 익숙하지 않은 기업의 이야기들을 접할 때 주로 그랬다.

시간적으로는 올빼미형 생활을 꽤 오래 이어왔던 터라, 미라클 모닝으로 새벽에 일어나 경험한 이른 아침이 인상적이었다. 혼자서는 역부족이라 온라인 프로그램을 신청했다. 선택한 시간에 따라 새벽에 비대면으로 각자 할 일을 하는 게 전부지만 거기서 오는 뿌듯함과 고양감이 있었다. 내가 의도한 대로 새벽을 온전히 주도하여 쓰는 데서 오는 기쁨이 있었고, 함께 노력하는 사람들을 보며 느끼는 연대와 안정감이 있었다. 전혀 모르던 시간, 전혀 몰랐던 세계였다.

공간적으로는 대학 교내 프로그램으로 처음 외국에 갔던 기억이 떠오른다. 팀을 꾸려 제출한 기획안이 채택되면 답사 후 보고서를 제출하고 비용을 환급받는 방식이었다. 웰빙 열풍에 초점을 두어 차茶를 주제로 한국보다 차 문화가 발달한 중국을 살펴보겠다는 기획이었고, 덕분에 상하이와 베이징에 다녀올 수 있었다. 처음 본 중국은 그야말로 완전히 새로운 세상이었다. 생각보다 발달한 상하이의 모습이 인상적이었고, 평범한 카페가 아닌 '다관茶館'이 줄지어 있었던 모습이 아직도 눈에 선하다.

2023년 7월, 우연한 공백으로 다녀온 20여 일의 유럽 여행은 또 다른 생경함이었다. 이탈리아, 프랑스, 영국을 거치며 말로만 듣던 돈 내고 가는 화장실이나 사 먹어야만 하는 물까지 무엇 하나 익숙한 게 없는 시간을 보냈다. 9인 1실 게스트하우스의 남녀 혼숙도, 여러 인종이 스스럼없이 어울려 지내는 주방 공간도 신선했다. 말 그대로 '다른 나라 이야기'였다. 안전에 유의하느라 밤에는 숙소에 틀어박혀 B급 여행기를 쓰는 게 전부였다. 익숙했던 여러 단어가 문화의 차이에 따라 색다르게 존재하고 있었다.

영역적으로는 올해 토스 10주년을 맞아 열린 '10 to 100'행사가 인상적이었다. 세상에 제공할 수 있는 가치를 찾아 이익을 만들어내기까지 달려온 스타트업의 10년은 글자 그대로 '다른 세상 이야기'였다. 물론 성공하기까지 여러 운이 작용했을 테고 결과적으로 살아남았으니 멋진 서사가 완성되었을 것이다. 다만 내 삶에서 그처럼 업의 존폐를 놓고 부딪쳐 본 적은 딱히 없었던 것 같다. 생존을 위한 피 말리는 절박함이나 치열함과는 거리가 있었다고 깨닫는 한편, 가치를 이야기하고 방향을 제시하는 누군가의 존재에 대한 목마름이 내 안에 있음을 느꼈다.

생경할 일은 삶의 시간이 쌓일수록 줄어든다. 이유가 노련함이든 게으름이든 밋밋한 인생이 될 것 같아 조바심이 앞선다. 행복한 사람은 지금 행복할 줄 아는 사람이라는 말이 있듯, 생경함이 줄어드는 가운데도 지금 당장 놀랄 줄 아는 사람으로 거듭나고 싶다. 힘들어도 이것저것 들추어 보며 삶의 놀라움을 계속해서 발견할 수 있기를 바란다. 그렇게 읽지 않은 책과 가지 못한 장소와 닿지 못한 사랑을 놀랍게 마주할 수 있기를 기대한다.

짠맛: 상실

짠맛에서는 상실감, 그중에서도 관계의 영역에서 겪는 상실이 떠올랐다. 허탈함에 이어 물밀듯 밀려오는 느낌의 짠맛이었다. 긴 인생은 아니었지만 나름 만남과 이별을 겪고 보니 과거와 현재의 내가 '관계'에 대해 갖는 생각의 차이가 뚜렷해져 있었다. 과거에는 누군가와 막연히 긍정적 상호작용을 기대하던 시절이 있었던 반면 상대적으로 지금은 누구에게나 큰 기대를 두지 않는다.

나는 그냥 나일 뿐이나, 관계가 끼어드는 순간 타인에게도 나에게도 불필요한 기대를 앞세우게 되었던 것 같다. 이제 모두와의 긍정적 상호작용을 바라던 나는 없다. 아무리 가깝더라도 나를 버리면서까지 최선을 다할 관계는 없었고 나의 최선이 타인에게도 최선일 수는 없음을 짭짤하게 알았다. 어떤 만남에서 그러했고 어떤 상실에서 느꼈는지 꼬집어 말하기는 어렵다. 관계에 그렇게까지 기대할 필요가 없다는 생각이 선입견인지도 모르겠으나, 모든 관계에 기대를 품다 정작 기대해야 할 관계에 지쳐 버린다면 조금 슬플지도 모르겠다.

대부분의 짠맛은 보상심리에서 왔다. 내가 들인 모종의 노력을 인정받고 싶은 것은 지극히 당연한 바람이지만 과거의 나는 내 마음에 자주 매몰되었다. 알아서 잘해 주고도 돌아오는 게 부족한 느낌에 찾아드는 섭섭함이 대표적이었다. 온전히 내 결심임을 모를 만큼 최악은 아니었기에 관계에는 풍파가 많지 않았지만, 마음의 평안은 쉽게 구하지 못했다. 내 안의 결핍이나 불안을 관계로 채우려는 어린 날의 시도는 아니었을까?

어렴풋한 의문을 가지면서도 관계에서 보상심리를 아예 버리기는 여전히 어렵다. 다행히도 조금은 어른이 되었기에, 미성숙했던 과거의 스스로가 아쉬울 뿐이다. 지나온 관계들 덕분에 인간으로서 기대하고 실망하며 별 탈 없이 자라왔으니 그것으로 되었다. 지구상의 수없이 많은 가능성을 뚫고 서로에게 맞닿은 기적도, 그 기적을 일정한 시간선 위에서 꾸준히 유지하려는 개인의 노력도, 무엇 하나 평범한 게 없다. 그것을 느끼기까지 너무 오래 걸린 까닭에, 지금 맞닿아 있는 사람들에게 마음의 여유가 허락하는 만큼은 최선을 다하자며 홀로 되뇌어 본다.

최근 유행한 '시절 인연'이라는 단어가 떠오른다. 앞으로는 시절에 기울였던 각자의 노력을 간혹 떠올릴 뿐, 서로가 기울인 노력의 당위나 정도에 대해서는 크게 생각하지 않기로 했다. 윗사람, 아랫사람, 옆 사람의 위나 아래 또는 옆을 모조리 떼어 버리고 그저 사람으로 보려 한다. 존재와 존재가 관계로 맞닿는 기적은 그 자체로 좋고 나쁨이 없을 것이기에, 체력과 다정함이 허락하는 한은 모두 좋은 쪽으로 해석해 보려 한다. 좋은 관계는 좋아서 좋고 나쁜 관계는 배울 수 있어서 좋고 이도 저도 아닌 관계는 가능성이 있어 좋다.

지난 관계를 곱씹으며 지향점을 재차 정리하면서도 관계를 있는 그대로 바라보기까지 갈 길이 먼 것 같아 아연하다. 우여곡절 끝에 관계에 건조해진 만큼 띄엄띄엄 찾아올 앞으로의 인연은 그 자체로 또 얼마나 소중할까? 어떤 관계도 칼로 무 자르듯 확신하기는 어렵겠지만, 앞으로는 맺어진 시간보다 깊어지는 순간이 더욱 인상적이리라 확신한다.

매운맛: 분노

'매운맛'을 보고는 직관적으로 분노가 떠올랐다. 세상의 매운맛을 경험해 보라던 말은 세상이 개인을 얼마나 화나게 만드는지 보라는 이야기가 아니었을까? 화낼 일보다는 감사할 일이 가득한 세상이지만, 대체로 감사할 일은 당연한 일로 여겨지고 자연히 결핍에 먼저 시선이 가기 마련이다. 결핍이 짜증과 분노로 전이되는 것은 순식간이라, 내가 무엇에 끓어올랐는지 살피는 게 나를 이해하는 하나의 열쇠였다.

가까이는 분노라 부르기도 민망한 짜증이나 신경질이 있었다. 혼자 지내는 처지에서 뜻대로 되지 않을 때 부리는 짜증이라지만 감정이 딱히 무엇을 해결해 주지는 않는다. 알면서도 그저 어디에 보이지 않으니 마음대로 구는 때가 잦다. 이만큼 스스로의 미성숙을 느끼기 좋은 순간이 없다. 세상사 뜻대로 돌아가지 않는 것이 단순히 능력 부족 때문은 아니겠으나 아직 어린 까닭에 여유와 포용력이 부족한 것은 사실이다.

그나마 삶에서 분노라고 쳐줄 만했던 것들을 돌이켜 생각해 보면 대부분 책임과 연결되어 있었다. 개인의 역할과 의무에 따르는 책임, 개인의 취약함을 지탱하고 응원해야 할 사회와 공동체의 책임이 훼손되어 가는 게 그렇게 못마땅할 수가 없었다. 언젠가부터 각자도생이 사회를 파고들었다. 각자 알아서 잘 사는 것을 넘어 점차 누군가가 해를 입더라도 내게 득이 된다면 망설이지 말라고 온 세상이 종용하는 듯했다. 각자도생에 관한 못마땅함은 점차 분노로 바뀌었다.

어릴 때는 화나면 뜨거운 울음이 먼저 올라왔다. 먼저 울면 지는 것으로 여겨지던 세계에서 더없이 불리한 조건이었다. 머리가 조금 커지고는 가슴이 차갑게 식으며 속이 뭉치는 느낌이 앞섰다. 보란 듯이 고의로 책임을 버리는 사람을 보면 그런 느낌이 들었다. 책임지기보다 책임을 버리는 게 이득이 되는, 구조적으로 권장된

무책임에 대한 분노였다. 나라고 모든 부분에 책임을 다하고 극도로 윤리적인 삶을 사는 것은 아니다. 다만, 불이익을 감당하고 절차를 지키며 책임지는 사람을 바보로 만드는 일들이 사회 속에서 너무 자주 일어나고 있었다.

　구조적으로 어쩔 수 없다며, 나름 충분히 차가워졌다고 생각했다. 그럼에도 전처럼 속에서 뜨거운 울음이 먼저 치미는 때가 있다. 일터에서 사람이 존중되지 않고 개인의 비극이 허무하게 반복되는 일들을 볼 때였다. 대단한 공감자나 실천가가 아닌 내 머리로도 이해되지 않는 일들이 수두룩했다. 수년 전에 사고가 있었던 발전소에서 몇 년이 흘러도 비슷한 사고가 똑같이 일어나고, 빵을 만들다 사람이 죽어간 공간에서는 여전히 사람이 빵을 만들다 죽어간다. 2024년의 산업현장 사망자가 589명이라는 기사를 보며 보도되지 않은 사고가 수도 없으리라 되뇌다가도, 전주 제지공장 19세 청년의 맑고 꿋꿋한 다짐이 담긴 메모장 앞에서는 속절없이 마음이 무너진다.

　세상이 무책임과 비극과 불합리의 연쇄로만 이루어져 있지는 않을 것이다. 그러나 이토록 수많은 비극의 구슬을 꿰고 있는 사회가 조금은 행복한 방향으로 바뀌었으면 하는 바람에 마음만 늘상 바쁘다. 먹고 살기 힘들다는 말에서 '먹고'를 떼어낼 정도까지는 함께 왔지만, 여전히 '살기'는 참 힘든 세상이었다. 누군가는 억울함을 피할 길이 없는 세상 속에서, 나는 참 실력에 비해 운이 좋았다.

에필로그: 전환

　삶의 여러 장면을 일단락지으며 앞날의 우여곡절이 있을지라도 가능한 내 시각에서 있는 그대로의 생각과 느낌을 남기려 애썼다. 피하기 어려운 편협함 속에서 나이에 맞게 헤매는 가운데, 지난 삶의 조각을 조금이나마 되짚을 수 있었다. 아쉽게도 아직은 좋게 해석하는 능력이나 시선을 전환하는 여유가 부족하기 그지없다.

　쓰고 보니, 계속해서 글을 붙들었던 것은 좀처럼 처리되지 않는 생각과 감정을 어떻게든 방류하려는 각고의 노력이었음을 어렴풋이 느꼈다. 조바심으로 삶의 온갖 부분이 설익기만 한 가운데, 인간은 누구나 매 순간을 처음 살아낸다는 사실로 잠시 위안하며 내일을 위한 노력을 이어가기로 다짐한다. 한때, 노력의 가치는 느리더라도 반드시 성과를 가져다 주는 데 있다고 여겼다. 틀린 생각은 아니었다.

　다만, 노력의 진정한 의미는 진심으로 살아내고 있다는 충만감을 순간마다 마주한다는 데 있었다. 큰 그릇은 늦게 이루어진다는 말처럼, 아직 이루어지지 않은 부분들에 조금 더 기대를 걸고 애써 보려 한다. 그렇게 지금의 해석에 기대어, 바라는 방향의 삶으로 조금씩 전환해 나가려 한다.

인생오미를 지나 고요함에 이르다

오십이 넘으니 삶이 고요해졌다. 복잡하던 인간관계도, 다양한 욕망도, 끓어오르던 감정도 꼭 필요한 몇 가지로 정리되고 나니, 나에게 집중하는 시간이 많아졌다. 남의 말에 크게 휘둘리지 않고, 남에게도 별로 조언하지 않는다. 사춘기의 불안을 딛고, 희로애락의 파도를 건너온 덕분에 가능했다고 생각한다. 따지고 보면 내게도 지루할 틈 없는 인생오미가 있었다. 그 다섯 가지 맛을 회상하는 시간이 많아진 요즘이다.

짠맛, 눈물로 얼룩진 사춘기

세월호나 이태원 참사로 가족을 잃은 이들의 고통을 보면 남 일 같지 않다. 바로 위 오빠의 사고로 우리 집안도 거의 산산조각이 났었기 때문이다. 육 남매였던 우리 집에서 오빠와 나는 다섯

째, 여섯째였다. 오빠는 엄마가 딸 넷을 낳고 뒤늦게 얻은 귀한 아들이었고, 나이보다 성숙해서 부모님께서 항상 자랑스러워하던 자식이었다.

　　1984년, 언니들은 모두 서울로 직장을 구해 나갔고, 나는 고등학교에 입학했다. 그 해 스물두 살이던 오빠가 군대에서 정신분열병(조현병) 진단을 받고 의병 제대하는 일이 생겼다. 입대할 때는 멀쩡했던 오빠가, 도대체 무슨 일을 겪은 것인지 의문이 들었지만, 우리 가족은 누구도 그 말을 입 밖으로 꺼내지 못했다. 광주 민주항쟁의 상흔이 채 가시지 않은 때였고, 어느 집 아들은 군대에서 주검으로 돌아왔다는 소문도 간간이 돌던 시절이었다.

　　집으로 돌아온 오빠는 정신병원을 전전했고, 퇴원하여 집에 와도 며칠 지나면 다시 난동을 부렸다. 그러면 경찰을 불러 병원에 보내는 일이 일상이 되었다. 그렇게 오빠를 다시 입원시키고 돌아온 날은 술에 취한 엄마의 울부짖는 소리가 새벽까지 계속되었다. 부모님의 불화는 점점 심해지고 단 하루도 평온한 날이 없었다. 고등학생이 되어 뒤늦게 사춘기가 오고 있던 나는 방문을 닫고 매일 밤 혼자 울었다. 세상에 나 혼자인 것 같았고 집이 너무 싫었다.

　　아버지는 낮에는 오빠에게 먹일 약초를 찾아 산을 헤매다가, 밤이면 빈속에 술을 퍼붓기 일쑤였다. 엄마는 희미한 희망이라도 붙잡기 위해 점집을 전전하며 굿을 했다. 병원에서 치료되지 않으니 귀신이 들렸다고 믿고 싶으셨던 것이다. 어쩌면 시대를 원망하는 것보다는 마음이 편하셨을지도 모르겠다.

　　그 무렵 나는 새벽에 집을 나와 근처 성당에 들러 기도하고 학교에 갔다. 오빠를 치료해 달라고 간절히 빌었다. 고3이 될 때까지 1년 넘게 매일 아침 성당에 가서 기도했지만, 오빠는 전혀 좋아지지 않았다.

우리 가족은 낮에는 어떻게든 희망을 품으려고 애썼지만, 밤에는 각자의 모습으로 무너져서 울었다. 너무 울어 소금기조차 남지 않은 수분을 매일 토해 내고 있었다. 나의 사춘기가 몽니 한 번 부리지 못하고 눈물과 그늘로 얼룩지고 있었다.

오빠의 사고는 아주 오랫동안 우리 가족을 고통에 빠지게 했다. 부모님께서는 끝내 아들의 회복을 보지 못하고 한을 품은 채 돌아가셨고, 오빠는 평생 정상적인 삶을 살지 못했다. 언니들과 나도 가슴에 멍이 들어 조카들을 군대에 보낼 때마다 트라우마에 시달리곤 했다.

이유도 모르고, 끝도 보이지 않는 고통이 얼마나 끔찍한지 겪어 보지 않은 사람은 모른다. 세상이 나아졌다지만, 지금도 사회적 참사로 가족을 잃고 삶이 무너진 이들을 보면, 내 마음속의 불안은 여전히 고개를 든다. 다시는 이 사회에 같은 일이 반복되지 않기를 염원할 뿐이다.

그 짜디짠 시간을 지나오니, 세상을 조금씩 내 발로 걷기 시작했던 봄이 찾아왔다.

신맛, 청춘의 개살구

1987년 봄, 대학에 입학했다. 거리는 민주화의 열기로 들썩였고, 수업은 폐강되기 일쑤였다. 등교해서 교정을 기웃거리다 선배들

손에 이끌려 시위에 참석했다. 저녁에는 동아리실에 모여 술을 마시며 뭔가 심각한 토론을 이어갔다. 잔뜩 기대했던 대학 생활 대신 길바닥에서 집회와 시위로 보내는 날들이 많아졌고, 교과서 대신 사회과학 서적을 읽고 밥보다 더 자주 막걸리를 마셨다. 그렇게 1987년 6월 민주항쟁을 관통하며 성인으로서 첫걸음을 시작했다.

모임으로 점점 바빠졌고, 술을 마시고 늦게 집에 갔다. 부모님은 밤 9시만 되면 대문을 걸어 잠가서 번번이 담벼락을 타 넘었다. 덕분에 발목을 수없이 접질려 성할 날이 없었다. 한 번은 술을 마시고 늦게 들어와 자고 있는데, 새벽에 엄마가 나를 향해 구시렁거리는 소리가 들려왔다.

"아이고 내 팔자야! 니네 아부지가 술 먹고 게운 거 평생 쓰레받기로 퍼담고 살았는데, 이제 딸년 게운 거까지 치워야 하느냐! 도대체 공부는 안 하고 맨날 뭘 하고 싸돌아다니는 거냐…."

정신을 차려 보니 구토물 때문에 시큼한 냄새가 방안에 진동하고, 입에서는 음식 찌꺼기가 우물우물 씹혔다.

스물 언저리, 익지도 않은 새파란 개살구처럼 시큼하고 떫은 상태로 세상을 알아가느라 혼자서 진통을 겪고 있었다. 술을 배웠고, 토론을 했고, 사회 현상과 모순을 알아갔다. 만약 이때 사회적으로 평온했다면 경험하지 못했을 일이다.

지금도 기억나는 것은 '행동하지 않는 양심은 위선'이라는 말이다. 그 시절, 대학생들은 가난한 부모님의 등골을 뽑아 진학했기 때문에 더더욱 정의로운 세상을 위해서 행동해야 한다고 믿었다. 이런 말들이 수긍되었고, 어떻게 살아갈 것인지에 대한 많은 고민으로 이어졌다. 이후에 어디서든 불의를 참지 않고 나름대로 행

동할 수 있었던 것은, 이 시기 신 개살구의 진통이 있었기에 가능한
일이었다.

거칠고 시큼한 시간을 온전히 지나 달콤한 사랑이 찾아왔다.

단맛, 사랑의 순간

20대 후반. 속초에 발령이 나 오래된 주공아파트에서 혼자
자취를 하던 때의 일이다. 산이 푸르러지고 적당한 바람이 부는 5월
이었다. 밤 9시쯤 회식을 마치고 집에 들어와 막 앉았는데, 그에게
전화가 왔다.

"지금 왔어? 베란다에서 밖을 좀 볼래?"

'부산에 있어야 할 사람이 왜?'라고 생각하며 창을 열자, 근
처 숲에서 날아오는 아카시아 향기가 코끝에서 솜사탕처럼 달콤하
게 퍼졌다. 아래를 내려다보니 그가 어두운 벤치에 앉아서 손을 흔
들고 있었다. 베란다는 아파트 1층 현관문 반대쪽에 있어서 들어올
때는 그를 보지 못했다. 갑작스러운 상황에 놀라면서 슬리퍼를 끌
고 4층에서 계단을 터벅터벅 내려갔다.

그는 부산 사람이다. 이 년 정도 뜨거운 연애를 하다가 거리
도 멀고 이런저런 이유로 헤어진 지 한참 지났을 때다. 이별 후에도
손 편지를 끼운 책을 간간이 소포로 보내오곤 했지만, 이렇게 연락
도 없이 나타날 줄은 몰랐다.

천천히 벤치로 다가가 무슨 일이냐고 물었다. 그는 오후에
속초에 도착해서 혼자 술을 마셨다고 했다. 내가 퇴근하기를 기다

제2부 '인생 오미'로 금을 짓다

려 아파트로 왔지만, 집에 불이 켜지지 않아 세 시간 가까이 기다리고 있었다고 했다. 내가 물었다.

"그래서 왜 왔어?"

벤치에 앉은 채, 신발로 바닥의 흙을 툭툭 차며 그가 말했다.

"뒤에 좀 봐 봐!"

고개를 돌려 아파트 흰 벽을 봤다. 내려올 때는 어두워서 발견하지 못했는데, 벽에 A4 용지가 여러 장 붙어 있었다.

"이. 미. 야.(정임의 이름 끝 자만 부르는 부산식 표현)

난. 널. 사. 랑. 해. 늘. 사. 랑. 해."

가슴이 쿵 하고 떨어졌다. 한 장에 한 자씩 손으로 쓴 열두 장의 종이가 벽에 붙어 있었다. 퇴근 시간에 맞춰 미리 붙여 놓고 기다리고 있었다고 했다. 상남자 스타일의 부산 사나이라서 사귈 때도 사랑한다는 말도 낯간지러워하던 그다. 그런 사람이 속마음을 꺼내어 온 세상을 통해 사랑을 고백하고 있었다. 그것도 몇 시간째….

순간, 하얀 아카시아 향이 아득하게 온몸으로 번졌다. 사랑이 다시 시작되고 있었다. 달콤하고 몽롱했다. 인생에서 화양연화의 순간을 골라야 한다면, 사랑에 빠지는 이 순간이 아닐까? 하고 생각했다.

그 달콤한 사랑은 결실을 맺었고, 매운 도전과 열정의 시간으로 이어졌다.

매운맛, 주택살이의 기억

지금은 아파트에 살고 있지만, 마음 한구석에는 언제나 햇살 가득한 마당과 풀내음 그윽한 주택에 대한 그리움이 자리하고 있다. 아파트의 삶이 그다지 재미있지 않기 때문이다.

2005년 12월 우리 부부는 네 살, 일곱 살짜리 아이들을 데리고 속초에서 고성의 시골 주택으로 이사했다. 맞벌이하면서 텃밭이 달린 주택에 사는 것이 큰 도전이었지만, 아이들이 자연에서 맘껏 뛰놀며 자라게 하고 싶었다. 처음엔 불편한 게 한둘이 아니었다. 그러나 주택에서 살았던 10년 남짓의 시간은 우리 가족에게 가장 큰 추억을 남겨주었다. 마당에 강아지, 닭을 키우고 80평의 텃밭을 야무지게 경작하면서 가장 뜨거운 땀을 흘린 시간이기도 했다.

당시에 초등학생이던 아이들은 봄이면 냉이를 캐고, 여름이면 강에 어항을 놓아 피라미를 잡았다. 가을엔 고구마를 캐고, 한겨울에는 김치통으로 눈 블록을 찍어 마당에 이글루를 지었다. 폭설이 내리면 어른들과 동네 진입로를 같이 치웠고, 길고양이를 다스릴 줄 알며, 두 손을 놓고 자전거를 자유자재로 타는 아이들로 커갔다.

아파트에서는 가족이 함께할 수 있는 일이 별로 없다. 끼니 때 식탁에 잠깐 모여 밥을 먹고 나면 각자 방으로 들어가 버린다. 스마트폰이 있으니 거실에서 같이 TV를 보는 시간조차도 줄었다. 처칠은 "우리가 건축을 만들지만, 다시 그 건축이 우리의 모습을 만들어 간다"고 했다. 아파트는 편리하지만, 가족 간의 이야기를 만들기엔 부족한 공간이다. 더운 여름 맵고도 뜨거운 태양 아래, 고추가 빨갛게 익어가고, 산으로 강으로 쏘다니던 아이들이 까맣게 타서 여물어 가던 시골 주택에서의 추억이 더욱 그리워지는 이유다.

매운 열정은 그토록 뜨거웠고, 쓴맛도 달게 삼킬 줄 아는 성숙한 삶으로 이끌었다.

쓴맛, 부모라는 이름

몇 년 전, 타지에서 대학을 다니던 아들의 자취방에서 하루를 묵게 되었다. 밤이 되어 작은 원룸 바닥에 조그만 밥상을 펼치고 마주 앉아 술을 마셨다. 아들과는 처음 마시는 술이었다. 소주잔을 주고받다 보니 낯설고도 대견한 마음에 바르게 취기가 돌았고, 난 다소 뜬금없는 질문을 던졌다.

"엄마에게 하고 싶은 말은 없어?"

아들은 빙긋 웃으며 없다고 말했다. 나는 술기운에 재차 물었다.

"그래도 평소에 못한 말이 있으면 해 봐!"

그 순간, 아들의 얼굴이 일그러지더니 고개를 떨구었다. 서늘한 침묵이 잠시 흐른 후 입을 열었다.

"그때, 왜 그러셨어요? 제가 초등학교 1학년 때, 마트에서 엄마가 나에게 한 일 기억하세요? 진열된 장난감을 무너뜨린 건 제가 아니었어요. 저는 그냥 보고만 있었고 장난감들은 그냥 무너졌을 뿐이에요."

내게도 앙금이 남았는지 바로 기억이 났다. 어린이날을 며칠 앞둔 주말이었다. 대형마트 장난감 코너에서 로봇에 몰두하고 있는 아들에게 잠깐 구경하고 있으라고 하고, 여동생을 카트에 태우고 옆 칸에 가 있었다. 잠시 후에 아들이 있는 쪽에서 와장창 장난감 무너지는 소리가 나서 허겁지겁 달려가 보니, 꽤 많은 장난감이 바닥으로 떨어져 있었다.

아이가 놀라서 울먹이는 모습을 보고도 나는 "얌전히 보고만 있으랬잖아! 뭘 잘했다고 울어?"라고 소리치며 여덟 살짜리를 몰아세웠다. 그 순간, 아이의 두려움보다는 내 당혹감과 창피함에 사로잡혀 있었던 것 같다.

아들이 주먹을 움켜쥐며 말을 이어갔다.

"그때 저는 억울해서 울었습니다. 뭘 잘해서 운 게 아니에요! 어릴 때 억울한 일이 있을 때마다 무슨 말을 하고 싶었지만, 어른들처럼 잘 말할 수도 없고 겁이 나서 우는 것밖에는 할 수가 없었어요."

아이들이 어릴 때, '뭘 잘했다고 울어?'라는 말을 자주 했던 것 같다. 지금 생각하면 부족하기 그지없는 엄마였다. 아이가 받았을 상처를 생각하니 마음이 무거웠다.

나는 머뭇거리지 않았다. 곧바로 용기를 내어 아들의 손을 잡았다.

"미안하다. 그때 부모로서 내가 너무 미숙했고, 너의 마음을 헤아리지 못했어. 정말 속상했을 것 같아. 지금이라도 너에게 용서를 빌고 싶구나. 엄마가 잘못했어!"

듣고 있던 아들이 눈물을 글썽였다.

"아니에요. 엄마…. 그렇게 말씀해 주셔서 감사해요! 어른이 사과하는 건 쉬운 일은 아니잖아요!"

그날 밤, 우리는 늦도록 많은 이야기를 나눴다. 나는 부모로서 여전히 성장하고 있었고, 그 무게는 생각보다 깊고 아팠다.

지금은 자식들도 커서 제 앞가림을 하고, 열정을 쏟았던 직장에서도 퇴직을 준비하고 있다. 이제는 그렇게 슬픈 일도, 그렇게 기쁜 일도 없이 하루하루가 고요하다. 무릎을 꺾어놓던 절망도, 휘청거리던 방황도, 솜사탕처럼 달달했던 순간도 결국은 내 삶의 한 에피소드였을 뿐, 나 자신은 아니었다. 조금은 가볍게 삶을 받아들이고, 하루를 천천히 살아가도 괜찮을 것 같다.

쏟아지는 햇살이 아니라, 잔잔히 불어오는 바람 같은 이 고요함이 좋다. 인생오미는 그렇게, 나를 가장 나다운 자리로 데려다 놓았다.

내 인생의 5味

내 아이디는 'riverlike'이다. 강물은 작은 돌이나 큰 돌, 미끄러운 돌이나 뾰족한 돌, 어떤 돌을 만나더라도 멈추지 않고 유유히 흘러간다. 나는 이런 강물처럼 담담하면서도 당당하게 살아가고 싶다. 그래서일까? 눈앞에서 크고 작은 일들이 벌어져도 마음에 큰 파문이 일지 않는다. 기쁜 일도, 슬픈 일도 그저 하나의 사건으로 무덤덤하게 받아들여지고, 삶도 무미건조하다고 생각해 왔다.

겉으로는 잔잔해 보이는 강물의 깊은 속내에는 온갖 모양의 돌들이 깔려 있듯, 돌이켜보면 내 인생에도 다양한 맛들이 스며들어 있음을 알게 됐다. 화끈거리는 매운맛, 눈물처럼 짠맛, 삼키기 어려운 쓴맛, 톡톡 튀는 신맛, 그리고 달콤한 단맛까지. 내 삶도 알고 보니 다채로운 맛으로 물들어 있었다.

성격을 바꾼 매운맛

사회초년병 시절, 온유하다는 내 성격이 거칠어졌다는 가족의 말을 자주 들었다. 매운맛을 제대로 봤던 3년이었다.

대학 졸업 후 중소기업 〈Y시스템즈〉에 입사해서 프로그램을 개발하고 보수하는 전산부에서 일했다. 프로그램 업무를 담당한다고 해서 회사 전산실에서만 근무하는 것이 아니었다. 각 은행의 지방 지점으로의 출장이 잦았다. 지점에 들어온 수표들을 처리하여 은행 본점 서버로 데이터를 전송하는 프로그램 작업에 시간과 공을 들였다. 은행 업무에 차질이 없도록 작업은 주로 밤에 이루어졌고, 다음 날 은행 업무가 개시되기 전에 작업을 끝내야 했다. 항상 시간에 쫓겼다. 일이 제대로 되지 않을 때는 초조함이 극에 달했다.

영업부 과장님들과 함께 출장을 갔는데 이들은 자신의 기분대로 부하 직원을 대했다. 일이 조금이라도 꼬이기 시작하면 그들보다 나이 어린 직원들에게 막말을 퍼부었다. "이 정도도 못 하냐", "대학까지 나와서 이런 것도 모르냐"라는 등 막말과 인격 모독적인 발언들을 마구 내뱉었다. 대개 기술부나 전산부의 평사원들한테 던지는 말이었다. 심지어는 자신들의 스트레스 해소용으로 화풀이하는 경우도 있었다.

처음에는 참았다. 사회 초년생이니까, 아직 배울 것이 많으니까 속엣말하면서 스스로를 달랬다. 하지만 이런 상황들을 겪으면서 나는 서서히 변해 갔다. 가지고 있던 참을성이 조금씩 바닥을 드러내기 시작했다.

어느 날 비타민 음료 뚜껑이 열리지 않자 병을 던져 박살 내고 싶다는 충동을 느꼈다. 사소한 일에도 이렇게 격한 반응을 보이는 스스로에게 놀랐다. 한번 화가 나면 좀처럼 수그러들지 않았고 성격은 점점 더 신경질적으로 변해 갔다.

원래 나는 이런 사람이 아니었다. 그 분노는 화끈거리는 매운맛이었고 나를 지킬박사처럼 이중적인 사람으로 만들었다.

깊은 슬픔 담은 짠맛

그런 힘든 시기에 아버지가 아프기 시작하셨다.

어린 시절, 나는 틈만 나면 아빠에게 달려가 "십 원만~" 하고 말했다. 그 십 원으로 왕눈이 알사탕을 사 먹곤 했다. 엄마가 남의 식당에서 주말도 없이 밤늦게까지 일하셨기 때문에 아빠는 자식들이 측은해 보이는 모양이셨다. 아빠는 일이 끝나면 대부분의 시간을 우리 남매와 함께 보내셨다.

아빠는 친구처럼 다정하고 자식들에게 최선을 다하는 보호자였다. 한번은 내가 친구네 집에서 연탄가스 중독으로 쓰러졌을 때 어떻게 그렇게 빨리 오셨는지 달려오셔서 나를 병원으로 데려가 주셨다.

그런 아빠가 어느 날부터인가 얼굴이 까맣게 변하고 눈도 노랗게, 힘이 하나도 없어 보였다. 간경변이셨다. 병원에 입원하신 아버지는 배가 만삭처럼 동그랗게 부풀어 올랐다. 복수가 찬 것이었다. 몇 년간 간경변으로 고생하셨지만, 그렇게 힘겨워하시는 아빠는 처음이었다.

나는 휴직을 하고 아빠의 병시중을 들었다. 직장에서 쌓인 분노와 스트레스도 아픈 아버지 앞에서는 모두 사라졌다. 아빠를 휠체어에 태우고 병동 복도를 왔다 갔다 하거나 팔다리를 주물러 드리는 것밖에는 내가 할 수 있는 것이 딱히 없었음에도 나는 그 일에 최선을 다했다. 아빠는 약 기운에 많이 주무셨는데 가끔 정신이 들면 지그시 나를 바라보셨고, 내가 병원 침대에 기대어 자고 있을 때면 내 머리를 쓰다듬어 주시곤 하셨다.

복수를 뺀 후 갑자기 상태가 나빠진 아빠는 간호사실 바로 옆 방으로 옮겨진 후 단 며칠 만에 돌아가셨다. 삼일장을 마치고 온 집안은 어둠과 적막 속에 갇혀 있었다. 빗줄기가 창문을 때리는 소리만 크게 들렸다. 그 빗줄기가 내 마음도 세차게 때렸다. 일을 할 때도 문득문득 가슴이 저렸고, 아빠가 누워 계신 경춘공원묘원을 지날 때마다 눈물에 목이 메었다. 언제나 내 편이었던 사람, 어떤 일이 있어도 나를 따뜻하게 감싸 주던 사람이 더 이상 없다는 것이 믿기지 않았다.

따뜻한 아빠의 손길이 떠오를 때마다 먹먹한 가슴에서 시작되는 속울음은 시야를 흐리게 했다. 아빠 생각은 소금밭처럼 짜디짠 눈물을 나오게 했다.

쓴맛 주는 세상

아빠를 잃은 슬픔이 채 가시기도 전에, 인생의 쓴맛이 다가오고 있었다.

〈Y시스템즈〉의 마지막 6개월 동안 나는 〈H증권전산〉에 파견되어 새로운 환경에서 새로운 프로젝트에 참여했다. 이 프로젝트에는 〈Y시스템즈〉뿐 아니라 다른 회사에서도 파견 근무를 나왔다. 그중 두 명과는 정말 잘 지냈다. 서로 맡은 파트는 달랐지만, 성별도 같고 나이대도 비슷해서인지 우리는 잘 통했다. 점심시간이면 함께 식당에 가서 프로젝트 이야기부터 개인적인 고민까지 나누었다. 살아온 경험이나 태도들이 비슷했기 때문에 그들과 함께할 때면 아빠 잃은 슬픔을 잠시 잊을 수 있었다.

어느 날 그중 한 명이 내게 이직을 권유했다. 나는 그 회사로 꼭 가고 싶었다. 마음이 통하는 사람들과 즐겁게 일할 수 있으리라는 확신이 들었다. 그동안의 직장생활에서 느꼈던 답답함과 스트레스 없이, 진정으로 일에 몰입할 수 있겠다 싶었다. 더 나은 조건과 발전 가능성도 매력적이었지만, 무엇보다 좋은 사람들과 함께 일할 수 있다는 것이 가장 큰 이유였다.

나는 면접 후 합격 통보를 받았다. 새로운 시작에 대한 설렘으로 가슴이 뛰었다. 하지만 출근을 며칠 앞두고 청천벽력 같은 통보를 받았다.

입사 취소.

내가 B형간염 보균자라는 이유였다. 눈앞이 깜깜했고 입맛은 쓰디썼다. 이렇게 건강한데, 이렇게 열심히 일할 의지가 있는데 왜 입사를 할 수 없는지 억울했다. 새로운 회사에서 새로운 사람들과 새로운 생활에 큰 기대를 했던 만큼 실망과 좌절은 컸다. 왜 하필 나에게만 이런 일이 생기는 건지, 세상이 너무 불공평했다.

당시만 해도 B형간염 보균자에 대한 사회적 편견이 심했다.

과도한 감염 우려로 취업에 상당한 제약을 두고 있었다. 대부분의 회사들이 건강검진에서 B형간염 보균자를 걸러냈다. 이는 분명한 차별이었지만 법적으로 문제 삼을 수도 없었다. 마치 나에게는 보이지 않는 낙인이 찍힌 것 같았다.

또 다른 회사를 알아보는 것은 엄두도 나지 않았다. 어차피 건강검진에서 똑같은 결과가 나올 것이고, 또다시 같은 절망을 맛봐야 할 것이 뻔했다. 나에게는 더 이상의 미래를 희망할 수 없었다. 무엇을 해야 하는지, 무엇을 할 수 있는지 알 수 없었다.

그 쓴맛은 오랫동안 내 입안에 맴돌았다.

새로운 세계로의 진입, 신맛

인생의 쓸쓸함을 중화해 줄 새로운 변화가 필요했다.

변화의 시작으로 대학원 진학을 선택했다. 진득하게 앉아 뭔가를 오래 하는 것에는 자신이 있었다. 통신연구실을 원했지만, 시스템설계연구실에 배정받았다. 또 한 번의 쓴맛을 맛보나 싶었지만, 전혀 그렇지 않았다. 지도교수님께서는 원하는 분야의 연구를 자유롭게 하라고 말씀하셨다. 학생들이 인간적으로 좋아하는 분이셨다.

이렇게 시작된 대학원 생활은 즐거웠다. 두 개 연구실을 제외하고 대부분의 대학원생들은 공동 연구실에 모여 있었다. 두 개의 공동 연구실에 12명씩 있었다. 옹기종기 모여 같이 수업받고 밤새워 프로젝트를 진행하고 발표를 준비하면서 서로 잘 통하는 사이가 되어 갔다. 옆자리에 앉아 나를 웃겨주던 영규와 명석이, 고민 상담해 주던 은주 언니와 희정이, 항상 이성적으로 중심을 세워 주었던 대용 선배가 있어서 활기찬 나로 지낼 수 있었다.

　　대학 시절에는 몸 쓰는 것을 몹시 꺼렸었지만, 지도교수님을 따라 배드민턴을 치기 시작했고 선후배들과 함께 운동하면서 많이 웃었다. 특히 영진이는 교수님을 꼭 이기려고 몸을 날리며 콕을 잡아내며 신경전까지 벌였다. 교수님은 이런 영진이를 화나게 하면서 맞상대해 주셨다.

　　학기 중에는 야유회나 워크숍을 갔고 방학 때는 설악산과 지리산으로 등산을 갔다. 큰 산에 오른 경험이 없었기 때문에 2, 3주 정도 봉의산에 매일 오르며 산행 연습을 했다. 이렇게 연습을 했음에도 지리산 종주는 내게 감당하기 어려운 일이었다. 민폐를 끼치고 싶지 않아 부지런히 따라갔지만, 다리가 말을 듣지 않았다. 가다 서기를 수십 번, 산행 내내 웅교와 기웅이가 함께 했다. 너무 땀을 빼면 탈진한다며 소금과 수분을 보충해 주는 오이와, 에너지를 올려주는 초코바를 계속 챙겨 주었다. 지금도 지리산 천왕봉에서 맞이했던 일출이 눈에 선하다. 하늘이 빨갛게 변하면서 해가 솟아오르는 장면은 내가 해냈다는 기쁨과 함께 벅찬 감동을 안겨 주었다. 천왕봉은 경상남도, 전라북도, 전라남도 3개 도의 경계에 걸쳐 있는 봉우리로 한라산 다음으로 우리나라에서 높은 봉우리라고 한다.

　　대학원 입학은 새로운 전환점이었고, 선후배들과 함께 한 새로운 경험들은 톡톡 튀는 신맛이 되어 지금도 내 삶에 신선한 활력을 불어넣어 주고 있다.

가족은 나의 충전 에너지, 단맛

우리 가족에게 특별한 존재가 나타났다.

오랫동안 엄마와 나 그리고 남동생 세 식구만 단출하게 지내 왔는데, 남동생이 결혼하여 올케가 생기고 조카가 태어난 것이다. 첫 조카라서 그런지 내 눈에는 세상에서 제일 이쁜 아기였다. 이마는 짱 구처럼 볼록하고 코는 정삼각형을 얹어 놓은 듯했다. 너무 귀여웠다. 또 몸은 얼마나 작고 앙증맞던지 지금도 그 모습이 눈에 선하다.

식구들의 관심은 모두 조카에게 쏠렸다. 잠투정 없이 잘 자 는지 엄마 쭈쭈는 잘 먹는지 조카에 대한 것은 하나에서 열까지 모 두 궁금했다. 나는 거의 매일 조카를 보러 동생 집으로 갔다. 동생 집에서 엄마가 올케와 조카를 돌봐주고 계셨다.

조카가 조금씩 걷기 시작하면서 조용한 카페나 삼천동 일대 에 자주 가곤 했다. 내 스마트폰 속에는 지금도 조카가 아장아장 걷 는 모습, 귀여운 배낭을 메고 뒤뚱뒤뚱 뛰는 모습, 얼굴에 초콜릿을 잔뜩 묻히고 도넛을 먹고 있는 모습의 사진과 동영상이 가득 들어 있다.

조카들이 생기면서 우리 가족의 문화도 달라졌다. 동생이 결 혼하기 전에는 생일 케이크에 촛불을 켜고 축가를 부르는 일은 없 었다. 식사만 하고 헤어질 뿐이었다. 하지만 아이들이 생기고 나서 는 생일이 특별한 날이 되었다. 조카들은 가족의 생일마다 직접 축 하 카드를 써서 기쁨을 주었고, 엄마 생신 때는 온 가족이 함께 여행 을 가기도 했다. 아이들의 순수한 마음이 담긴 삐뚤빼뚤한 글씨의 카드를 받을 때면 마음이 따뜻해졌다.

언제 이렇게 시간이 흘렀을까? 기저귀를 갈아 주던 아기는 어느새 중학교 3학년이 되었고, 둘째 조카까지 태어나서 중학교 1학년이 되었다. 둘째 조카는 벌써 남자친구가 생겼단다. 요즘 중학생들에게 이성 친구는 흔하다고 하지만 딸아이이기 때문에 올케가 걱정이 많은 듯하다.

요즘에는 가끔 조카들이 내 연구실로 와서 함께 공부한다. 조용해야 할 연구실이 아이들 때문에 시끄러워지지만 싫지 않다. 오히려 아이들의 웃음소리가 무료했던 일상에 활력을 불어넣어 준다. 가끔은 조카들과 축구를 하거나 배드민턴을 치러 가기도 한다. 예전 대학원 시절 선후배들과 운동했던 기억이 떠오르면서, 이번에는 조카들과 함께 운동하는 새로운 즐거움을 발견하고 있다.

두 조카 덕에 집안에 생기가 돈다. 아이들이 학교에서 있었던 일, 친구들과의 에피소드를 조잘조잘 이야기할 때면 온 가족이 함께 웃는다. 이 작은 존재들이 가져다 준 순간순간의 기쁨들은 달콤한 맛이 되어 내 삶을 생기로 채워 주고 있다.

인생에서 만난 다양한 경험의 맛은 나를 더 깊고 풍성하게 만든다. 앞으로도 강물처럼 담담하게 그리고 당당하게 살아갈 것이다.

이주현

맛으로 남은 시간

오미五味. 지금까지의 내 인생을 맛에 빗대면 어떤 경험이 남을까. 단맛, 짠맛, 쓴맛, 신맛, 매운맛이 도는 경험이 하나둘씩 오롯이 떠오른다. 생각은 많지만 잡다한 생각은 제쳐두고, 진솔한 인생의 맛을 써 볼까 한다.

종강의 행복이 건넨 단맛

달달한 경험은 너무 많은 것 같아 그중에서도 가장 최근에 느낀 달달함에 대해 말해 보려 한다. 바로 종강에서 느껴지는 단맛이다. 이는 많은 대학생이 공감하는 맛일 것이다. 열심히 한 학기를 마친 뒤 방학의 시작이라는 사실에서 느껴지는 맛인 것 같다. 나는 운이 참 좋게도 이번에 두 번의 단맛을 느낄 예정이다. 1학기가 종강했다는 점에서 이미 한 번의 단맛을 느꼈다. 하지만 난 복수전공으로 인해 이번에 계절학기를 듣기로 했다. 3주간의 계절학기가 끝나면 계절학기 종강이라는 또 다른 단맛을 느낄 수 있다. 남과 달리 종강의 단맛을 한 번 더 느낄 예정이니 난 참 운이 좋은 것 같다. 아직 느껴 보지는 않았지만, 계절학기 종강의 단맛은 마치 사카린처럼 극대화된 단맛일 것 같다는 생각이 든다.

생각해 보면 이와 비슷한 단맛을 초중고 시절에도 느꼈을 것이다. 하지만 왜 대학교에서의 단맛이 더 강렬할까. 미성년자였을 때와 성인이 되고 나서의 차이인지 아니면 단순히 가장 최근에 느낀 단맛이라 그런 것인지 확실한 답을 찾지 못하고 있다. 그러다 문득 이유가 무엇이든, 그때그때 느끼는 인생의 단맛을 온전히 즐기는 것이 현명하겠다는 생각이 들기도 한다. 앞으로 삶을 살아가며 나는 다양한 단맛을 접할 것이고, 그때마다 이유를 찾는 건 의미 없겠다는 생각이 들었기 때문이다. 이제 앞으로 새롭게 느껴질 단맛의 경험을 받아들일 열린 자세가 더 중요할 것이다. 어떤 경험에서 단맛이 느껴질지 궁금해지기 시작했다!

짠맛의 추억, 부끄러운 나의 요리

짠맛하면 나의 요리 실력을 배놓을 수 없다. 내 의도와 달리 짜게 요리했던 경험이 상당하기 때문이다. 그중에서도 가장 임팩트가 컸던 경험 두 개를 나눠 보고자 한다. 죄송스럽게도 두 경험과 관련해 내 음식으로 인해 피해받은 사람이 나의 엄마다.

첫 번째 짠맛 나는 경험은 처음 라면을 끓였을 때이다. 엄마가 아파서 집에 누워 계셨다. 그걸 본 어린 나는 아픈 엄마를 위해

밥을 차려야겠다는 효심이 발동했다. 그래서 가장 만만한 라면을 끓이기로 했다. 엄마는 아들이 아픈 자신을 위해서 라면을 끓여 준다는 것에 감동 받으셨다고 했다. 그런데 보통은 5분~7분 정도 걸리는 데 비해 나는 15분이 되도록 라면을 끓였다. 면이 익는 시간에 감이 없던 나는 15분 동안 계속 라면을 끓여 버린 것이다. 결국 엄마에게 드린 라면은 면이 불어 뚝뚝 끊어지고 국물은 졸아 버려 찐한 짠맛이 올라오는 라면이었다. 아직도 엄마는 종종 이 일을 언급하며 무슨 탕약을 달이는 줄 알았다며 나를 놀리곤 하신다.

두 번째 경험은 엄마 생일에 미역국을 끓였을 때다. 한 5년 전 일인 것 같다. 엄마의 생신을 맞아 동생과 나는 미역국을 끓이기로 했다. 지금까지 봐 왔던 엄마의 레시피를 숙지하여 소고기까지 사서 국을 끓이고 있었다. 그러던 중 아빠가 집에 잠시 들르셨다. 마침 간을 볼 사람이 필요해 아빠에게 간이 어떤지 물어봤다. 아빠는 간이 약하다고 하셔서 간을 더 한 뒤 다시 드렸는데 딱 좋다고 하셨다. 그래서 완성이다 싶어 엄마가 오셨을 때 미역국을 한 대접 퍼다 드렸다. 엄마가 한입 딱 후루룩하시자마자 눈동자의 흔들림이 보이시기 시작했다. 그리고 한마디 하셨다.

"혹시 소금을 얼마나 넣은 거야?"

나와 동생은 싸함을 느꼈다. 바로 맛을 봤는데 너무 짰다. 죄송스러운 마음에 다시 끓여 보겠다고 했지만 엄마가 말렸다. 엄마가 바로 미역국 긴급 수술에 들어가셨고, 다행히 수술은 대성공이었다. 그래도 엄마는 우리에게 "미역국 덕분에 잊지 못할 생일이네"라며 웃으셨다. 분명 좋은 뜻일 것이다! 나는 그렇게 믿고 있다!

쓰디쓴 나의 운전면허시험 스토리

보통 쓴맛이라 하면 다소 부정적인 경험이 떠오를 것이다. 하지만 나는 쓴맛이 부정적인 의미만 있는 것이 아닐 수도 있겠단 생각이 들었다. 유명한 말 중 '실패는 성공의 어머니'라는 말이 있다. 나는 이 말에서 실패가 어쩌면 쓴맛일 수 있겠다는 생각이 들었고, 하나의 추억이 생각났다.

나에게 쓴맛이 나는 경험을 꼽으라면 운전면허시험이 떠오른다. 운전면허를 위한 첫 과정인 필기시험부터 쉽지 않았다. 시험 시간을 잘못 확인한 바람에 시험장에 너무 일찍 와 버려 상당히 당황스러웠다. 그래서 그 시간 동안 필기 공부를 했기에 나쁘진 않았다. 하지만 진짜 쓴맛 나는 경험은 그 이후였다. 학원을 등록하고 장내 기능시험 연습을 하는데 너무 쉬웠다. 시험을 잘 볼 수 있겠다는 자신감이 있었다. 하지만 이건 자만이었다. 첫 장내 시험에서 사이드브레이크 미해지로 바로 떨어졌다. 참 기본 중에 기본을 잊었다는 것에 착잡했다. 다시 장내 시험을 봤을 땐 다행히 100점으로 통과했다.

이제 마지막 관문만 남았다. 바로 도로 주행 시험이다. A, B, C, D 총 4개의 코스로 구성되어 있었는데 개인적으로 가장 어려운 코스는 C코스였다. 제발 가장 쉬운 A나 B코스가 나오길 바라며 첫 시험을 봤다. 하지만 바로 C코스가 떠 버렸다. 하필 시험 도중 오르막길에서 신호가 걸려 버렸다. 나는 수동 트럭을 운전해야 하는 1종 보통 시험을 선택한지라 오르막에서는 반클러치를 해야지 트럭이 힘을 받아서 올라갈 수 있었다. 나는 나름 신중히 페달을 밟았다. 하지만 있어야 할 덜덜덜 떨리는 진동이 전혀 느껴지지 않았다. 결국 그 자리에서 트럭의 시동이 꺼지고 말았다. 바로 다시 시동을 걸면 계속 시험을 볼 수 있었지만 이미 멘탈이 나가 버린 후라서 소용이 없었다. 결국 도로 주행 시험 첫 탈락을 맛봤다.

다시 마음을 가다듬고 두 번째 시험을 보게 되었다. 이번엔 C코스 다음으로 어려운 D코스가 걸렸는데 너무 긴장한 나머지 뭔가 홀린 듯 초반에 있는 아주 사소한 신호를 어겨 버렸다. 시험에서 신호위반은 바로 탈락이라 시험 본 지 3분 만에 시험은 종결됐다. 이번 시험 탈락으로 의지도 자신감도 너무 많이 떨어졌다. 그래도 면허는 빨리 따는 것이 좋다는 생각 하나로 세 번째 시험을 봤다. 운이 없게도 다시 C코스가 걸렸고 첫 시험이 생각나 심장이 쿵쾅거렸다. 시험 보는 내내 다소 멍했고, 그냥 내 몸이 행동하는 대로 운전했다. 시험을 마친 뒤 점수는 '71점!', 바로 1점 차이로 합격한 것이었다. 온몸에 긴장이 쫙 풀리면서 지금까지의 과정이 파노라마처럼 머릿속을 스쳐 지나갔다. 지난 두 번의 쓴맛 나는 경험이 단지 탈락에 머무른 것이 아닌 도로 주행의 감을 익히게 해 주는 역할을 했음을 자각했다. 바로 두 번의 쓴맛 나는 경험이 운전면허시험 합격의 도우미였던 셈이다. 이날만큼은 '실패는 성공의 어머니'가 아닌 '쓴맛은 합격의 어머니'였다.

그리운 신맛의 열무국수

신맛과 관련된 경험을 찾는 데에 가장 오랫동안 사색했다. 그러던 중 초등학교 저학년 시절 내 기억 속에서 그리운 신맛을 찾았다. 바로 친할머니의 열무김치이다. 친할머니는 친할아버지가 신 음식을 좋아하셔서 신맛이 들어가는 음식을 만들 땐 보통보다 좀 더 시게 만드신다. 그래서 할머니의 열무김치 또한 신맛이 잘 느껴진다.

나는 어렸을 때 학교를 마치면 항상 할머니 댁에 갔다. 면을 상당히 좋아했던 나는 할머니 댁에 가면 열무김치로 시원한 열무국수를 해 주실 거란 기대에 늘 싱글벙글이었다. 하루는 할머니가 집에 안 계셔서 전화를 걸어 "열무국수 언제 해 주실 거예요? 그만 말하고 이제 와요!"하고 재촉할 정도였다. 지금 생각하면 참으로 예의가 없는 말인데 그만큼 친할머니표 열무국수를 좋아했다.

하지만 그 열무국수를 맛본 지 참 오래되었다. 점점 학년이 오르고 나이를 먹다 보니 학원을 가기 시작했다. 또한 대학생이 되고 나서는 기숙사에서 지내게 되었다. 그래서 할머니를 일주일에 한두 번밖에 보질 못하고 있다. 날씨가 더워지니 더욱 할머니의 시큼한 열무국수가 그리워진다. 한때 학교생활로 지친 나를 회복시켜 주었던 음식이다 보니 더욱 간절하다. 생각해 보니 어쩌면 나는 열무국수를 핑계로 할머니와 보내는 시간을 가지고 싶었던 것 같기도 하다. 손주 많이 보면 힘이 나신다는데 나는 그러질 못하고 있다. 어렸을 적 나에게 힘이 되어 주던 것이 할머니의 시큼한 열무국수였다면 이제는 내가 열무국수와 같은 존재가 되어야겠다는 생각이 든다.

주말에 본가에 가면 친할머니가 좋아하실 말 한마디 해 드려야겠다!

"할머니! 열무국수 해 주세요~"

후회스러운 선택이 빚어낸 매운맛

매운맛하면 나는 초등학생 시절 태권도장에서 느낀 고추냉이의 매운맛이 강렬하게 기억난다. 그 당시 태권도장에서 미니 합숙캠프를 했었다. 관장님은 깜짝 이벤트로 타코야끼를 사오셨는데 축구에서 이긴 팀은 그냥 타코야끼를, 진 팀은 고추냉이가 들어간 타코야끼를 준다고 했었다. 우리 팀은 타코야끼를 먹겠다는 생각 하나로 죽어라 축구를 하기 시작했다. 평소 축구의 '축'자도 모르는 나도 몸을 날려 공을 막는 등 열심히 했다.

결국 우리 팀은 1등을 해서 맛있는 타코야끼를 먹었다. 그런데 너무 맛있는 나머지 하나 더 먹고 싶은 마음에 관장님이 농담으로 "고추냉이 맛 먹을 사람?"이라고 하셨을 때 손을 번쩍 들었다. 달달한 소스와 쫄깃한 문어가 고추냉이 맛을 가려줄 것이라 기대했다. 하지만 짓궂은 관장님은 고추냉이만 가득한 타코야끼를 주셨다. 순식간에 올라온 고추냉이의 매운맛은 내 코를 장악해 버렸다. 그때 고추냉이의 매운맛에 어쩔 줄 몰라 하는 나를 보며 주위 친구들이 소리쳤다.

"너 코에서 쌍코피 나!"

나는 그때서야 내 코에 흐르는 따뜻한 쌍코피를 느꼈다. 그땐 당황했지만 쌍코피와 고추냉이 이야기는 아직까지도 우리 가족 안에서 웃음으로 회자되고는 한다. 그때 느낀 그 강렬한 고추냉이의 매운맛을 다시 회상해 보면 "왜 나는 후회할 선택을 했을까?"하고 스스로 부끄러워지곤 한다. 그래도 이날의 경험 덕분인지 지금은 남들보다 고추냉이를 잘 먹는다고 생각한다. 남들이 쉽게 겪어 보지 못한 아주 맵고 화끈한 맛을 경험했기에 유경험자로서 그렇게 느끼는 것 같다. 이렇게 자만하다가 큰코다칠 수도 있으니 고추냉이 앞에서만큼은 겸손해야겠다.

다섯 가지 맛에 대한 경험을 생각해 보니 모두 이제는 소중하고 행복한 추억으로 자리 잡은 경험들이라는 공통점이 있는 것 같다. 스스로 자랑스러운 경험도 있지만 상당히 부끄러운 경험도 많다. 그래도 한 가지 확실하게 알 수 있는 것은 지금까지 이렇게 기억하고 회상할 수 있다는 것은 그만큼 나의 삶에 영향을 미친 값진 경험들이었다는 것이다. 인생의 오미는 앞으로도 계속해서 만들어질 것이다. 지금부터 맛보게 될 맛은 어떠한 맛일지 진정 궁금해진다. 내가 느낄 미래의 수많은 맛을 기대하며 글을 마친다.

다섯 가지 삶의 맛

비움과 채움 사이에서

도입: 변화와 떠남, 그리고 삶의 맛

분당에서 50년 이상 살다가 춘천으로 이사한 첫날, 낯선 집 거실에 앉아 나는 오랜만에 안도의 숨을 내쉬었다. 산업의 미래를 연구하는 애널리스트로서 외국계 회사에서 일했다. 경영자로서 편의점도 운영했다. 이제 나는 두 번의 긴 여정을 마치고, 여유를 찾고자 풍광 좋은 춘천을 선택했다.

몇 해 전 아내와 여행 중, 우연히 춘천을 지나던 차 안이었다. 나는 아내에게 "이런 곳에서 살아도 좋겠다"라고 말한 적이 있다. 코로나19로 편의점이 어려워진 상황에서 춘천행은 또 다른 변화의 계기가 되었다.

삶은 늘 변화와 떠남, 새로운 시작의 연속이다. 학교를 떠나 직장으로, 한 곳에서 살다 다른 곳으로 이사할 때마다 아쉬움과 기대가 되풀이된다. 그리고 그 과정에서 마주했던 다섯 가지 맛이 내 삶에 오미五味의 흔적으로 남았다. 인생 후반부에 이른 시점에서 내 인생의 맛을 하나씩 음미해 본다.

단맛: 기쁨의 순간들, 달콤한 추억

이사 후 몇 달간의 휴식은 내 인생에서 몇 번 없었던, 단맛의 안온함 그 자체였다. 마치 수박화채처럼 시원하고 달콤했다. 나는 춘천의 풍경에 매일 감동했다. 아침마다 창밖의 초록색 산을 바라보며 그 선명함으로 하루 날씨를 예측하는 것이 첫 일과가 되었다. 조간신문을 들고 옥상에 오르면 산의 초록이 더 또렷이 다가왔다. 골짜기마다 새로운 풍경이 펼쳐지고, 자연 속에서 느끼는 평온함은 내 삶에 달콤함을 안겨준다.

연둣빛 푸르름이 점차 짙어지는 그 무렵, 짐 정리가 어느 정도 마무리되어 갔다. 나는 춘천 MBC 사옥 1층 카페 테라스 문을 열고 밖으로 나갔다. 눈 앞에 펼쳐진 공지천 풍경은 황홀했다. 호수 위엔 물결이 잔잔하게 일렁이고, 건너편 나무들이 바람에 흔들렸다. 더 멀리 있는 산줄기와 골짜기도 선명했다.

어느새, 주변의 모든 소음이 사라지면서 나는 평온한 춘천 속에 푹 잠긴다.

나는 이곳저곳 춘천의 핫플레이스를 즐겨 나갔다. 문득, 옛 추억이 생각나 소양강댐 선착장에서 배를 타고 댐의 웅장한 풍경을 감상하며 청평사로 향했다. 유람선에서 내려 잘 정비된 길을 오르는데, 소양호가 잔잔하게 펼쳐져 있고, 햇살이 물 위에 반짝이면서 윤슬이

보였다. 물 위에 수많은 별이 춤
추는 것 같았다. 난생처음 보는
광경이었지만 마음이 편안했다.

　　춘천의 자연은 초록빛과
푸른 물결, 그리고 햇살이 어우
러져 나를 포근하게 감싸 주었
다. 두 곳의 풍광 덕분에 내 마음
은 춘천과 더 가까워졌다. 춘천
의 사람들도 나를 정겹게 안아
줬다. 처음엔 모든 게 낯설었다.

　　분당에서의 삶은 간단하면서 효율적이었다. 이웃과의 대화
는 늘 같은 패턴이었다. "안녕하세요?", "잘 지내시죠?" 딱 그 정도
였다. 서로의 일상에 깊이 들어가지 않는, 적당한 거리를 지키는 말
들이 오갈 뿐이었다. 그런데 춘천은 달랐다. 익숙지 않은 소통의 방
식이었다.

아내로부터 알게 된 춘천 사람들의 소통 방식은 어쩐지 낯설었다. 아내는 이사 온 지 한 달도 안 되어 동네 미장원에 파마하러 갔다. 우리 동네는 원도심의 주택단지이다. 머리를 하고 돌아오는 길에 집 앞 만둣가게에 들렀단다. 주인아주머니가 아내를 보자마자 물었다.

"어디를 그렇게 다녀오세요?"

아내는 순간 당황했다. 예전에 살던 분당에서는 이웃이 내 동선에 대해 궁금해하는 일도, 물어보는 일도 없었다. 하지만 아내는 앞으로 계속 마주칠 사이라서, 친절하게 대답했다.

"저 아래 미장원에서 머리하고 왔어요."

아주머니는 머리를 한참 보더니,

"근데 머리가 별로 안 예쁘네요. 새로 한 것 같지 않아요"라고 했다. 그리고는

"아까 가게 앞으로 지나가는 것을 봤어요. 어디 가나 궁금했어요"라고 덧붙였다. 무엇이 궁금했을까, 아내는 멋쩍은 웃음으로 만두를 받아 들고 집에 돌아왔다. 아내는 집에 들어오자마자 그 상황을 나에게 들려주며 한참을 웃었다.

"여긴 이웃이 내 머리까지 챙겨줘, 정감이 있는 것 같아."

예전에 살던 곳에서는 좀처럼 경험하지 못했던 일이다. 오히려 그런 질문은 남의 일에 간섭한다는 오해를 불러일으켜 실례로 여겨질지도 모른다.

아내는 건강을 위해 오래전부터 문화센터에서 요가를 배워왔고 이사 오고부터는 주민센터에서 요가를 배우고 있다. 수강생 대부분은 아내보다 나이가 많은 어르신들이다. 그분들은 오랜 기간

수련한 듯, 어려운 동작도 능숙하게 해낸다. 아내가 처음 요가 수업에 들어갔을 때, 질문들이 달려들었다.

"나이가 몇이세요?", "어디에 사세요?", "어떻게 이사 오시게 됐어요?", "애는 몇이고 뭐해요?" 그리고 "남편은 뭐 하세요?"

질문은 구체적이었다. 지극히 사적인 것들도 많았다. 처음엔 당황스러웠지만, 그 안에서 묘한 따뜻함이 느껴졌다. 예전의 문화 센터에서는 처음 본 사람에게 "요가를 얼마나 하셨어요?", "잘하시네요", "건강해 보이세요" 같은 형식적인 말만 오갔다. 서로의 삶에 깊이 들어가지 않는, 정중한 거리감이 있었다.

처음엔 이런 밀착 관심이 어색했다. 하지만 시간이 지나니, 이곳의 정이 오히려 예전 우리 어린 시절의 포근함과 닮았다는 생각이 든다. 이웃이 내 일상에 관심을 가지고, 때로는 머리 모양까지 솔직하게 말해 주는 곳. 요가 수업에서 나이, 가족, 이사 온 이유까지 묻는 곳.

그동안 잊고 살았던, 진짜 사람 냄새 나는 정이 춘천에는 있다. 이제는 그 낯섦이, 오히려 내 시간을 따뜻하게 감싸준다. 이곳 춘천에서 나는 다시 사람 사이에서 살게 됐다. 이웃의 눈길과 말 한마디가, 잊고 지냈던 정을 깨운다.

신맛: 시련과 희생, 그리고 감사

신맛의 대표 격, 레몬은 서양에서 'Lemon law',[1] 'Lemon

---

1   결함이 있는 제품을 산 소비자가 일정 조건을 충족하면 제조사로부터 환불이나 교환 등의 구제를 받을 수 있도록 마련된 미국 법률.

market'² 등으로 표현되며 부정적인 의미가 있다. 영어 속담 "When life gives you lemons, make lemonade"처럼, 힘든 시련도 긍정적으로 바꿔보라는 뜻이다. 드라마의 배경이 제주도라서 〈When life gives you tangerines〉로 변형한 것이 넷플릭스 인기 드라마 〈폭삭 속았수다〉의 영문 제목이다. 드라마 속 가족 간의 희생과 사랑을 보며, 나 역시 우리 가족이 겪었던 시련의 순간들이 떠오른다.

코로나19가 한창이던 어느 날, 서울의 학교 앞에서 자취하던 아들에게서 전화가 왔다.

"아빠?"

"응."

"배가 너무 아파서 아침에 병원에 왔는데, CT 찍어 보고 의사가 큰 병원에 가 보래."

"배가 많이 아프니?"

"응."

"아빠가 지금 갈게."

전화를 끊고 차를 몰고 달려가는 내내, 아내와 나는 불안에 떨었다. 어디가 아파도 좀처럼 내색하지 않는 아이라 더 걱정스러웠다.

대학병원 응급실은 코로나19 환자 격리와 검사로 북적였다. 아들은 온종일 한여름 땡볕 아래 임시 천막 안에서 아픔을 참고 있었고, 나는 발만 동동 구르고 있었다. 점심때 접수한 아들은 기운을

---

2 정보 비대칭으로 인해 저품질 상품이 주로 거래되는 시장. 중고차 시장이 대표적인 예.

다 빼고 난 뒤, 자정이 다 되어서야 응급실에서 젊은 의사를 만날 수 있었다.

"내일 아침 교수님이 직접 봐야 알 것 같아요."

아내와 나는 밤새 마음을 졸였다.

다음 날 아침, 나이 지긋한 교수님이 조심스럽게 말했다.

"아드님의 뱃속에 공 모양의 지름 15센티미터 정도의 둥근 섬유종이 있습니다. 수술로 제거해야 합니다. 희소 질환이라 원인은 알 수 없고, 수술 후에도 재발 우려가 큽니다."

그 말을 듣는 순간, 하늘이 노랗게 변했다. 맥이 풀린 나는 의자에서 미끄러져 바닥에 주저앉았다.

결혼 후 두 해째 되던 싱그러운 봄날의 산부인과 병동, 신생아실 커다란 유리창 너머로 조금 전 세상과 만난 아들을 처음 본 순간, 나는 벅차올랐다. 숨이 멎을 만큼의 기쁨이었다. 얼마나 고대하던 순간이었던지. 아이의 몸짓 하나, 그리고 웃음 하나에도 얼마나 행복했던지.

열흘을 입원한 아들을 퇴원시키고, 아내와 나는 자주 아들 자취방을 들러 먹을 것을 챙겨 주었다. 마음이 놓이지 않았다.

그로부터 얼마 지나지 않은, 어느 날 아침 아내의 얼굴과 눈이 노랗게 변했다. 며칠 전부터 손등이 너무 가렵다고 얼음을 올려 두었더랬다. 급기야 큰일이 생긴 듯해 쏜살같이 강원대학교병원으로 달려갔다.

"지금 당장 입원하셔서 검사부터 합시다."

코로나19 시기라 입원하려면 PCR 검사부터 시작해서 시간이 오래 걸렸다. 다음 날 아침 회진에서 의사는 말했다.

"급성 A형 간염입니다. 조금만 더 늦었으면 간이 손상될 뻔했습니다."

아내의 병은, 수술 후 퇴원한 아들 챙기느라 춘천에서 서울로 바쁘게 다니면서 더운 날 비위생적인 곳에서 끼니를 때웠던 것이 화근이었다. 아내는 며칠을 더 입원하고, 얼굴빛이 정상으로 돌아와서야 겨우 퇴원할 수 있었다.

그 후로 한동안 나는 아내 옆에서 생선과 닭고기를 발라 주며 곁을 지켰다. 이 두 번의 시련을 겪으며, 나는 가족이 건강하게 곁에 있다는 게 얼마나 큰 감사와 위로가 되는지 절실히 깨달았다. 신맛은 인생의 시련과 희생에서 비롯되지만, 그 끝에는 언제나 감사가 남는다.

일상은 다시 정상으로 돌아갔다. 힘들었던 시간이 점차 잊힐 즈음, 익숙함에 안주하고 싶은 마음과 새로운 것을 찾고 싶은 마음이 교차했다. 하루가 또 하루를 반복하는 듯한 기분이었다. 나 역시 익숙함을 벗고 새로운 길을 걷는 일은 늘 망설임과 두려움이 함께였다. 하지만 새로운 직장에서도 어떤 시련이 닥쳐도 긍정적으로 바꿔보려 노력했다.

쓴맛: 도전과 두려움, 그리고 성장의 시작

어느 날, 오래된 동료에게서 뜻밖의 제안이 들어왔다.

"형, 헤드헌터 해 볼 생각 없어요? 형님처럼 다양한 경험을 가진 사람이 필요해요."

처음엔 망설였다. 사람을 연결하는 일이 내게 맞을까, 서울과 춘천을 오가는 생활이 가능할까. 하지만 춘천의 호숫가를 걷던 어느 저녁, 나는 문득 새로운 도전을 해 보고 싶다는 마음이 들었다. 그렇게 나는 다시 이력서를 쓰고, 역삼동에 있는 규모가 꽤 큰 서치펌에서 면접을 봤다.

매주 세 번씩 서울로 출근하는 바쁜 일상이 시작됐다. 낯선 업무와 새로운 동료들이 나를 긴장케 했다. 좋은 후보자를 찾는 일부터 후보자를 입사시키는 과정까지 모두 어려웠다. 성공 확률은 1~3% 정도였다. 업무에 대한 스트레스와 그것을 극복하는 적응의 과정에서 마주치는 힘든 시간은 내 인생에서 또 하나의 쓴맛이었다. 하지만 그 쓴맛 덕분에 나는 한층 더 성장할 수 있었다.

초기에는 내가 추천한 후보자들이 몇 번의 면접에서 탈락했다. 여러 단계의 전형 합격 후에도 처우 조건이 맞지 않는 경우, 입사 예정일 하루 전 '입사 포기합니다'라는 문자 하나 남기고 홀연히 사라지는 후보자도 있었다. 그때마다 나는 스스로를 의심했다. 하지만 실패를 통해 무엇이 부족한지 깨달았고, 그 경험을 바탕으로 더 나은 준비를 할 수 있었다. 쓴맛은 도전과 성장의 맛이다. 그 쓴맛을 겪어야만 더 단단해질 수 있다.

매일 같은 루틴으로 몇 개월이 흘렀다. 아침에 일어나 옥상에 올라 푸른 산을 바라보며 가볍게 스트레칭한다. 30분 정도 신문을 훑고 내려가 식탁에 앉는다. 아내가 차려준 사과 반 개, 삶은 달걀 두 개, 갓 내린 향긋한 커피 한 잔을 마시면서 오늘 일에 대해 아내와 몇 마디 주고받으면 집을 나설 시간이 된다. 봄과 여름을 지나며 한 뼘이나 키가 자란 집 앞의 초록색 소나무에게 짧은 안부를 묻고, 차에 오르면 금세 춘천역이다. 초록색 로고의 청춘열차를 타면, 싱그러운 초록색을 뽐내는 산들이 휙휙 지나간다. 강촌 즈음이면 푸른 강줄기가 눈 앞에 펼쳐진다.

　　퇴근해서 다시 춘천역에 올 때까지 회색빛 빌딩 숲과 많은 사람의 쉼 없는 경쟁 속에서 지낸다.

　　입사 후 길지 않은 시간에 헤드헌터로서 첫 성공을 거둔 날, 가을빛이 완연한 춘천 공지천에 앉아 조용히 미소 지었다. 이곳에서, 나는 또 한 번 내 인생의 장章을 열었다. 춘천의 맑은 공기와 새로운 일, 그리고 나에게 찾아온 변화가 내 삶을 다시 빛나게 했다.

매운맛: 갈등과 적응, 그리고 따뜻한 인연

　　헤드헌터 조직에 처음 소속됐을 때, 여러 구성원 중 유독 나와 닮은 분이 있었다. 나는 그분의 도움 덕분에 조직에 빠르게 적응할 수 있었고, 회사 생활이 한층 더 따뜻하고 의미 있게 느껴졌다. 그분의 쌍둥이 두 아들은 모두 미국 아이비리그를 졸업했고, 큰아들이 졸업 후 미국에서 처음 취직한 회사가 내가 다녔던 회사와 같다는 사실은 인연의 오묘함을 생각하게 했다. 그분은 학군장교로 춘천에서 군 생활을 해서 도심의 명소와 지리를 나보다 더 잘 알고 계셨다. 또한 우리는 와인을 좋아하는 음주 취향도 비슷했다. 더욱이 그분의 닉네임은 Charles이고, 나는 Charlie로 이름까지 닮았다.

　　Charles와 함께한 시간은 나에게 큰 힘이 되었다. 퇴근 후에는 와인 한 잔을 나누기도 했다. 설악산에 함께 1박 2일 여행을 가기도 했고, 그분 가족을 우리 집에 초대해 노을 지는 저녁 옥상에서 함께 식사하며 웃기도 했다.

　　우리는 서로의 경험과 고민을 나누었다. 춘천에서의 새로운 삶과 헤드헌터로서의 새로운 삶은 점점 더 즐거워졌다. 새로운 인연이 시작됐다. 쓴맛과 매운맛은 이처럼 뜻밖의 인연으로 완화되었다. 갈등과 적응의 과정에서 마주치는 고통스러운 순간들이 있지만, 그 속에서 따뜻한 유대감이 싹튼다. 그 유대는 단순히 동료애를 넘어, 내 삶을 더 단단하게 지탱해 주는 힘이 된다.

짠맛: 비움과 채움, 그리고 새로운 시작

　　공간을 비우면, 그곳을 바라보던 마음도 한결 가벼워진다. 여유로운 공간, 즉 여백이 많으면 마음이 편해지기 때문이다. 비워진 공간을 바라보면, 무엇을 채울지 상상하는 즐거운 고민이 시작된다. 하지만 그 공간을 서둘러 채우지는 않는다. 여백을 온전히 즐기고 나서 새로운 것으로 채워 간다. 낡은 것들을 버리고 나면 그 자리에 새로운 빛이 스며드는 것처럼, 버림은 끝이 아니라 또 다른 시작이다.

　　짠맛은 이별과 새로운 시작의 맛이다. 익숙한 곳을 떠나 새로운 곳으로 가야 할 때마다, 나는 늘 아쉬움과 섭섭함보다 기쁨과 기대가 더 많았다. 고등학교를 떠나 대학교로, 대학교를 떠나 직장으로, 직장에서 자영업으로, 그리고 한 곳에서 살다 다른 곳으로 이

209

사할 때도 늘 그랬다.

　물건을 하나 새로 들이면 기존에 있던 것을 버리는 것이 어
느새 내 습관이 되었다. 우리 집 밥그릇과 국그릇은 각각 세 개, 수
저도 세 벌뿐이다. 내가 한 계절 동안 입는 옷의 양은 옷장 한 칸이
면 충분하다. 새 옷을 사면 입던 옷은 미련 없이 버린다. 아내는 나
보다 더 과감하게 버려서, 가끔은 중요한 물건이나 서류까지 사라
지는 해프닝도 생긴다. 어머님이 우리 집에 오실 때면

　"너희들은 살림을 어디 다른 데다 보관하니?" 하고 웃으신다.

　세상을 바꾸는 큰 변화들은 이렇게 비움과 떠남에서 시작된
다. 얼마 전 라디오 강의에서 소개된 '가을대추', '초록매실', 그리고
'아침햇살'을 만든 분은 10년 차 은행원 출신이었다. 그분은 안정적
인 직장을 떠나 "왜 우리 음료가 없는가?"라는 질문에서 시작해 '음
료왕'으로 불리며 성공한 사업가가 되었다. 익숙한 곳을 떠나 새로
운 것을 받아들이는 일을 기꺼이, 용기 내어 도전하는 사람들은 참
으로 대단하다.

　이제 나도 새로운 것을 찾아 떠나야 할 때가 된 걸까? 요즘은
내가 하는 일보다 자꾸 다른 것들이 눈에 들어온다. 만약 이것이 숙
명이라면, 현재에 안주하기보다는 처음엔 새롭고 불편한 곳으로 떠
나야 또 다른 성과를 이룰 수 있을 것이다. 새들이 처음 이주할 때처
럼, 그것은 매우 두렵고 힘든 일이겠지만 반드시 거쳐야 하는 단계
이다. 그래, 이제 떠날 준비를 하자.

맺음: 새로운 맛이 숨어 있는 우리 일상

달콤함은 위로가 되고, 쓴맛은 성장을, 신맛은 감사를, 매운 맛은 유대를, 짠맛은 희망을 준다. 이렇게 다섯 가지 맛은 내 삶의 풍경을 채색한다. 춘천의 초록색 산과 같이, 이 모든 맛이 어우러져 나의 앞길을 밝힌다. 일상은 늘 반복되는 듯 보이지만, 그 속에는 작은 변화와 새로운 맛이 숨어 있다.

나는 오늘도 창문 너머로 보이는 산을 바라보며, 오늘의 색을 확인한다. 아내와 함께 식탁에 앉아 오늘 하루 있었던 일들을 이야기한다. 이런 소소한 순간들이 모여, 내 삶을 빛나게 한다. 비움과 채움, 그리고 새로운 시작이 계속될 것이다. 나는 앞으로도 삶의 다섯 맛을 음미하며, 더 깊이 있게 살아갈 것이다.

배움의 맛은 달콤하다

검은빛

오랫동안 역전 아래 살다 윗마을에 팔천 원짜리 집으로 이사 가던 날은 오늘처럼 단비가 내렸다. 일곱 식구가 북적이던 집이 작년에 사라졌다. 매달 찾아오던 검은 세단에 낯선 가르마들, 그들의 허리춤에서 달그락거리던 금속 소리도 사라졌다. 더 이상 아버지의 주름은 생겨나지 않았다.

우리는 서울에 일터가 생긴 막내를 따라 이사를 앞두고 있었다. 긴장이 풀렸는지 아버지는 병환으로 몸져누웠다. 아버지 치료하느라 갑자기 정든 집을 떠나야 했다. 집터만 덩그러니 남았다.

물건 떼러 간 엄마를 기다리던 소녀, 신작로에 털벅 앉은 소녀가 그려진다. 그 소녀의 두리봉도, 주목을 지나온 이가 시리던 약수도, 귀가 뻥 뚫리는 바람도 모두 그대로다. 막걸리가 든 노란 주전자, 깡충깡충 건너던 징검다리 아래 개울물은 더 이상 까만색이 아니다. 모든 것들이 그녀의 마음에서 되살아나는 유년의 빗속에서 빛나고 있다.

　　문풍지 구멍으로 내다본 풍경은 눈이 부셨다. 폭설이었다. 엊저녁부터 내리던 눈송이가 밤새도록 쌓여 온통 세상이 하얬다. 뒤꼍에서 보이던 기차역도 보이지 않았다. 화통을 삶아 먹은 듯 우렁차게 달려오던 기차도 아기 옹알이 소리뿐, 보이지 않았다. 마루 앞까지 수북한 눈더미는 탄가루 날리던 길도, 갱안에서 시작된 개울도 하얗게 만들어져 나갔다. 눈사람 만드는 손톱 때만 빼고 모두가 흰색이었다.

　　눈덩이에 비비고 또 비벼도 손톱에 낀 석탄 가루는 없어지지 않았다. 나는 수원이네 사과나무보다 높이 쌓인 눈더미에 길을 내던 아버지를 따라 지게 작대기로 눈을 치웠다. 학교 가는 큰길까지 눈을 치우는 동안 손이 시린 줄도 몰랐다. 세숫물을 데우던 가마솥으로 몰려가 부뚜막에 언 손을 녹여, 아버지 어깨에 수북하던 눈을 쓸어내렸다.

　　밥상이 들어오자 막내는 또 울보가 되었다. 학교에 따라오고 싶어 울먹이는 동생에게 알감자를 건져주고, 멀건 국에 밥을 말았다. 책보를 둘러매고 걷는 길은 미끄러웠다. 하얀 비탈은 검정 고무신 밑창으로 밀려 나갔다. 연필과 노트들이 책보 속에서 덩달아 춤을 추었다.

　　나는 신나게 학교로 갔다. 눈발도 장마도 결석을 막을 수 없었다. 지각이란 있을 수 없었다. 나는 비키니 옷장 안 궤짝에 차곡히 쌓인 개근상 두루마리를 가끔 꺼내어 보는 소녀를 그려본다.

자작나무

삼학년으로 올라가니 새로운 선생님이 오셨다. 검정 양복에 검은 안경을 쓰셨다. 하얀 얼굴은 첫눈을 닮았다. 달개비꽃같이 부드러운 목소리로 우리 이름을 부르셨다. 우리는 동화 속 자작나무 숲 왕자님 보듯 모두 선생님을 올려다보았다.

나는 그때부터 자작나무를 좋아하게 되었다. 선생님은 육학년 교실에 처음으로 작은 도서관을 만들었다. 나는 뒷산 비탈 놀이도, 자치기도 접어 두게 됐다. 친구와 쉬는 시간마다 도서실 안을 훔쳐보았다.

어느 날, 선생님께 걸리고 말았다. 선생님이 매일 우리를 지켜보았던 것을 우리만 몰랐었다. 선생님은 교실에 와서 구경만 하지 말고 쉬는 시간마다 마음대로 책을 읽으라고 하셨다. 그날부터, 나의 작은 입술은 흘러내리는 웃음을 담을 수가 없었다. 멋진 선생님도 보고 책도 읽는 사이, 두리봉은 파란 기지개를 켰다.

주목 아래 눈이 녹아내렸다. 책 읽기가 시들해질 무렵, 파랗게 물든 비탈이 나를 불렀다. 나는 동생들을 불러 운동장 가장자리에 도라지 꽃봉오리를 터트리는 코스모스랑 키 재기 놀이를 했다. 마지막 수업 시간이 끝나고 담임 선생님이 내게 육학년 교실에 가보라고 하셨다. 나는 갑자기 무슨 일일까 생각했다. 칭찬받을 일도 없었고, 나쁜 짓도 안 했는데….

언니 오빠들이 우르르 몰려나오는 교실로 들어갔더니, 선생님은 "왜 이제 오니?" 하셨다. 선생님은 종이 한 장을 주며 나비에 대하여 생각나는 대로 다 쓰고 집에 가라 하시고는, 교실 밖으로 나가셨다. 지금은 기억나지 않지만 나는 금방 종이 한 장을 채우고, 하얗게 꽃이 핀 감자밭을 따라 집으로 왔다.

　　다음날 선생님께 또 불려갔다. 글짓기 대회 한번 구경 가 보자고 하셨다. 처음 들어본 '글짓기 대회'라는 단어가 나를 설레게 했다. 머리도 가볍게 아파왔다. 새로운 책 서너 권이 든 책보 때문에 어깨는 더 아파왔다.

남자 옷

　　글짓기 대회 참가 날이 다가올수록 학교 오가는 길에 있는 초롱꽃은 말을 걸지 않았다. 책보는 흔들거렸지만 조용해졌다. 신발이 작아졌다. 내 발이 커진 것이었다. 중학생 언니의 맹꽁이 운동화를 빨아 그늘에 말렸다. 보송해진 큰 운동화 코에 아버지가 아끼는 신문을 살구 알 만큼 뭉쳐 빈 코를 채워 신었다. 마지막 끈은 리본으로 장식하여 윗목에 모셔 두었다.

　　뒷집 아저씨는 도시로 일하러 가서 일 년에 서너 번 집에 다녀갔다. 아저씨가 오는 날은 고등어 굽는 냄새가 온 마을에 퍼졌다. 그 집 막내 이름은 종남이다. 종남이는 나이가 나보다 많아도 후배였다. 종남 엄마가 낡은 책가방과 옷 한 보따리를 들고 왔다. 내게 입히기 위해서다.

　　마루에 펼쳐 놓은 옷 중에서 골라 앞뒤로 어느 옷이 어울릴까 대어 보는 게 싫어 나는 울기만 했다. 언니 옷도 아니고, 창피하게 남자 옷이라니, 정말 입기 싫었다. 잠도 못 자고 그렇게 많이 울어 본 날은 처음이었다.

　　나는 버티고 버티다가 결국, 한밤중 우는 모델이 되어 식구들 앞에서 빙글빙글 돌았다. 다시 밝아진 윗목에는 옷깃이 긴 분홍색 셔츠에 파란 운동화와 언니의 교복 치마가 당첨되어 나를 기다리고 있었다.

글짓기 대회

　　처음 타는 새벽 기차는 설렜다. 일찍 자라는 선생님 말씀을 자꾸 생각하다가 늦잠을 잤다. 얼른 일어나 뒷문을 여니 역전에서 선생님이 내려다보고 있었다. 심심한 달걀찜을 숭늉처럼 마셨다. 전날 챙겨둔 가방에 사이다와 삶은 달걀을 넣어 둘러메고 정선행 비둘기호 기차에 올랐다.

　　선생님과 단둘이 처음 탄 새벽 기차, 부끄러움에 어리둥절한 사이, "이번 내리실 역은 정선역입니다"라는 방송을 듣고 우리는 역에 내렸다. 정선은 어지러웠다. 기차 멀미에 택시까지, 아침에 먹은 달걀찜이 목을 간질이는 걸 억지로 참았다. 정선초등학교에 내리자마자 화장실로 뛰었다.

　　화장실이 이렇게 깨끗하다니! 녹슨 수도꼭지에서 시원한 물이 흘렀다. 손톱 밑에 낀 석탄 가루도 씻어냈다. 너무나 신기해서 한 모금 입에 넣었더니 싱거웠다. 이가 시린 두리봉의 흐르는 물과는 맛이 달랐다.

　　'평소대로, 생각나는 대로 글을 쓰라'라며 등을 다독이는 선생님을 뒤로하고 들어선 낯선 교실은 아이들이 가득 차 있었다. 나는 떨렸다. 남학생 옆자리에 앉아 아이들을 둘러보았다. 칠판에 '담배꽁초'라는 제목이 보였다. 아이들 모두 연필을 집어 들었다. 조바심을 참아 내지 못한 친구들 기침이 지나가고, 선생님의 가벼운 발소리가 느리게 들려왔다.

옆에 있는 아이를 살짝 훔쳐보니 "불이야"로 글을 시작하고 있었다. '참나, 무슨 불이야로 시작해' 하고 나는 피식 웃었다. 곁의 아이를 훔쳐보느라 나는 글을 쓰지 못했다. 내 종이는 텅 비어 있었다.

겨우 채운 종이를 내고 나오니, 정선 하늘이 맑고 새파랬다. 학교를 한 바퀴 돌아 중국음식점에 선생님과 들어갔다. 테이블을 사이에 두고 마주 앉은 선생님은 자장면이 나오기 전, "처음이라 힘들었지? 배우러 온 거야"라며 내 등을 토닥이셨다.

선생님은 자장면을 덜어 내 그릇에 주고 젓가락을 들었다. 처음 참가한 글짓기 대회에서 입상은 못 했지만, 책과 친구가 되었다. 선생님 덕분에 좋은 경험을 했고 평생 책과 친하게 지내게 됐다.

짭짤한 서울살이

선생님이 퇴직 후 원주에 사신다는 말을 가끔 들었지만, 나는, 한 번도 찾아뵙지 못했다. 정선 골짜기를 벗어난 서울살이는 라디오에서 들었던 것처럼 달콤하지 않았다. 아주 짭짤해서 냉수로 배를 채우기도 했다. 악착같은 동생들도 서울 아이들 틈에서 학업을 마쳤고, 귀한 일터를 만났다.

자매들에 쳐지는 둘째가 딱해 보였는지, 집안의 성화에 나는 결혼을 했다. 맏며느리가 되었다. 쓸쓸한 맏이 살이는 서점과 도서관을 드나들며 풀어지곤 했다. 동화책을 보다가 잠든 아이들을 보며 선생님 생각을 하기도 했었다.

오학년 봄 소풍 가던 날, 등에 업혀 두리봉을 오르던 막냇동생은 집안의 희망이었다. 고등학교까지 촌놈 소리 들으며 일등을 놓지 않았기에 아버지는 원하는 대학에 갈 것이라고 믿었다. 고고학을 하고 싶었던 막내는 가난한 집 사정에 돈벌이 잘 된다는 다른 대학에 수석으로 입학하고, 수석으로 졸업했다. 아버지는 동생이 재수해서 최고의 대학, 최고의 학부에 갈 수 있다고 믿었지만, 막내는 그러지 않았다. 아버지 뜻을 따르지 않은 막내는 집에서 쫓겨나 누나들 집에 며칠간 머물기도 했다.

정선군 사거리에 현수막이 걸리는 걸 아버지는 창피해하셨고, 화가 눌러질 때까지 한참이 걸렸다. 막내는 인턴사원과 가정교사로 무사히 대학을 마쳤다. 아버지는 막내가 선물한 첫 인턴 월급이 들어 있는 가죽 지갑을 훈장처럼 한 푼도 안 쓰고 고이 남기셨다.

배움의 달콤함

연둣빛 계절을 앞에 두고 등이 가려웠다. 지난날들은 긴장의 연속이었고, 수그러들지 않은 부끄러움으로 가득했다. '부러지지 말자, 휘지도 말자'라는 버팀말을 등대 삼아 부표처럼 살아왔다.

나는 이름 없는 동물이나 들꽃을 좋아했다. 두리봉 오미자가 익어갈 무렵, 푸름이 발효되었던 작은 교실은 사라졌다. 높아진 생활 수준에 따라 석탄산업은 사라져갔다. 거리마다 북적이던 사람들이 도시로 떠나고, 콘크리트 사택은 황량한 바람이 차지했다.

민들레가 일가를 이루어 소박한 풍경을 만들어 가는 요즘, 나는 글쓰기 강의실에 간다. 아이들도 제 앞가림하니, 나는 다시 도서관을 찾았다. 일터를 마치고 달려가 듣는 강의는 꿀맛이다. 남자 셔츠를 입고 글짓기 대회 나가던 촌뜨기 꼬맹이가 이제 대학교 교정을 걷는다. 달빛이 푸르다.

푸른 일기장에 첫사랑이라고 쓰고 오간드레라고 부르던 오 선생님을 뵈러 갈까, 용기도 내어 본다. 공부를 마치고 강의실을 나서는 걸음이 대견하다. 배움의 맛이 이렇게 좋다니, 삼십년지기 선배와 마지막 버스를 기다리는 시간은 달콤하다.

시작하기 좋은 나이

50에 새기는 5味

늘 어리다고만 생각하던 내가 어느덧 오십이라는 나이가 되었다.

마음으로는 뭐든 할 수 있을 것 같은데, 색다른 키오스크 앞에 서면 뒤에 있는 어린 친구들이 신경이 쓰인다. 나는 살짝 주눅이 들기도 한다. 나이가 들면서 갑자기 많은 변화를 겪게 된다고 어르신들의 말씀을 들은 적이 있다. 하지만, 이런 경험을 하게 될 줄 정말 몰랐다. 기대수명 140시대에 100세까지는 죽고 싶어도 못 죽는 세상이 왔다고 한다. 지금 시점에서 나는 지금까지의 삶을 한 번쯤 정리하고 넘어가고 싶다는 생각을 가지게 되었다.

신용카드 한 장 없던 시절에 혼자 네 남매를 키워오신 어머니를 떠올린다. 그분의 희생이 얼마나 숭고한지 이제 깊이 알게 됐다. 어머니는 파킨슨병을 앓고 있다. 노년까지 편하지 못하신 친정 어머니였다. 어머니와 그리고 갑작스러운 아버지의 죽음 앞에서도 내 눈치를 보느라 쉽게 울지도 못하는 하나뿐인 딸을 위해서 한 번쯤 나를 말끔하게 정리하고 싶다. 새롭게 시작하는 씩씩한 나의 모습을 보여 주고 싶은 이유에서다.

몸서리치도록 짠 소금 사탕

일본 이모가 왔다.

아버지가 돌아가시던 해 일본으로 시집갔던 이모가 5년 만에 한국에 들어온 것이다.

나는 그사이 열여덟이 되었지만, 이모에게는 우리가 아직 어린아이로 머물러 있는 모양이다. 선물 보따리에는 여러 가지 종류의 사탕들이 들어 있었다. 그런데 하필 내가 골라잡은 건 '시오(소금) 사탕'이다. 몸서리쳐질 만큼 짠맛의 사탕이 얼마나 생소하던지, 30년이 더 지난 지금도 생각만 하면 어깨가 움츠러든다.

아버지가 돌아가시고 우리 집에서 함께 살던 이모까지 일본으로 떠나고 나서, 엄마는 무엇이든 닥치는 대로 일하기 시작했다. 갓 서른을 넘긴 여자 혼자 아이 넷을 먹이고 입히는 것이 얼마나 버거운 일이었을까. 밤늦게까지 일하고도 새벽이면 일어나 청소일을 하러 나가는 그 작은 몸이 얼마나 무거웠을까. 나는 어렸어도 너무 몰랐다. 아니, 모르는 척하고 싶었을지도 모르겠다. 새벽마다 엄마는 우리 네 남매 이마에 손을 얹으시고 우리를 위해 기도해 주셨다. 어머니의 그 작은 기도 소리에 실은 잠이 깨었지만, 우리는 숨죽이고 자는 척하며 듣고만 있었다.

내일은 일찍 일어나 엄마를 따라 도우러 나갈까, 하고 아침마다 고민했지만, 사춘기인 나는 몸도 마음도 변화가 심했다. 그저 얼른 어른이 되었으면 좋겠다고만 생각했다. 어른이 되면 자동으로 돈을 벌고 형편이 나아지는 줄로만 알았다.

성년이 되고, 취업하고, 엄마를 조금이나마 도우면서 알게 됐다. 어릴 때 맛본 소금 사탕처럼 먹기도 뭐하고 그렇다고 뱉을 수도 없는 짭짤한 순간들이 어른에게 존재한다는 것을 말이다. 어른이 되어도 몸은 여전히 일으키기 힘들고, 하기 싫은 것도 많다. 모든 일이 마음대로 안 된다는 사실을 믿을 수밖에 없다.

늦은 밤, 친구들이라도 만날까 싶어 가게 문을 닫기 일보 직전이 되어서야 뒷박쌀을 사러 다니던 우리였다. 아침이면 책가방 메고 문방구점에서 준비물 살 돈 달라고 줄줄이 서 있을 아이들 생각으로 새벽부터 밤까지 버거운 하루를 꾹꾹 참아 내던 엄마.

그 어려운 시절을 잘도 견뎌 왔다. 어느새 입안이 짜디짜다.

파르페처럼 달콤한

그와의 만남은 우연이었다.

길을 걷다가 안면 있는 지인을 만났다. 연락처를 알 정도로 친하지도 않았던 그가 오랜만이라며 반가워하며 카페에서 파르페를 사 주었다. 나는 아직 학생이었고 아르바이트로 용돈을 버는 중이라서 먹어 볼 엄두도 못 냈다. 예쁜 잔에 담겨 나온 알록달록한 파르페의 달콤함을 아직도 기억한다.

한 번, 두 번. 그가 자꾸만 내 시야에 나타났다 사라지기를 반복하더니 어느 날, 일곱 살 차이 오빠가 정말 아빠가 된 것이다. 내가 늘 꿈꾸던 직장인이었던 그가 멋져 보였다. 아버지도 일찍 돌아가시고 동생이 셋이나 되었던 나는 엄마의 친구이자 남편 역할을 해 왔다. 당연히 어리광 같은 건 몰랐다. 혼자 어떻게든 생계를 꾸리려는 엄마를 보며 나는 빨리 성인이 되고 싶었다. 그러던 내게 조언자가 나타났다. 내 이야기를 들어 주고, 늘 격려해 주고, 어깨를 기댈 언덕이 되어 주었던 그와 나는 결혼했다. 내 나이 스물여섯이 되던 해였다.

뭘 하고 놀까 고민하던 친구들 사이에서 사는 게 바빠 늘 혼자 같았던 나였다. 내가 하는 말이라면 그게 바가지라도, 내가 짓는 표정이 아무리 험해도 그는 다 받아 주며 "그래도 난 네가 예쁘다"라고 말해 주던 사람이었다. 그가 옆에 있어 내 인생이 달콤해지기 시작했다.

내가 아무리 빨리 달려도 늘 곁에서 나의 손을 잡고 함께 달려 주던 그였다. 나는 남편의 손을 잡고 버진로드를 걸었다. 세상이 파르페에 꽂아 둔 롤리폴리처럼 알록달록해지기 시작했다.

에스프레소 한 잔의 쓰디쓴

우리에게도 예쁜 아이가 찾아왔다.

나는 형제가 넷이라도 크고 나니 혼자인 느낌이어서 여럿의 아이를 계획했다. 하지만 직장생활을 계속하기 위해서 그 계획은 어렵지 않게 무산됐다. 인정욕구가 강한 나는 직장에서도 남들보다 더 위로 올라가고 싶었다. 내가 아니면 안 되는 일을 하고 싶었다. 내 직업은 흔하디흔한 간호사였고, 마흔에도 내 위에 승진하지 못한 하늘 같은 선배들이 가득했다. 이 모든 것을 깨기 위해 나는 열심히 공부했다. 내 전공분 아니라 콜라보를 통해서 시너지를 낼 수 있는 것이라면 뭐든지 찾아가서 배웠다. 시간이 날 때마다 광화문 교보문고 베스트셀러 코너를 찾아가 눈으로 보고 책을 샀다. 당시 유행하던 기업의 보고서까지 탐독했다. 이런 노력이 서서히 빛을 보는 것 같았고, 조금씩 보상도 받기 시작했다.

하지만 조금씩 커 가며 부모의 손이 있어야 하는 아이와의 사이에 간격이 커지면서 스스로 한계를 느꼈다. 때로는 눈물로, 때로는 밤잠을 못 자며 어느 날 처음 마셨던 에스프레소의 쓰디썼던 그 맛을 되새기게 되었다. 조금 상황이 나아지나 싶으면 새로운 벽이 앞을 가로막고는 시시때때로 나더러 멈추라 했다. 어느 가정이나 그렇게 살아간다는 것을 알고 있다. 그렇다고 해도 내 앞의 돌멩이가 바위처럼 느껴지는 것은 어쩔 수 없는 일인가 보다. 나이트 근무를 하고 아침에 비둘기호 기차로 서울 친정에 가서 아이 옆에서 잠들었다가 저녁이면 다시 춘천으로 돌아오는 생활이 계속됐다. 학교에 보낼 준비물을 만들어 시외버스 편으로 보내기도 했다. 아이가 학생회장인데 엄마가 학교 일에 신경을 너무 안 쓴다고 뒷말을 듣기도 했다. 친정엄마의 지원으로 일과 육아를 병행할 수 있었지만 하루하루 아이의 커 가는 모습을 눈에 담을 수 없어 엄마께 죄송한 마음보다 속상한 마음이 컸던 것도 어쩔 수 없다.

지금 생각하면 어찌 그리 욕심이 많았는지. 그 어느 것도 포기할 수 없었고 끝까지 욕심을 내면서도 최선이라 우기던 나의 선택. 정말 그것이 최선이었을까. 그때를 떠올리면 에스프레소 한 잔의 쓰디쓴 맛이 느껴진다.

얼얼하게 매운맛, 마라탕

지금은 성인이 된 딸아이와 무엇을 먹을지 고민하다 보면 결국 아이의 설득에 못 이기게 되는 일이 있다. 나는 매워서 먹지도 못할 마라탕을 고르게 될 때가 그런 경우다. 입안에서 불이 뿜어 나올 것 같은 매운맛이 강렬한 마라탕. 먹다 보면 아무 생각을 못할 정도로 입안이 금세 마비가 된다.

아버님이 돌아가시고 부쩍 기력이 떨어진 시어머니께서 아파트 계단을 오르내리기 어렵고, 소변도 참기 힘들어하셨다. 남편과 의논 끝에 엘리베이터가 있고 화장실이 두 개인 곳으로 거처를 옮기기로 하였다.

이삿날은 맹추위가 한창 기승을 부리던 때였다. 짐을 얼추 정리하고 새집에서 저녁 식사를 마친 남편이 갑자기 숨이 차다며 쓰러졌다. 정신없는 와중에 119에 신고했다. 의료대란 중에도 바로 근처 병원 응급실에 도착했기에 안도의 한숨을 쉬었다. 하지만, 혈관조영술 동의서를 쓰고 돌아서기 바쁘게 심장마비 신호음이 울리며 심폐소생술에 들어가는 남편이 보였다. 나도 곧 쓰러질 듯 다리에 힘이 풀렸다. 이게 현실인지 꿈인지, 가족들에게 연락을 해야 하는 건지, 금세 나아질 것인지. 28년 차 간호사인 나도 판단이 서질 않았다. 남편은 한 차례 심장 리듬이 돌아왔지만 얼마 가지 않아 다시 정지arrest 상황이 됐다. 내가 부들부들 떨며 가족들에게 연락하고 있는데 의사가 커튼 밖으로 나와 설명을 한다. 더는 안 될 것 같다고.

안 돼, 거짓말.

루카스LUCAS(기계식 가슴압박기)가 CPR(심폐소생술)을 하고 있고, 전문 심장소생술은 할 만큼 한 것 같아 더는 어렵다고 한다. 저렇게 가슴을 치다가는 늑골이 남아나지 않을 것 같다. 눈을 감고 있어도 더 이상 심장이 뛰지 않아도 나는 아무것도 할 수 없었다. 지금 저 순간이 남편에게 얼마나 힘겨운 시간일지 느껴지기에 더 해 달라고도, 멈추라고도 못하겠다. 다만 아직 춘천에서 출발한 딸아이가 서울에 도착하지 못했기에 도착할 때까지만 루카스를 유지해 주십사 간곡히 부탁할 수밖에 없었다. 어이없게도 아침에 이사한다고 나갔다가 저녁에 남편이 사망했다고 연락 받은 가족들은 기가 막혀 울지도 못했다.

무슨 정신으로 장례를 치렀는지 모르겠다. 휴대폰 패턴을 풀지 못해 남편의 지인들에게는 다 연락도 하지 못했다. 무슨 이런 황당한 일이 있는지, 병원에서 일하면서도 그저 사건 사고는 남의 일인 줄로만 알던 내가 미워졌다.

뭐라도 해 볼걸, 이렇게 했어야 하나. 그전에 했던 흘려들었던 말들이 알게 모르게 신호였는데 소위 의료인이라는 내가 걸러듣지 못했다니…. 나는 죄책감에 심장이 아파왔다.

이사하는 날 식사를 하며 새집에서 앞으로의 계획을 세우던 그는, 그 집에서 한 잠 못 자 보고 아까운 나이에 한 줌 재가 되어 내 손으로 돌아왔다. 따스한 분골함의 온기가 남아 있다. 반년이 지나가는 지금도 가슴이 저리고 얼얼하다. 매운 마라 맛처럼.

오늘따라 그의 미소가 그립다.

레모네이드처럼 새콤한

짧은 시간 동안 많은 일이 있었다.

딸과 통화를 하던 중 아빠가 꿈에 보였다고 한다. 아빠는 "엄마가 고민이 많아 보이네…"라고 했단다. "아빠가 가면 되지" 했더니, "이제 아빠는 못 가잖아" 했다고 한다.

순간 울컥했다. 갑작스러운 제안을 받아 직장 이직 문제를 놓고 잠을 못 잘 만큼 고민하던 중이었다. 통화를 하다 보니, 늘 아이 같던 딸이 언제 이리 컸나 모르게 차분하게 조언까지 해 준다. 자기도 이젠 다 컸으니 할머니도 내 걱정도 하지 말고 이제는 엄마가 하고 싶은 일을 하면서 살아 보라고 한다. 말끝에 나이가 오십이라도 새로운 출발을 꿈꾸는 엄마가 멋지다고 덧붙이는 딸. 나에게 저 아이마저 없었다면 어쩔 뻔했을까. 저 아이는 하나님께서 주신 선물이 틀림없다. 내 마음대로 안 된다고 힘들어하던 때가 있었는데, 그건 오만이었다. 아이는 나의 소유물이 아니라 하나님이 우리에게 맡겨 주신 선물이었음을 어째서 나는 간과했던 걸까. 전화기 너머로 들려오는 웃음소리가 새콤한 레모네이드처럼 청량하다.

나는 27년간 몸담아 온 대학병원을 떠나 규모가 작은 병원으로 이직을 준비하고 있다. 주변을 정리하고 환경을 바꾸고, 새로운 곳에서 새로운 사람들과 또 다른 인연을 만들기 위해 떠난다. 오십이 된 지금, 너무 늦지 않았냐고 왜 하필 지금이냐고 모두가 말리지만 나는 새로운 시작 앞에서 설레고 있다. 이 선택을 또 후회할 수도 있다. 그렇지만 용감하게 도전하는 나 자신을 응원하고 싶다.

전영순

생의 맛을 제대로 알려면

빛의 맛

포도알 송이처럼 올망졸망 달린 매실들을 바라보며 나도 모르게 큰소리가 나온다.

"어머, 저것 좀 봐! 어쩜 저렇게 많이도 달렸을까? 세상에, 예쁘기도 해라."

좁은 담장 안에서 옹골차게 자라 푸른 열매가 촘촘하게 매달린 나무를 올려다보면서 손벽을 친다.

"올해 매실은 언니네가 다 따가세요! 뭐가 그렇게 신기하고 예쁘다고 야단이세요? 이까짓 매실, 그렇게 탐나요?"

이웃집 동생은 언제나 직설적이고 솔직하다. 인정이 많은 그녀는 언제나 마음 씀씀이가 크다.

"어머, 정말? 이거 다 내가 따 가도 괜찮아?"

"예, 그렇게 하세요. 이까짓 거 뭐 나눌 게 있어요? 한 스무날 있다가 오셔서 털어 가세요. 그땐 여물대로 여물 거예요."

228

나는 순간 매실의 초록빛 하나가 가슴을 찌르고 들어옴을 느꼈다. 그녀의 뜰 담 안쪽, 십 평 남짓한 공간인데, 그 속에 감나무와 매실나무가 자라고 있다. 햇살이 아침부터 저녁까지 비추는 그 마당엔 라일락도 향기롭고 대추나무도 담을 넘고 있다. 크고 작은 화분 속에는 각양각색의 야생화와 꽃들이 옹기종기 모여 있다. 고추, 상추, 부추도 잘 크고, 며느리밥풀꽃, 물망초, 초롱꽃, 백합, 수국이 탐스럽다. 해바라기도 노랗게 반긴다.

대문은 늘 열려 있다. 그 뜰은 내가 일하다가 시간만 나면 달려가 들여다보는 나만의 쉼터다. 그녀가 외출한 사이에도 나는 종종 정원에 들러 이것저것 뜰 안 식물들을 살피며 도란도란 꽃들과 이야기한다.

손등이 통통하고 손톱이 예쁜 그녀의 손은 생명의 기운으로 가득했다. 그녀의 손이 닿기만 하면 어떤 식물이든 싹이 나고 꽃이 피며 열매가 맺혔다. 나는 그녀의 손에 깃든 생명력에 감탄했다. 그녀네 집 2층 베란다에는 200여 개의 다육식물이 통통하게 자라 울긋불긋 꽃을 피우고 있었다. 그녀의 손만 닿으면 어떤 흙이든 비옥토가 된다.

날마다 커지는 열매들, 그 경이로움 앞에서 나는 늘 탄복했다. 어느 날 매화꽃이 만발해서 "와, 꽃이 피었구나"하고 지나갔는데, 어느새 머루알 같은 매실이 그득했다.

대문을 개방하는 그녀에게 감사한 마음으로 함께 마시는 커피 한 잔, 동네 다방에서 수다 삼매경에 빠지는 시간은 그 어떤 때보다 달콤하다.

아이들이 어릴 적, 우리 집 안채로 통하는 대문 앞 작은 공간에도 사철나무며 산목련 나무가 있었다. 옥상 높이까지 자란 목련 나무는 대견했다. 그 작은 정원에는 포도나무와 조롱박, 겹장미도 탐스럽게 피었고, 여름이면 대문 위로 보랏빛 등나무꽃이 늘어져 바람에 출렁거렸다.

포도나무에는 거름 한 번 주지 않았지만, 포도가 검게 여물 때면 나는 서너 송이 따서 학교에서 돌아온 아이들에게 나눠주곤 했다.

조롱박이 단단하게 여물기를 기다리는 동안은 늘 조바심이 났다. 결국 덜 여문 박을 따서 반으로 잘라 물에 삶아 말리면 오그라들고 찌그러졌지만, 그 위에 글씨를 써서 벽에 걸어 두고 아이들과 바라보며 좋아라 웃었다. 그 시절 우리 집 마당도 안채로 통하는 좁은 공간이었지만 아이들과 나에게는 어느 집 넓은 정원보다 더 소중한 추억의 장소다.

이제 열흘 남짓 지나면, 어느 새벽 나뭇가지를 흔들어 푸른 매실을 수확하는 날이 올 것이다. 그날을 생각하니 나는 절로 미소가 지어진다. 태양을 머금은 열매는 그 어느 맛보다 달콤하리라, 그것은 분명 빛의 맛일 테다.

눈 시린 아버지의 신맛

주민센터에서 사이렌이 울린다. 일하던 손을 멈추고 고개를 숙인다. 눈을 감고 아버지 얼굴을 그려 본다. 뚜렷한 이목구비에 키는 구 척, 건장했던 스무 살 청년이었을 아버지.

6·25 전쟁 발발 1년 전쯤, 강원도 운천 남쪽과 북쪽의 경계 마을. 과수원집 둘째 아들이었던 아버지는 형과 함께 북한군에 강제로 끌려갔다고 한다. 어머니는 열일곱, 소학교를 막 졸업한 어린 나이에 시집와서 곧 임신한 몸으로 남편 없는 시집살이를 시작했다. 전쟁은 마을의 젊은이들을 모조리 집어삼켰다. 아버지 또한 그 길로 돌아오지 못했다.

할머니는 영험하다는 무속인을 찾아 헤맸다.

"한강 다리 전투에서 같은 민족끼리 싸우다 전사했다"라는 말을 들었다.

열 살 이전의 희미한 기억 속에서 내가 가진 아버지라는 존재는 그저 몇 줄의 문장일 뿐이다.

언젠가부터 엄마도 보이지 않았다. 나는 더 이상 엄마를 기다리지 않는 아이가 되었다. 초등학교 5학년 겨울, 저녁 무렵이었다. 동화책 속에서나 볼 법한 팔자수염에, 밤색 모피코트, 모피 모자까지 갖춘 아저씨 한 분이 눈에 들어왔다. 그분은 외할아버지와 마주 앉아 이야기를 나누고 있었다. 무역상 같았던 또 다른 아버지의 모습이다.

그날, 할머니는 내가 공부하던 책을 보자기에 싸 주시며 조용한 눈빛으로 무언가를 이야기하셨다.

그 아저씨가 물었다.

"엄마가 보고 싶지 않냐? 엄마는 너를 많이 보고 싶어 한단다."

나는 마치 홀린 듯, 처음 보는 아저씨인데도 낯설지 않은 그 품을 따라나섰다. 이상하게도 포근했다. 외할머니도, 나도 울지 않았다. 이별이었다. 하지만 아무 슬픔이 없었다.

엄마와 그 아저씨가 사는 집은 예쁜 그릇 가게였다. 가게 안에는 점원 오빠가 있었고, 부엌에는 일하는 아주머니가 있었다. 갑자기 바뀐 학교, 바뀐 성. 모든 것이 어색했다. 하지만 나는 적응해 나갔다.

그 아저씨는 사업가였다. 통일되면 북으로 가겠다는 꿈을 품고, 민통선 근처에서 군납 사업을 했다. 잘 나가던 사업도 4·19와 5·16을 지나면서 몰락했다. 그 사이 남동생 셋이 태어났다. 입가에 신맛이 항상 고였다. 나는 철이 들어 엄마의 짐을 덜어 주려 아버지 곁을 떠났다.

사업은 무너졌지만, 아버지는 늘 인자했다. 내 직장에 찾아와 "우리 딸 좀 잘 부탁드린다"라며 든든한 보호자 노릇을 해 주셨다. 결혼식 날, 멋있던 아버지는 사라지고 초라한 모습으로 내 손을 잡고 '신부 입장'을 지켜 주었다. 아버지는 엄마, 남동생들과 함께 가족석에 앉았다. 그날은 성대했다.

어머니가 세상을 떠난 뒤에도 아버지는 나를 대견해하시며 종종 찾아왔다. 밥상을 차려 드리면 맛있게 드셨고, 일하는 나를 물끄러미 바라보다 돌아가시곤 했다.

"우리 집 좀 고쳐야 하는데 감독 좀 해 주면 수고비 많이 드릴게요. 외삼촌 계신 처가에도 다녀오시고요…."

"그러마" 하고 약속했지만, 아버지는 다시 오지 못했다. 영영 돌아올 수 없는 곳으로 떠났다. 그 시절 유행하던 둥근 철판 삼겹살 집에 한 번쯤 아버지를 모시고 가고 싶었지만 영 못하고 말았다. 늙고 병든 아버지와 함께 다니는 것이 창피한 생각도 있었다.

지금도 오래된 상점 거리 사이 빈 점포들을 걷다 보면, 문득

아버지 생각이 난다. 아버지가 어느 초라한 상점 안에서 손님을 기다리고 있다가

"너, 어찌 왔냐? 모두 편안하냐?"

특유의 원산 사투리로 나의 안부를 물으실 것 같아 눈시울이 붉어진다.

뒤늦게 태어난 남동생들은 멋졌던 아버지를 기억하지 못한다. 그저 자전거 우유 배달하던 초라한 아버지의 모습만 남았다. 그러나 내 기억 속 아버지는 중국어, 러시아어, 일본어, 영어까지 능숙했던 지성인이었다.

나는 일요일마다 '영혼의 아버지'를 만나러 간다. 조그마한 공원을 가로질러 두 번 신호등을 지나가면 아버지가 계신 성전이 나온다. 그곳 의자에 앉아 아버지의 이름을 애타게 부른다. 절절한 소원과 회한, 죄의 고백. 용서와 평안을 구하는 기도다. 돌아오는 길은 평온하다.

공원을 한 바퀴 돌며 나무를 바라보고, 무한히 펼쳐진 하늘을 올려다본다. 자연 앞에 감탄하고, 비록 오늘 삶이 고되고 가난할지라도 마음 한편엔 평안한 행복이 자리한다. 모든 근심을 잠시 잊고, 오늘도 하늘의 아버지께서 나를 사랑하고 계신다는 믿음으로 살아간다.

나는 세 분의 아버지를 품고 있다.

'유전의 아버지'. '세상의 아버지'. '영혼의 아버지'.

모든 분이 시리고 시린 신맛의 아버지다. 그분들은 언제나 내 마음속 깊이 자리해서 신맛을 주고, 나를 깨운다. 그 신맛 덕분에 나는 여전히 살아 있고, 사랑받고 있다.

인생의 쓴맛

"어휴, 그냥반 상판대기 꼴 보기 싫어. 그래서 여기 온 거야."

이웃집 형님의 가무잡잡한 얼굴은 술에 취한 사람처럼 벌겋게 열이 올랐다.

형님은 숨을 거칠게 몰아쉬며 말을 잇는다.

"내가 어디 멀리 가고 싶어도, 그년을 데려다가 내 이불 위에서 그 짓거리를 할까 봐 꼼짝을 못하겠어."

형님은 담담하게 이야기하지만, 그 안에 분노와 체념이 짙게 깔려 있다. 나는 고개를 끄덕이며 맞장구친다.

"아휴, 도대체 할아버지는 왜 그러시는지….."

나는 형님의 기분을 맞춰 드리며 어깨를 가만히 주물렀다. 살결은 여전히 부드럽고 동글동글했다. 참 고운 분인데, 삶이 왜 이렇게 힘했을까. 흠 하나 없이 곱던 얼굴도 인생의 쓴맛에 조금씩 마모되어 가는 것만 같았다.

그런데 할아버지란 양반, 그렇게 형님께 화를 내면서도 꼭 형님 옆에 누워 자고 싶어 한단다. 모순덩어리 인생.

형님의 입은 오물거리며 무언가를 씹고 있다.

"그 영감이, 바람난 여자랑 임플란트 둘이서 이천만 원 들여서 했대요. 나는 여태껏 이도 없이 빈 잇몸으로 음식도 씹지 못하고 있는데…. 입이 말라도 오징어를 늘 물고 다니는데."

형님은 얼마 전 '경도 치매' 판정을 받았다. 하지만 약은 먹기 싫다며 거부하셨다. 몇 년째 같은 이야기를 하고, 또 하신다.

"형님, 우리 가게 긴 소파에서 한숨 주무시고 가세요."

"아니야. 영감 밥 차려 주러 빨리 가야 해. 나 없으면 밥도 못 먹잖아."

형님은 그 말 한마디 던지며 벌떡 일어섰다. 형님의 얼굴은 다시 평소처럼 환하게 돌아왔다.

나는 형님의 팔짱을 끼고 조금은 함께 걸어가며 마음을 다독여 드린다.

솔직히 나도 우리 집 '그냥반 상판대기'는 정말 보고 싶지 않다. 나도 직업이 없었다면 진즉에 젊은 날 집을 나갔을 것이다. 공무원이었던 그 인간, 방 한 칸 준비도 못해 놓고 술에 취해 미친놈처럼 나를 끌어안았다. 약한 나는 무서움에 송충이처럼 움츠러들었고, 결국 결혼이라는 걸 해 버렸다. 아이들도 낳았다.

내가 그냥반에게 붙여 준 별명은 쏘갈씨 땡삐 화처가였다. 직장에 불만이 많았던 그 사람은 퇴근만 하면 술집으로 향했고, 공부 잘했다며 잘난 척했지만, 서울 대학은 돈이 없어 못 갔다고 했다. 지방 소도시에서 낡은 영어책에 밑줄을 긋던 그 모습이 지금도 떠오른다. 술에 취해 저지른 온갖 일들은 기억나지 않는다며 잘못을 인정치 않았다. 그 와중에 상처받는 사람은 언제나 나였다.

나는 그냥반을 무시한 채 내가 운영하는 가게 수입으로 집안 살림을 꾸려 갔다. 그는 상대방의 결핍만 들춰내며 등을 돌렸고, 나는 억울하다고 울면서도 살아야 했다. 그렇게 세월이 흘러 어느덧 강산이 네 번 변할 만큼의 시간이 흘렀다.

이제, 그냥반, 멀리서 바라본다. 그는 어릴 적 어머니를 잃었다고 했다. 어쩌면 나의 모습에서 잃어버린 엄마를 찾고 있었던 것일지도 모른다. 가난 속에 성장하며, 월급이라는 돈을 가족에게 내놓기

생의 맛을 제대로 우려낸

235

가 아깝기도 했을 것이다. 자유롭게 살아 보고도 싶었을 것이다.

나는 준비 없이 엄마가 되었고 모든 일은 나 혼자 고단한 하루하루였다.

남편이 내게 아버지처럼 든든한 보호자가 되어 주길 바랐다. 남자와 여자가 만나 부부로 산다는 건, 서로를 저울에 달면 꼭 같은 무게가 되어야 할 것이다. 우리는 서로의 무게가 들쑥날쑥 어긋난 채 살아온 것이다.

어쩌다 마주치는 그냥반 상판대기를 보면 나는 화들짝 놀란다. 마치 괴한이라도 만난 듯.

"어머니, 그래도 이혼은 안 됩니다."

아들은 단호하게 말한다. 밥상 앞에 앉으면 첫 숟가락을 들기도 전에,

"이거, 아버지가 좋아하실 거예요."

"야! 아버지 얘기하지 말랬지."

나는 머쓱해 하는 아들을 보며 말한다.

"많이 준비했어. 아버지 것은 따로 담아 놨어."

참 이상하다. 음식을 만들 때면 나도 모르게 그냥반 상판대기가 떠오른다.

도대체 이건 무슨 악연일까. 인연일까.

짠한 녀석들, 짠맛

아이들이 유치원을 다니던 무렵, 한 마리 강아지가 우리 집

에 오게 되었다. 남편은 강아지 이름을 짓겠다며 혼자 흡족해하더니, "개 중에 왕"이라며 '독킹'이라 이름 붙였다.

강아지 건강검진을 받으러 동물병원에 갔을 때, 접수대에 '독킹'이라 적으니 수의사가 피식 웃었다. 작디작은 강아지에게 왕 같은 이름을 붙인 게 우스웠던 모양이다.

몇 년 후, 독킹이 아버지가 되어 강아지 몇 마리 중 한 마리를 데려왔다. 남편은 이름 짓기에 진심이었다. 이번에는 "사랑스럽다"라며 '허니'라고 이름 붙였다.

어느 날, 술에 취한 남편이 대문 앞에서 벨을 누르지도 못하고 쓰러졌다. 독킹은 그런 남편을 마중 나와 꼬리를 흔들었다. 남편은 독킹을 끌어안고, 시멘트 바닥이 안방인 줄 알았는지 개와 함께 밤새도록 그 자리에 누워 잔 모양이다. 새벽, 우유 배달원이 벨을 눌러 깨우기 전까지, 독킹은 남편 품 안에서 조용히 머리를 맞댄 채 잠들어 있었다. 술에 취해 귀가가 늦은 저녁 어느 날은 개집 안으로 몸을 반쯤 밀어 넣고 잠들기도 했다 가족의 사랑을 독차지했던 독킹은 동네 사람들이 집 앞으로 지나가면 사납게 짖었다. 동네 사람들은 시끄러워 잠을 못 잔다고 항의하기도 했다. 결국 우리는 독킹을 전원주택에 사는 지인의 집으로 입양 보냈다.

두 달쯤 지나 지인에게 독킹의 안부를 물었더니, 며칠 전 줄을 풀어 주었는데 어디론가 사라졌다고 했다. "정도 안 들이고 간 것 같으니 찾지 않겠다"라는 말을 들으며 마음 한구석이 허전했다.

그로부터 사흘 뒤 아침, 대문을 여니 그곳에 독킹이 꼬리를 흔들며 서 있었다. 갈 때는 차를 태워 보냈는데, 어떻게 그 먼 길을 찾아온 것인지. 너무도 신통하고 반가워 한참을 품에 안고 있었다.

허니는 우리 집에서 새끼 다섯 마리를 낳았다. 눈도 채 뜨지 못한 작은 강아지들이 계단을 오르내리며 낑낑대다가, 내 두 손 위에 올려놓으면 조용히 잠들었다.

밤새도록 강아지들을 돌보느라 잠 못 이루었지만, 간지럽도록 귀엽고 사랑스러운 아이들이었다. 그러나 결국 모두 다른 집으로 입양 보내야 했다.

건물을 새로 짓고 우리는 학교와 직장으로 바쁜 나날이었다. 허니는 베란다 한쪽에 목줄로 묶여 있었다. 아무리 청소해도 개 오줌 냄새는 쉽게 사라지지 않았다. 운동도 시키지 못해 허니는 비만이 되었고, 뒤뚱거리며 걷기조차 힘들어했다.

모두가 바쁜 시기였다. 그러다 대형 음식점을 운영하는 지인의 드넓은 주차장이 눈에 들어왔다. 주차장 한켠에 국적도 다르고 이름도 제각각인 개 스무 마리가 줄에 묶여 있었다. 집에서 키우기 어려운 개들을 그곳으로 데려다 놓고, 주인들은 종종 식사하러 오곤 했다. 허니도 그곳에 맡기게 되었다.

허니의 목털과 목줄 사이엔 피가 말라붙어 있었다. 우리 집으로 돌아가려 몸부림친 흔적이었다. 그 뒤로 우리 가족은 주말마다 그 음식점에 식사하러 가서 허니를 만났다.

허니는 우리가 보이지 않는 곳에서도 우리 집 차 엔진 소리를 알아듣고, 멀리서부터 높이 뛰며 몸부림쳤다.

그로부터 1년쯤 지나자 그곳에 있던 개들은 하나둘씩 보이지 않게 되었다. 허니 역시 그랬다. 허니는 어디로 갔을까.

이제는 우리의 추억 속에만 남아 있는, 잊지 못할 독킹과 허니. 여전히 그리움으로 자리 잡은 이름들이다.

가끔은 다시 마당 있는 집에서 독킹과 허니처럼 개를 키워 보고 싶기도 하다. 그러나 끝까지 책임지지 못할 것 같은 두려움에 차마 그러지 못한다.

대신 지금 나는 우리 동네 '화목이'를 사랑한다. 리트리버종 암컷, 아홉 살, 사람들에게 사랑받는 개다. 화목이는 올봄, 일곱 마리 새끼를 낳았다. 가끔 목줄이 풀리면 송아지만 한 덩치로 뒤뚱뒤뚱, 늘어진 젖가슴과 처진 궁둥이를 흔들며 우리 집으로 찾아온다. 사람보다 반가운 손님이다. 나는 언제나 화목이 간식을 준비해 둔다. 화목이의 방문은 매번 감격스럽고 따뜻하다.

나는 화목이의 모습을 특징 살려 그렸다. 캔버스 안에는 화목이가 그려지고 있었다. 화목이 주인은 더 멋지게 그려 달라고 미소했다. 화목이는 언제나 사랑스럽다. 화목이와 독킹은 내 자식이다. 어떤 때는 자식보다 소중하게 생각될 때도 있다. 안쓰럽고 짠한, 짠맛의 녀석들이다.

징검돌

달큼한 지지支持

세상에 어느 부모가 자식이 귀하지 않겠으며, 어느 자식이 부모를 존경하지 않겠는가. 그렇지만 내 아버지는 나를, 세상 그 누구보다도 훨씬 더 사랑했다고 느낀다. 그 이유는 아버지는 낳은 자식 셋을 내리 잃고 네 번째로 나를 낳으셨는데, 다행히도 나는 무탈하게 성장하였기 때문이다.

내 유년 시절, 아버지께서는 벽돌공장을 운영하셨다. 벽돌을 기계가 아닌 온전히 사람의 손으로만 만들어 내던 시절이다. 온종일 벽돌을 찍고, 벽돌을 나르고, 벽돌 판매까지 하시느라 늘 겨울에도 땀범벅이 되셨다. 그럼에도 불구하고 나에게만큼은 늦은 저녁 퇴근을 하셔서도 밤새도록 내 기저귀를 갈아입히며 분유를 타 먹이셨다고 하셨다. 아버지는 갓난아이인 나와 눈 맞추는 게 아버지 생에서 최고의 낙樂이었다고 말씀하셨다. 어머니도 "팔십 평생 사는 동안 그 시절이 가장 행복했다"라고 자주 회상하셨다.

그림 그리기에 소질이 있던 나는, 초등학교 때부터 미술부 특기생으로 활동했다. 풍경화를 주로 그렸는데, 나의 단골 소재는 교문과 학교 중앙현관이었다. 흙으로 다져진 운동장 바닥에 나무 이젤을 세워 놓고 붓질할 때면, 운동장 청소 감독하시던 선생님이 다가오셔서 내게 물으셨다.

"그림 잘 그리는 사람은 손이 예쁘다던데, 어디 우리 민희 손 좀 보자."

나는 붓을 떨구고 양손을 재빨리 깊이 숨겼다.

내 손톱과 발톱은 흔히들 말하는 우렁손발톱이다. 발톱은 두 눈 크게 뜨고 봐야 간신히 보일 만큼 상당히 짧다. 지인들과 바닷가 모래밭 위를 걸을 때도 나는 양말을 벗지 않았다. 아버지와 어머니, 그리고 동생 셋의 손발톱은 남들과 비슷하니 유전은 아닌 듯하다. 어머니 말씀으로는 내가 어릴 적, 한동네 살던 동갑내기 어린애가 내 얼굴을 자주 손톱으로 할퀴어서 그 애와 나의 손톱을 수시로 손톱깎이로 짧게 깎아댔더니 그렇게 돼 버렸다는 것이다. 그런다고 손톱이 변할까, 나는 어머니 말씀이 조금 의아스럽다.

귀가하기가 무섭게 아버지께 달려가서는 댓 발 나온 입으로 격하게 항의하였다.

"아빠, 아무리 급해도 그렇지, 딸내미를 낳으려면 최대한 성의껏 만들었어야지. 창피하게 기지배 손톱이 이게 뭐예요!"

나는 한없이 속상했다. 늘 손톱이 내 마음속 구석에 박혀 나를 움츠러들게 했다. 지천명을 훌쩍 넘긴 이 나이에도 못생긴 내 손발톱은 여전히 서운하다.

"어이쿠, 우리 공주님, 얼굴 예쁘지, 마음씨 곱지, 공부 잘하지, 거기다 손톱까지 예쁘면 어떡하라구. 누가 우리 공주 데려가면 나는 어떡하라구."

철부지 어린 나이에 아버지의 그 말씀은 농담으로 들리지 않았다.

나는 아버지의 사랑을 온전히 받으며 자랐다. 우주 그 어떤 공간에 이토록 달콤한 지지支持가 숨 쉴까! 힘들고 지치는 삶일지라도 기죽지 않고 어디서든 당당하게 또 한 발을 내디딜 수 있는 것은, 아버지의 '달콤한 지지支持'가 내 안에서 여전히 살아 숨 쉬기 때문이리라.

마냥 버거운 쓴맛

고맙다는 말도 사랑한다는 말도 건넬 겨를 없이 어머니가 떠나신 지 넉 달이다. 가실 때도 급하신 성미 그대로셨다. 홀로 사시던 어머니께 "함께 살자!"라고 매달리듯 청해도 "짐 되기 싫다. 홀가분하게 나 혼자 살고 싶다"라고 하시며 끝내 손사래를 치셨다.

어머니는 태어나신 날과 돌아가신 날이 한날이다. 2025년 2월 5일, 해거름이었다. 올케에게서 전화가 왔다. "형님, 어머님 돌아가셨다네요" 계절이 계절인지, 찬 기운은 있어도 파란 하늘빛이 이어지던 개운한 날들이었다. 새파란 하늘은 살짝만 건드려도 푸른 물감이 우수수 쏟아질 듯 맑고 눈부셨다. 그런데, 어머니 초상 치르는 내내 난데없이 나타난 눈꽃들은 작심이라도 한 듯, 시퍼런 칼날들을 온 세상에 마구 쏟아부었다. 그곳에는 아버지와 다툴 때면 기

242

어코 악을 쓰며 거세게 들이대던 어머니가 계셨다.

　　"요즘 세상엔 대부분 병원에서 죽는데, 따뜻한 안방에서 주무시다 돌아가셨으니 어머니가 복이 많으시네."

　　"자식들에게 병 수발을 안 들게 하셨으니, 어머니가 자식들에게 제일 큰 선물 주셨구먼."

　　문상객들이 한마디씩 거들었다.

　　어머니는 천정을 바라보고 누워서, 한쪽 발 위에 다른 쪽 한 발을 올려놓고, 양손은 배 위에 다소곳이 포갠 채 죽음을 맞으셨다고 한다. 평소의 자세, 익숙한 그 모습대로다. 텔레비전은 켜져 있었고, 전기장판도 켜져 있어 따뜻했다고 한다. 잠든 아기처럼 표정도 안온했단다. 사인을 검증한 의사는 '급성 심근경색'이라고 했다. 어머니의 가슴에 인공심박동기를 봤을 테니 그렇게 이름 지었을 것이다.

　　삼우제 전날 밤이었다. 어머니가 입던 속옷들을 치워 드릴 생각으로 이것저것 더듬었다. 혼자 사시면서도 장롱 두 세트로도 부족했는지, 행거며 서랍장이며 어머니의 손때 묻은 옷가지들이 수북했다. 윗도리, 바지, 코트, 스카프, 손수건…. 상표 안 뗀 양말만 수십 켤레고 형형색색의 손수건과 수건만 쌓아도 내 키를 훌쩍 넘었다. 젊은 시절 쌀가마니도 번쩍 들어서 옮겼다는 어머니가 입던 옷은, 세련되고 값나가는 것들이 많았다. 하지만 왜소한 내게는 사이즈가 맞지 않아 무용지물이었다. 화장대를 살피니 역시나 개봉도 안 했는데 유효기간을 넘긴 화장품들이 여럿이다. 그러다 내 손바닥 크기의 반만 한 손거울을 만났다. 세련되지도 비싸 보이지도 않는 베트남산 접이식 손거울이다. '버릴까?', '챙길까?' 잠시 주춤거리다가 일단 호주머니에 찔러 넣었다. "딸년이 아무리 잘한들 나 죽으면 제삿밥 줄

큰아들이 최고"라며 달랑 남은 고향 집마저 큰 남동생 입에 털어 넣어 준 어머니. 십 원짜리 동전 하나도 딸년 손에는 끝내 쥐어 주지 않은 어머니의 빈껍데기라도 하나쯤은 훔쳐서라도 쥐어 보고 싶었던 걸까.

세련되지도 비싸 보이지도 않는 손거울 하나를 혹여 놓칠세라 힘주어 쥐고 있다.

짠내로 얼룩진 베갯잇

내가 아는 내 잠버릇이 있었다.

몇 해 동안을 똑같은 꿈을 꿨다. 그 꿈을 꾼 밤이면 나는 속수무책으로 베갯잇이 흠씬 젖을 정도로 울어댔다. 미닫이문 하나를 사이에 두고 옆방에서 주무셨던 아버지는, 주무시다 말고 놀라서 뛰어와서는 자면서 우는 나를 흔들어 깨우곤 하셨다. 내 얼굴은 온통 눈물로 범벅이 됐고, 베갯잇은 흥건히 젖어 있었다. "무슨 꿈을 꾸었니?" 아버지께서 물어도 나는 대답을 할 수 없었다. 꿈이 생생했어도 답변을 못했다. 잊을 만하면 되풀이하여 같은 꿈을 꾸며 울었다.

세월은 흘러 나도 여동생도 학업을 마치고, 직장을 다니고, 결혼을 했다. 여러 해가 흐르고 어느 날, 세 살 아래 여동생에게 작심한 듯 다가가 꽁꽁 싸매 둔 비밀 일기라도 펼쳐 보이듯 조심스레 털어놓았다.

"민정아, 내가 한 번씩 심하게 울면서 꿈에서 깨잖아. 무슨 꿈을 꿨는지 궁금하지 않았어?"

"궁금하지! 언니는 아버지가 물어도 시원하게 답변하지 않았잖아. 무슨 꿈인데 그래?"

"그래, …그게, …꿈속에서 우리 집 마당 수돗가에서 내가 뭔가를 하고 있어. 민정이 네가 갑자기 다가와서는 뭔가를 심하게 다그치는 꿈이야. 내용은 기억이 안 나고, 꼼짝달싹 못하게 바싹 다가와 몰아치는 통에 나는 대꾸할 엄두도 못 내고 울고 말지. 난 울음으로 대답할 수밖에 없었어."

"어머나, 언니, 내가 미안!"

속에 있는 말을 뱉고 나면 후련하다고 누가 말했던가. 동생에게 꿈 사정을 쏟아붓고 나니 나는 더 창피하고 묵지근했다. 하지만 동생은 바로 내 손을 잡으며 미안하다고 사과했다. 현실도 아니고 한낱 꿈에 불과한데도 민정이는 정말 미안하다는 표정이었다. 그토록 지독하게 짠 물을 배내던 악몽이 그 후로는 한 번도 나타나지 않았다. '미안하다'라는 말이 주술처럼 악몽을 쫓아낸 것이다. 사람의 심리가 참으로 미묘하다. 동생이 다그친다고 하여 그토록 서럽게 울어 댈 일일 것이며, 짧지 않은 시간 동안 시달렸던 악몽이었거늘 짧은 사과 한마디에 무 잘리듯 개운하게 벗어나다니!

세상에서 가장 용감한 말은 '도와줘'라고 한다. 살다 보면 한없이 막막하기만 하던 일도 의외로 수월하게 풀리는 경우가 종종 있다. 시원하게 뱉어 내지도, 떨쳐 버리지도 못한 채 혼자 속으로만 끙끙댔다면 여전히 나는 악몽 속에 갇혀서 베갯잇을 적시고 있었을 것이다. 상대가 나보다 어린 동생이어서 더 망설였지만, 옛 속담에 '우는 아이 젖 준다'라고 용기를 냈기에 오늘의 평화로운 잠을 만난 것이다.

'미안해', '도와줘'라는 말의 힘을 비로소 알게 됐다.

얼큰한 시간들

누군들 꽃길만 걸었으리오.

어느덧 중년이다. 지금껏 걸어온 길을 돌아보니 여러 갈래의 길이 끊임없이 펼쳐진다. 요즘 선거판처럼 빨간색 아니면 파란색의 양자택일 갈림길도 있고, 아슬아슬한 외길도 있다. 누군가의 땀으로 닦아 놓은 넓은 아스팔트도 있고, 체구 작은 동물들이나 간신히 지나갈 만큼의 바람 처소도 있다.

열여섯 살 딸아이를 앉혀 놓고 어머니가 말씀하셨다.

"너 하나 희생하면 살림 일어난다. 네 동생 셋을 네가 가르치거라."

어머니의 요구대로 어려서부터 꿈꾸던 교사의 길을 못 가게 됐다. 인문계를 포기하고, 나는 상업고등학교에 진학했다.

직장생활 시작하던 첫해부터 "논 한 마지기만 사다오"하고 노래 부르시던 아버지의 원대로 삼 년 동안 모은 돈을 톡톡 털었다. 육백만 원이었다. 나는 그 돈을 아버지께 선뜻 드렸다.

내 목에 얹어진 멍에에 질려서일까. 연애도 없이 도망치듯 결혼을 서둘렀다. 남편은 나와 너무나 다른 사람이었다. 성격, 가치관, 자란 환경 등 모두가 나와는 크게 달랐다. 오래지 않아 나는 결국 남편과 금을 그었다. 그는 나와 결이 다른 사람이지, 나쁜 사람은 아니었다. 그가 주겠다고 한 살던 집, 위자료, 양육비를 나는 거절하였다.

이후, 나는 두 아이와 먹고살기 위해 치열하게 살았다. 여덟 살과 다섯 살인 두 아이가 내 삶의 이유였다. 서류 가방에 화장품 가방을 들고, 마사지 가방은 들쳐업고 어디든 다녔다. 새벽부터 밤까지 일곱 개의 가방을 내 몸에 붙이고, 나는 온 힘을 다해 걸어 다녔다. 길이 나의 친구였다. 지금도 오른손 새끼손가락은 휘어져 삐딱하다. 화장품 가방을 떨어뜨리지 않으려고, 추위에 얼고 있는 움켜쥔 손을 살피지 않은 까닭이다.

　　어느 겨울밤, 단골이 택시 타고 가라며 팁을 주었는데 내 새끼들 입에 따뜻한 것 하나라도 더 넣어 주려고 악착같이 눈보라와 씨름하며 나는 걸었다. 나의 몸은 추위에 굳어지고 손가락은 곱아서 펴지지 않아도 내 새끼들 생각하면 하나도 힘들지 않았다. 나는 세파를 견뎌 나가는 나만의 매운맛을 지닌 채 힘을 냈다.

　　내 안에서 피던 꽃들이 소리 없이 져도, 내 아이들이 있기에 '오늘'은 여전히 아름답다.

덜 익어 시던 나

　　겨우내 숨어 있던 생명들이 움트고 꽃을 피워 내더니, 어느새 열매를 매달고 있다. 앵두꽃도 한여름 햇살을 견뎌 내는가 싶었는데, 여기저기 제 욕심대로 열매를 달았다. 복숭아나 살구도 서로 뒤질세라 실한 열매를 맺었다. 덜 익은 과실을 무심코 한 알 툭 떼어 씹을라치면 신맛이 입안에 퍼진다. 시디신 맛은 오만상을 찌푸려지게 한다. 머리끝부터 발가락까지 온몸에 진저리가 쳐진다.

　　돌아보니 나와 아이들 사이에도 수많은 신맛이 있었다. 어린 나이에 엄마가 되어, 양육에 미숙한 나는 아이들을 키워 내면서 많은 신맛을 느껴야 했다. 컨디션이 좋은 날이라면 가볍게 웃어넘길 일도, 피곤하고 언짢은 일이 계속되면 시디신 맛에 온몸에 진저리 쳐지는 순간을 맞았다.

하루는 종일토록 화장품 영업을 다니느라 곤죽이 되어 늦은 밤 퇴근을 했는데, 당시 초등학생이었던 아들 녀석과 딸아이가 옥신 각신하고 있었다. 순간 화가 치밀어 이성적으로 대처하지 못했다.

"나가! 당장 나가 버려!"

나는 아이들에게 미친 듯 소리 지르며, 두 아이를 현관 밖으로 힘껏 밀쳤다. 화가 잔뜩 난 엄마의 모습에 아이들은 놀라 울며 매달렸다. 그럼에도 나는 화가 풀리지 않아 아이들을 떨궈 냈다. 바깥은 이미 어두컴컴해져 있었다. 아이들은 옷도 제대로 입지 못한 채 밖으로 쫓겨났다. 나는 현관 바닥에 주저앉아 폭발하듯 울음을 터뜨렸다. 얼마나 울었을까. 한참을 울고 나니 다시 차분한 숨으로 돌아왔고, 아이들을 찾아 나섰다. 춥고 어두운 골목을 돌고 도니 아이들이 남의 집 대문 앞에서 웅크리고 앉아 있었다.

몇 해 전에 그때 일이 문득 생각났다.

"엄마가 그때 잘못했어. 많이 미안해."

나는 두 아이에게 늦게나마 사과했다. 서른을 넘긴 아들은 그때 엄청 서러웠다고 했다. 엄마 집이 아닌, 자기 집을 장만해야겠다고 다짐했단다. 마냥 믿었던 엄마에게서 밥도 굶고 옷도 제대로 못 입은 채 쫓겨났으니 얼마나 서럽고 무서웠을까. 입이 열 개라도 할 말이 없다.

내 아이들이 그때의 엄마의 마음을 얼마나 이해할 수 있을지는 모르나, 그렇게나마 아이들에게 미안하다고 용서를 구할 수 있어서 참으로 감사하다.

　덜 익어 신맛으로 가득했던 나도 내 아이들도 봄을 지나고 여름 땡볕을 견디고 나니 이젠 제법 단맛이 돈다.

에필로그

　세상의 모든 색이 보라색이었으면 좋겠다고 생각한 적이 있었다. 보라색 머리띠, 보라색 윗도리, 보라색 조끼, 보라색 바지, 보라색 양말, 보라색 코트, 보라색 운동화, 보라색 필통…. 나는 어릴 때 마법에 홀린 듯 보라색에 매료되었다. 그러다 문득 깨달았다. 아무리 보라색이 멋있어도, 세상이 온통 보라색으로만 가득하다면 더 이상 아름답지 않을 것이었다. 보라색도 다른 색들과 함께 어우러져야 예쁠 것이 분명했다. 내가 싫어하는 빨간색, 내게는 밋밋한 회색도 있었기에 내게 특별했던 보라색이 비로소 아름다울 것이었다.

　우리네 인생 또한 쓴맛, 짠맛, 매운맛, 신맛에 진저리를 친 후에야 단맛의 당도를 높일 수 있을 것이다.

송호근

한림대학교 도헌학술원 원장 및 석좌교수이다. 미국 하버드대학교에서 박사학위를 받았으며, 서울대학교 사회학과 교수와 석좌교수, 포스텍 석좌교수를 지냈다. 한국의 대표적인 사회학자로서 정치와 경제, 사회 현상과 정책에 대한 폭넓은 안목과 정교한 분석으로 주요 일간지에 약 700여 편의 칼럼을 썼다. 주요 저서로는 『적대 정치 앤솔러지』, 『21세기 지성의 몰락』, 『국민의 탄생』, 『시민의 탄생』, 『인민의 탄생』, 『그들은 소리 내 울지 않는다』 등 40여 권의 저술과 장편소설 『연해주』, 『강화도』, 『다시, 빛 속으로』, 소설집 『꽃이 문득 말을 걸었다』 등이 있다. 일송상, 이병주국제문학상, 지훈학술상 등을 수상했다.

김양선

한림대학교 일송자유교양대학 교수로 재직 중이다. 한국여성문학학회 회장직을 역임했으며, 현재 국제비교한국학회 부회장, 한국여성문학학회 편집위원, 사단법인 차상찬기념사업회 이사를 맡고 있다. 서강대학교에서 현대소설로 문학박사학위를 받았으며, 여성문학 이론과 비평, 여성문학사 아카이빙 연구 작업을 하고 있다. 대표 저서로 『한국 근현대여성문학 장의 형성-제도와 양식』, 『근대문학의 탈식민성과 젠더정치학』 등이 있으며, 공동편집한 『한국여성문학 선집』으로 2025년 양성평등문화상 양성평등문화콘텐츠상을 수상했다.

노승욱

한림대학교 도헌학술원 교수 및 R&D 기획단 실장으로 재직 중이다. 한국디지털문인협회 학술위원장, 김유정학회 부회장을 맡고 있다. 서울대학교에서 문학박사학위를 받았으며, 한국현대문학, 문화콘텐츠학, 지역학, AI 인문학 등에 대한 연구와 저술을 하고 있다. 대표 저서로 『황순원 문학의 수사학과 서사학』, 『문화콘텐츠로 묻고 스토리텔링으로 답하다』 등이 있으며, 『윤동주 시선』, 『박목월 시선』 등을 편저했다. 주요 논문으로는 「황순원의 〈신(神)들의 주사위〉에 나타난 양자론적 세계관」, 「윤동주 시에 나타난 고백의 기독교적 성격 연구」 등이 있다.

박정애

강원대학교 영상문화학과 학과장 및 스토리텔링학과 대학원 주임교수로 재직 중이며, 김유정학회 회장을 맡고 있다. 인하대학교에서 문학박사학위를 받았으며, 장편소설 『물의 말』로 제6회 한겨레문학상을 수상했다. 『강빈』, 『덴동어미전』 등의 소설, 『괴물 선이』, 『용의 고기를 먹은 소녀』 등의 청소년소설, 『친구가 필요해』, 『고양이 야시장』 등의 동화, 「스토리텔링 치료의 관점에서 본 <덴동어미화전가>와 그 현대적 수용 사례 연구」, 「The Symbolism of Kimchi and Memory in Fermentation: Preserving Cultural Heritage」 등의 논문을 출판했다.

이문재

시인. 前 경희대학교 후마니타스칼리지 교수. <시사저널> 기자, <문학동네> 편집위원을 역임했으며 현재 60+기후행동 공동대표, 오대산지구시민작가포럼 대표, 녹색평론 편집자문위원 등을 맡고 있다. 경희대에서 문학박사학위를 받았으며 시 창작, 글쓰기, 생태학 관련 강의 및 저술 활동을 하고 있다. 시집으로 『내 젖은 구두 벗어 해에게 보여줄 때』, 『산책 시편』, 『지금 여기가 맨 앞』, 『혼자의 넓이』, 산문집 『내가 만난 시와 시인』, 『바쁜 것이 게으른 것이다』 등이 있다. 소월시문학상, 지훈문학상, 정지용문학상, 노작문학상, 박재삼문학상, 유심작품상 등을 수상했다.

이진남

동덕여자대학교와 숙명여자대학교 교양대학에서 일했고 지금은 강원대학교 철학과 교수로 재직 중이다. 미국과 한국에서 철학상담사로 활동했다. 한국철학상담치료학회 총무이사를 역임했으며, 한국사고와표현학회 부회장을 맡고 있다. 미국 세인트 토마스대학교에서 서양중세철학으로 철학박사를 받았으며 중세철학, 철학실천, 교양교육, 행복론과 관련한 연구를 하고 있다. 토마스 아퀴나스의 『신학대전 28: 법』을 번역했고, 대표저서로 『종교철학』, 『나는 긍정심리학을 긍정할 수 없다』 등이 있다.

임혜순

지역활성화연구와 컨설팅을 주 업무로 하는 ㈜꾸림 대표로 재직 중이다. 강원대학교에서 부동산정책으로 부동산학 박사학위를 받았다. 경기연구원, 주택산업연구원, 하나자산신탁에서 지역계획 연구와 부동산 실무를 익혔다. 한국주거환경학회 이사, 대한부동산학회 이사, 한국주거복지포럼 정회원으로 활동하고 있다. 도시재생-마을만들기 관련 연구와 주민참여형 프로그램을 기획하고 운영하는 일을 한다. 공저로『우리 동네 도시재생 이야기(사례편)』가 있다.

조미진

유니세프 한국위원회 사무총장으로 재직 중이다. 전 세계 어린이의 권리 보장을 위한 모금과 애드보커시 활동을 주도하고 있다. 세중문화회관 이사장직도 겸임하고 있다. 모토로라에서 HR과 HRD를 담당하는 임원으로 한국, 미국, 중국 세 나라에서 활동했고, 한국에 돌아와 LG 디스플레이에서 인사, 노경, HRD를 총괄하는 HR센터장직을 수행하였다. 현대 자동차 그룹 인재원 부원장, SK바이오사이언스의 사외이사직을 역임하였다. 연세대학교 사회학과 졸업 후, 인디아나대학교 교육공학 석사학위를 받았다. 저서로는『그녀에게서는 바람소리가 난다』와『낀 세대 리더의 반란』이 있다.

김선희

교육공무원으로 37년을 보낸 뒤 명예퇴직하고, 지금은 삶의 속도를 늦추며 자신을 위한 배움, 글쓰기와 취미활동으로 새로운 기쁨을 누리고 있습니다.

김채연

사람들에게 더 나은 삶을 제공해 주는 사람이 되고 싶어 환경공학을 배우고 있습니다. 남에게 나를 표현하는 것이 서툴러 한때 모든 고민을 혼자 짊어진 채 힘들어할 때도 있었습니다. 이를 극복하기 위해 '나'는 어떤 사람인지 탐구하고 있습니다.

민경애

여름이면 달달하고 부드러운 호박전을, 가을이면 배추전을 부쳐서 나눠 먹으며 살고 싶어요. 음식의 절반이 추억이고 절반은 사랑과 일이기도 한 50대 여성입니다. 인생에서 만나는 맛들을 진솔하게 감각에서 말과 글로 옮기고 싶습니다.

박명희

소소한 순간 속에서 삶의 본질을 포착해 글로 쓰고 싶어 합니다. 언니에게 가 닿을 문장 하나 구할 수 있기를 소망합니다. 늘 '오늘, 지금, 여기'를 생각하며, 한없이 게으르고 더할 수 없이 성실하게 살고 있는 봄내인입니다.

박현휘

잔잔히 오래 타오르고 싶은 평범한 청년입니다. 모두의 노고를 생생히 기억하며, 언젠가는 사랑을 배울 수 있기를 바라고 있습니다.

엄정임

3년 전부터 춘천에 살고 있습니다. 공지천을 걸으며 봄, 여름, 가을, 겨울을 다정히 마주하는 시간이 마냥 좋은 사람입니다.

이덕영

춘천에서 태어나 3년가량의 직장생활을 거쳐, 2003년부터 한림대학교 일송자유
교양대학에서 컴퓨터 관련 교양 수업을 담당하고 있습니다.

이주현

한림대학교 사회복지학과에 재학 중인 이주현이라고 합니다. 삶을 최대한 알차고
의미 있게 살아보려고 노력하는 대학생입니다.

이채기

한양대학교 경영학과를 졸업하고 <Gartner Inc. 한국지사> 20년 근무. 풍광 좋은
춘천으로 이사한 후 헤드헌터로서 제2의 인생을 힘차게 열고 있습니다.

이현협

우연히 알게 된 글쓰기 강의, 명사님들의 말씀 듣고 단조롭던 일상이 설레기 시작
했습니다. 멋진 기획으로 춘천 시민을 사로잡은 도헌학술원 원장님과 교수님들께
다시 한번 깊은 감사 드립니다.

임성이

삶은 늘 도전의 연속이지만 그것을 통해 한 걸음씩 앞으로 나아간다고 믿습니다.
내가 도전을 즐거워하는 이유이기도 합니다. 히즈메디병원 간호부장.

전영순

잠시 잊었던 나를 찾게 해 준 도헌학술원 글쓰기, 또 하나의 나입니다.
2003년 창조문학 수필 등단, 2004년 창조문학 시 등단. 강원여성문학회 회원, 춘천
여성문학회 회원으로 활동하고 있습니다. 고즈넉한 춘천에서 열정으로 사는 사람.

최민희

한 알의 씨앗이 싹을 틔우고 꽃을 피우고 열매를 맺는 일련의 과정을 함께할 때,
치유의 힘을 얻는 최민희입니다. 한국방송통신대학교 청소년교육과 졸업.